得好别人称赞我们，那仅仅是因为我们干得好，而不是因为我们本来已经有了被称赞的优势。我们靠货真价实的工作赢得尊重时，我们也不怕没有别人的帮助。自尊不意味着拒绝别人的好意。只想帮助别人而一概拒绝别人的帮助，那不是强者，那其实是一种心理的残疾，因为事实上世界上没有任何人不需要别人的帮助。

我们既不忘记残疾朋友，又应该勇敢走出残疾人的小圈子，怀着博大的爱心，自由自主地走进全世界，这是克服残疾、超越局限

史铁生

作品全编

·增订版·

· 8 ·

病隙碎笔
记忆与印象

图书在版编目(CIP)数据

史铁生作品全编. 8, 病隙碎笔；记忆与印象 / 史铁生著. -- 增订版. -- 北京：人民文学出版社, 2025.
ISBN 978-7-02-019083-6

Ⅰ. I217.2

中国国家版本馆 CIP 数据核字第 2024S6Z007 号

·史铁生像·

本 卷 说 明

本卷收入《病隙碎笔》《记忆与印象》。

《病隙碎笔》各篇，1999 年至 2001 年分别发表于《花城》《天涯》《北京文学（精彩阅读）》等杂志；2002 年 2 月陕西师范大学出版社初版。

《记忆与印象》各篇，1999 年至 2002 年分别发表于《人民文学》《上海文学》《北京文学（精彩阅读）》《天涯》等杂志；2004 年 5 月北京出版社初版。

目 录

病隙碎笔

病隙碎笔 1 …………………………………… 3
病隙碎笔 2 …………………………………… 39
病隙碎笔 3 …………………………………… 72
病隙碎笔 4 …………………………………… 97
病隙碎笔 5 …………………………………… 104
病隙碎笔 6 …………………………………… 140

记忆与印象

记忆与印象·一

1. 轻轻地走与轻轻地来 …………………… 167
2. 消逝的钟声 ……………………………… 172
3. 我的幼儿园 ……………………………… 176
4. 二姥姥 …………………………………… 182
5. 一个人形空白 …………………………… 186
6. 叛逆者 …………………………………… 192
7. 老家 ……………………………………… 198
8. 庙的回忆 ………………………………… 205

9. 九层大楼 ································· *215*

记忆与印象·二

1. 重病之时 ································· *223*
2. 八子 ····································· *225*
3. 看电影 ··································· *234*
4. 珊珊 ····································· *241*
5. 小恒 ····································· *247*
6. 老海棠树 ································· *254*
7. 孙姨和梅娘 ······························· *257*
8. M 的故事 ································· *262*
9. B 老师 ··································· *267*
10. 庄子 ···································· *274*
11. 比如摇滚与写作 ·························· *283*
12. 想念地坛 ································ *295*

病隙碎笔

病隙碎笔 1

一

所谓命运，就是说，这一出"人间戏剧"需要各种各样的角色，你只能是其中之一，不可以随意调换。

写过剧本的人知道，要让一出戏剧吸引人，必要有矛盾，有人物间的冲突。矛盾和冲突的前提，是人物的性格、境遇各异，乃至天壤之异。上帝深谙此理，所以"人间戏剧"精彩纷呈。

写剧本的时候明白，之后常常糊涂，常会说："我怎么这么倒霉！"其实谁也有"我怎么这么走运"的时候，只是这样的时候不嫌多，所以也忘得快。但是，若非"我怎么这么"和"我怎么那么"，我就是我了吗？我就是我。我是一种限制。比如我现在要去法国看"世界杯"，一般来说是坐飞机去，但那架飞机上天之后要是忽然不听话，发动机或起落架谋反，我也没办法再跳上另一架飞机了，一切只好看命运的安排，看那一幕戏剧中有没有飞机坠毁的情节，有的话，多么美妙的足球也只好由别人去看。

二

把身体比作一架飞机，要是两条腿（起落架）和两个肾（发动机）一起失灵，这故障不能算小，料必机长就会走出来，请大家留些遗言。

躺在"透析室"的病床上,看鲜红的血在"透析器"里汩汩地走——从我的身体里出来,再回到我的身体里去,那时,我常仿佛听见飞机在天上挣扎的声音,猜想上帝的剧本里这一幕是如何编排。

有时候我设想我的墓志铭,并不是说我多么喜欢那路东西,只是想,如果要的话最好要什么?要的话,最好由我自己来选择。我看好《再别康桥》中的一句:我轻轻地走,正如我轻轻地来。在徐志摩先生,那未必是指生死,但在我看来,那真是最好的对生死的态度,最恰当不过,用作墓志铭再好也没有。我轻轻地走,正如我轻轻地来,扫尽尘嚣。

但既然这样,又何必弄一块石头来作证?还是什么都不要吧,墓地、墓碑、花圈、挽联以及各种方式的追悼,什么都不要才好,让寂静,甚至让遗忘,去读那诗句。我希望"机长"走到我面前时,我能镇静地把这样的遗言交给他。但也可能并不如愿,也可能"筛糠"。就算"筛糠"吧,讲好的遗言也不要再变。

三

有一回记者问到我的职业,我说是生病,业余写一点东西。这不是调侃,我这四十八年大约有一半时间用于生病,此病未去彼病又来,成群结队好像都相中我这身体是一处乐园。或许"铁生"二字暗合了某种意思,至今竟也不死。但按照某种说法,这样的不死其实是惩罚,原因是前世必没有太好的记录。我有时想过,可否据此也去做一回演讲,把今生的惩罚与前生的恶迹一样样对照着摆给——比如说,正在腐败着的官吏们去作警告?但想想也就作罢,料必他们也是无动于衷。

四

　　生病也是生活体验之一种,甚或算得一项别开生面的游历。这游历当然是有风险,但去大河上漂流就安全吗?不同的是,漂流可以事先做些准备,生病通常猝不及防;漂流是自觉的勇猛,生病是被迫的抵抗;漂流,成败都有一份光荣,生病却始终不便夸耀。不过,但凡游历总有酬报:异地他乡增长见识,名山大川陶冶性情,激流险阻锤炼意志,生病的经验是一步步懂得满足。发烧了,才知道不发烧的日子多么清爽。咳嗽了,才体会不咳嗽的嗓子多么安详。刚坐上轮椅时,我老想,不能直立行走岂非把人的特点搞丢了?便觉天昏地暗。等到又生出褥疮,一连数日只能歪七扭八地躺着,才看见端坐的日子其实多么晴朗。后来又患"尿毒症",经常昏昏然不能思想,就更加怀恋起往日时光。终于醒悟:其实每时每刻我们都是幸运的,因为任何灾难的前面都可能再加一个"更"字。

五

　　坐上轮椅那年,大夫们总担心我的视神经会不会也随之作乱,隔三岔五推我去眼科检查,并不声张,事后才告诉我已经逃过了怎样的凶险。人有一种坏习惯,记得住倒霉,记不住走运,这实在有失厚道,是对神明的不公。那次摆脱了眼科的纠缠,常让我想想后怕,不由得瞑揖默谢。

　　不过,当有人劝我去佛堂烧炷高香,求佛不断送来好运,或许能还给我各项健康时,我总犹豫。不是不愿去朝拜(更不是不愿意忽然站起来),佛法博大精深,但我确实不认为满腹功利是对佛法的尊敬。便去烧香,也不该有那样的要求,不该以为命运欠了你什么。莫非是佛一时疏忽错有安排,倒要你这凡夫俗子去提醒一二?唯当去求一份智慧,以醒贪迷。为求实惠去烧香磕头念颂词,总让人摆脱不掉阿谀、行贿的感觉。就算是求人办事吧,也最好不是这样的逻辑。实在碰上贪官非送财礼不可,也是鬼鬼祟祟的才对,怎么竟敢大张旗鼓去佛门徇私舞弊?佛门清静,凭一肚子委屈和一叠账单还算什么朝拜?

六

约伯的信心是真正的信心。约伯的信心前面没有福乐做引诱,有的倒是接连不断的苦难。不断的苦难曾使约伯的信心动摇,他质问上帝:作为一个虔诚的信者,他为什么要遭受如此深重的苦难?但上帝仍然没有给他福乐的许诺,而是谴责约伯和他的朋友不懂得苦难的意义。上帝把他伟大的创造指给约伯看,意思是说:这就是你要接受的全部,威力无比的现实,这就是你不能从中单单拿掉苦难的整个世界!约伯于是醒悟。

不断的苦难才是不断地需要信心的原因,这是信心的原则,不可稍有更动。倘其预设下丝毫福乐,信心便容易蜕变为谋略,终难免与行贿同流。甚至光荣,也可能腐蚀信心。在没有光荣的路上,信心可要放弃么?以苦难去做福乐的投资,或以圣洁赢取尘世的荣耀,都不是上帝对约伯的期待。

七

曾让科学大伤脑筋的问题之一是:宇宙何以能够满足如此苛刻的条件——阳光、土壤、水、大气层,以及各种元素恰到好处的比例,以及地球与其他星球妙不可言的距离——使生命孕育,使人类诞生?

若一味地把人和宇宙分而观之，人是人，宇宙是宇宙，这脑筋就怕要永远伤下去。天人合一，科学也渐渐醒悟到人是宇宙的一部分，这样，问题似乎并不难解：任何部分之于整体，或整体之于部分，都必定密切吻合。譬如一只花瓶，不小心摔下几块碎片，碎片的边缘尽管参差诡异，拿来补在花瓶上也肯定严丝合缝。而要想复制同样的碎片或同样的缺口，比登天还难。

八

世界是一个整体，人是它的一部分，整体岂能为了部分而改变其整体意图？这大约就是上帝不能有求必应的原因。这也就是人类以及个人永远的困境。每个角色都是戏剧的一部分，单捉出一个来宠爱，就怕整出戏剧都不好看。

上帝能否插手人间？一种意见说能，整个世界都是他创造的呀。另一种意见说不能，他并没有体察人间的疾苦从而把世界重新裁剪得更好。从后一种理由看，他确实是不能。但是，从他坚持整体意图的不可改变这一点想，他岂不又是能吗？对于向他讨要好运的人来说，他未必能。但是，就约伯的醒悟而言，他岂不又是能吗？

九

撒旦不愧是魔鬼，惯于歪曲信仰的意义。撒旦对上帝说：约伯所以敬畏你，是因为你赐福于他，否则看他不咒骂你！上帝想看看是不是这样，便允许撒旦夺走了约伯的儿女和财产，但约伯的信心没有动摇。撒旦又对上帝说：单单舍弃身外之物还不能说明什么，你若伤害他的身体，看看会怎样吧！上帝便又允许撒旦让约伯身染恶病，但信者约伯仍然没有怨言。

撒旦的逻辑正是行贿受贿的逻辑。

约伯没有让撒旦的逻辑得逞。可是,他却几乎迷失在另一种对信仰的歪曲中:"约伯,你之所以遭受苦难,料必是你得罪过上帝。"这话比魔鬼还可怕,约伯开始觉得委屈,开始埋怨上帝的不公正了。

这样的埋怨我们也熟悉。好几次有人对我说过,也许是我什么时候不留神,说了对佛不够恭敬的话,所以才病而又病,我听了也像约伯一样顿生怨愤——莫非佛也是如此偏爱恭维、心胸狭窄?还有,我说约伯的埋怨我们也熟悉,是说,背运的时候谁都可能埋怨命运的不公平,但是生活,正如上帝指给约伯看到的那样,从来就布设了凶险,不因为谁的虔敬就给谁特别的优惠。

十

可是上帝终于还是把约伯失去的一切还给了约伯,终于还是赐福给了那个屡遭厄运的老人,这又怎么说?

关键在于,那不是信心之前的许诺,不是信心的回扣,那是苦难极处不可以消失的希望啊!上帝不许诺光荣与福乐,但上帝保佑你的希望。人不可以逃避苦难,亦不可以放弃希望——恰是在这样的意义上,上帝存在。命运并不受贿,但希望与你同在,这才是信仰的真意,是信者的路。

十一

重病之时,我总想起已故好友周郿英,想起他躺在病房里,瘦得只剩一副骨架,高烧不断,溃烂的腹部不但不愈合反而在扩展……窗外阳光灿烂,天上流云飞走,他闭上眼睛,从不呻吟,从不言死,有几次就那么昏过去。就这样,三年,他从未放弃希望。现在我才看见那是多么了不起的信心。三年,那是一分钟一分钟连接起来的,漫漫长夜到漫漫白昼,每一分钟的前面都没有确定的许诺,无论科学还是神明,都没给他写过保证书。我曾像所有他的朋友一样赞叹他的坚强,却深藏着迷惑:他在想什么,怎样想?

可能很简单:他要活下去,他不相信他不能够好起来。从约伯故事的启示中我知道:真正的信心前面,其实是一片空旷,除了希望什么也没有,想要也没有。

但是他没能活下去,三年之后的一个早晨,他走了。这是对信心的嘲弄吗?当然不是。信心,既然不需要事先的许诺,自然也就不必有事后的恭维,它的恩惠唯在渡涉苦难的时候可以领受。

十二

求神明保佑,可能是人人都会有的心情。"人定胜天"是一句言过其实的鼓励,"人是被抛到这个世界上来的"才是实情。生而为人,终难免苦弱无助,你便是多么英勇无敌,多么厚学博闻,多么风流倜傥,世界还是要以其巨大的神秘置你于无知无能的地位。

有一部电影,《恺撒大帝》。恺撒大帝威名远扬,可谓"几百年才出一个"。其中一个情节:他唯一倾心的女人身患重病,百般医药,千般祈告,终归不治。恺撒,这个意志从未遭遇过抗逆的君主,涕泪横流仰面苍天,一声暴喊:"老天哪!把她还给我,恺撒求你了!"那一声喊让人魂惊魄动。他虽然仍不忘记他是恺撒,是帝王,说话一向不打折扣,但他分明是感到了一种比他更强大的力量,他以一生的威严与狂傲去垂首哀求,但是……结果当然简单——剧场灯亮,恺撒时代与电影时代相距千载,英雄美人早都在黑暗的宇宙中灰飞烟灭。

我也曾这样祈求过神明,在地坛的老墙下,双手合十,满心敬畏(其实是满心功利)。但神明不为所动。是呀,恺撒尚且哀告无功,我是谁？古园寂静,你甚至能感到神明在傲慢地看着你,以风的穿流,以云的变幻,以野草和老树的轻响,以天高地远和时间的均匀与漫长……你只有接受这傲慢的逼迫,曾经和现在都要接受,从那悠久的空寂中听出回答。

十三

有三类神。第一类自吹自擂好说瞎话,声称万能,其实扯淡,大水冲了龙王庙的事并不鲜见。第二类喜欢恶作剧,玩弄偶然性,让人找不着北。比如足球吧,世界杯赛,就是用上最好的大脑和电脑,也从未算准过最后的结局。所以那玩意儿可以大卖彩票。小小一方足球场,满打满算二十几口人,便有无限多的可能性让人始料不及,让人哭,让人笑,让翩翩绅士当众发疯,何况偌大一个人间呢。第三类神,才是博大的仁慈与绝对的完美。仁慈在于,只要你往前走,他总是给路。在神的字典里,行与路共用一种解释。完美呢,则要靠人的残缺来证明,靠人的向美向善的心愿证明。在人的字典里,神与完美共用一种解释。但是,向美向善的路是一条永远也走不完的路,你再怎样走吧,"月亮走我也走",它也还是可望而不可即。

刘小枫先生在他的书里说过这样的意思:人与上帝之间有着永恒的距离。这很要紧。否则,信仰之神一旦变成尘世的权杖,希望的解释权一旦落到哪位强徒手中,就怕要惹祸了。

十四

唯一的问题是:向着哪一位神,祈祷？

说瞎话的一位当然不用再理他。

爱好偶然性的一位,有时候倒真是要请他出面保佑。事实上,任何无神论者也都免不了暗地里求他多多关照。但是,既然他喜欢的是偶然性而并不固定是谁,你最好就放明白些,不能一味地指靠他。

第三位才是可以信赖的。他把行与路作同一种解释,就是他保证了与你同在。路的没有尽头,便是他遥遥地总在前面,保佑着希望永不枯竭。他所以不能亲临俗世,在于他要在神界恪尽职守,以展开无限时空与无限的可能,在于他要把完美解释得不落俗套、无与伦比,不至于还俗成某位强人的名号。他总不能为解救某处具体的疾苦,而置那永恒的距离失去看管。所以,北京人王启明执意去纽约寻找天堂,真是难为他了。

十五

我寻找他已多年,因而有了一点儿体会:凡许诺实惠的,是第一位。有时取笑你,有时也可能帮你一把的是第二位。第三位则不在空间中,甚至也不在寻常的时间里,他只存在于你眺望他的一刻,在你体会了残缺去投奔完美、带着疑问但并不一定能够找到答案的那条路上。

因而想到,那也应该是文学的地址,诗神之所在,一切写作行为都该仰望的方向。奥斯维辛之后人们对诗产生了怀疑,但正是那样的怀疑吧,使人重新听见诗的消息。那样的怀疑之外,诗,以及一切托名文学的东西,都越来越不足信任。文学的心情一旦顺畅起来,就不大明白为什么一定要有它。说生活是最真实的,这话怎么好像什么也没说呢?大家都生活在生活里,这样的真实如果已经够了,文学干吗?说艺术源于生活,或者说文学也是生活,甚至说它们不要凌驾于生活之上,这些话都不易挑剔到近于浪费。布莱希特的"间离"说才是切中要害。艺术或文学,不要做成生活(哪怕是苦难生活)的侍从或帮腔,要像侦探,从任何流畅的秩序里听见磕磕绊绊的声音,在任何熟悉的地方看出陌生。

十六

写《务虚笔记》的时候,我忽然明白:凡我笔下人物的行为或心理,都是我自己也有的,某些已经露面,某些正蛰伏于可能性中伺机而动。所以,那长篇中的人物越来越互相混淆——因我的心路而混淆,又混淆成我的心路:善恶俱在。这不是从技巧出发。我在哪儿?一个人确切地存在于何处?除去你的所作所为,还存在于你的所思所欲之中。于是可以相信:凡你描写他人描写得(或指责他人指责得)准确——所谓一针见血,入木三分,惟妙惟肖——之处,你都可以沿着自己的理解或想象,在自己的心底找到类似的埋藏。真正的理解都难免是设身处地,善如此,恶亦如此,否则就不明白你何以能把别人看得那么透彻。作家绝不要相信自己是天命的教导员,作家应该贡献自己的迷途。读者也一样,在迷途面前都不要把自己洗得太干净,你以什么与之共鸣呢?可有谁一点儿都不体会丑恶所走过的路径吗?

这便是人人都需要忏悔的理由。发现他人之丑恶,等于发现了自己之丑恶的可能,因而是已经需要忏悔的时刻。这似乎有点过分,但其实又适合国情。

十七

眼下很有些宗教热的味道,至少宗教一词终于在中国摆脱了贬义,信佛、信道、信基督都可以堂堂正正,本来嘛。但有一个现象倒要深想:与此同时,经常听到的还是"挑战",向着这个和向着那个,却很少听到"忏悔"。忏悔是要向着自己的。前些天听一位学者说,他在考证"文革"时期的暴力事件时发现,出头作证的只有当年的被打者,却没有打人的人站出来说点儿什么。只有蒙冤的往事,却无抚痛的忏悔,大约就只能是怨恨不断地克隆。缺乏忏悔意识,只好就把惨痛的经验归罪给历史,以为潇洒,以为豁达。好像历史是一只垃圾箱,把些谁也不愿意再沾惹的罪孽封装隐蔽,大家就都可以清洁。

忏悔意识,其实并非只是针对那些"文革"中打过人的人。辉煌的历史倘不是几个英雄所为,惨痛的历史也就不由几个歹徒承办。或许,那些打过人的人中,已知忏悔者倒要多些,至少他们的不敢站出来这一点已经说明了良心的沉重。倒是自以为与那段历史的黑暗无关者,良心总是轻松着——"笑话,我可有什么要忏悔?"但是,你可曾去制止过那些发生在你身边的暴行么?尤其值得这样设想:要是那时以革命的名义把皮带塞进你手里,你敢于拒绝或敢于抗议的可能性有多大?这样一问,理直气壮的人肯定就会少下去,但轻松着的良心却很多,仍然很多,还在多起来。

十八

记得"文革"刚开始时,我曾和一群同学到清华园里去破过"四旧",一路上春风浩荡落日辉煌,少年们满怀豪情。记不清是到了谁家了,总之是一位"反动学术权威"吧,到了人家的客厅里砸碎几只花瓶,又去人家的卧室里割破了两双尖皮鞋,然后便想不出再要怎样表现一腔忠勇。幸亏那时知识太少,否则就可能亲手毁灭一批文物,可见知识也并不担保善良。正当我们发现了那家主人的发型有阶级异己之嫌,高叫剪刀何在时,楼门内外传来了更为革命的呐喊:"非红五类不许参加我们的行动!"这样,几个同学留下来继续革命,另几个怏怏离去。我在离去者中。一路上月影清疏晚风幽怨,少年们默然无语,开始注意到命运的全面脸色。

待暴力升级到拳脚与棍棒时,这几个不红不黑的少年已经明确自己的地位,只作旁观了。我不敢反对,也想不好该不该反对,但知不能去反对,反对的效果必如牛反对拖犁和马反对拉车一般。我心里兼着恐惧、迷茫、沮丧,或者还有一些同情。恐惧与同情在于:有个被打的同学不过是因为隐瞒了出身,而我一直担心着自己的出身是否应该再往前推一辈,那样的话,我就正犯着同样的罪行。迷茫呢,说起来要复杂些:原来大家不都是相处得好好的么,怎么就至于非这样不可?此其一。其二,你说打人不对,可敌人打我们就行,我们就该文质彬彬?伟大的教导可不是这样说的。其三,其实可笑——想想吧,什么是"我们"?我可是"我们"?我可在"我们"之列?我确实感觉到了那儿埋藏着一个怪圈。

十九

几年以后我去陕北插队。在山里放牛,青天黄土,崖陡沟深,思想倒可以不受拘束,忽然间就看清了那个把戏:我不是"我们",我又不想是"他们",算来我只能是"你们"。"你们"是不可以去打的,但也还不至于就去挨。"你们"是一种候补状态,有希望成为"我们",但稍不留神也很容易就变成"他们"。这很关键,把越多的人放在这样的候补位置上,"我们"就越具权势,"他们"就越遭孤立,"你们"就越要乖乖的。

这逻辑再行推演就更令人胆寒:"你们"若不靠拢"我们",就是在接近"他们";"你们"要是不能成为"我们","你们"还能总是"你们"?这逻辑贯彻到那副著名的对联里去时,黑色幽默便有了现实的中国版本。记得我站在高喊着那副对联的人群中间,手欲举而又怯,声欲放却忽收,于是手就举到一半,声音发得含含糊糊。"你们"要想是"我们","你们"就得承认"你们"是混蛋,但是但是,"你们"既然是混蛋又怎能再是"我们"?那个越要乖乖的位置其实是终身制。

二十

我曾亲眼见一个人跳上台去,喊:"我就是混蛋!"于是赢来一阵犹豫的掌声。是呀,该不该给一个混蛋喝彩呢?也许可以给一点吧,既然他已经在承认是蛋的一刻孵化成混。不过当时我的心里只有沮丧,感到前途无比暗淡。我想成为"我们",死也不想是"他们"。所以我现在常想,那时要有人把皮带塞给我,说"现在到了你决定做'我们'还是做'他们'的时候了",我会怎样?老实说,凭我的胆识,最好的情况也就是把那皮带攥出汗来,举而又怯,但终于不敢不抡下去的——在那一刻孵化成混。

二十一

大约就是从那时起,我非常的害怕了"我们",有"我们"在轰鸣的地方我想都不如绕开走。倒不一定就是怕"我们"所指的那很多人,而是怕"我们"这个词,怕它所发散的符咒般的魔力,这魔力能使人昏头昏脑地渴望被它吞噬,像"肯德基家乡鸡"那样整整齐齐都排成一股味儿。我说过我不喜欢"立场"这个词,也是这个意思。"我们"和"立场"很容易演成魔法,强制个人的情感和思想。"文革"中的行暴者,无不是被这魔法所害——"我们"要坚定地是"我们","你们"要尽力变成"我们","我们"干吗?当然是对付"他们"。于是沟堑越挖越深,忠心越表越烈,勇猛而至暴行,理性崩塌,信仰沦为一场热病。

二十二

"上山下乡"已经三十年,这件事也可以更镇静地想一想了:

对于那场运动,历史将记住什么?"老三届"们的记忆当然丰富,千般风流,万种惆怅,喜怒悲忧都是刻骨铭心。但是你去问吧,问一千个"老三届",你就会听见一千种心情,你就会对"上山下乡"有一千种印象:豪情与沮丧,责任与失落,苦难与磨炼,忠勇与迷茫,深切怀念与不堪回首,悔与不悔……但历史大概不会记得那么详细,历史只会记住那是一次在"我们"的旗帜下对个人选择的强制。再过三十年,再过一百年,历史越往前走越会删除很多细节,使本质凸现:那是一次信仰的灾难。

并没有谁捆绑着我们去,但"我们"是一条更牢靠的绳子。一声令下,便树立起忠与不忠的标识。我那时倒没有很多革命的准备,也还来不及忧虑前途,既然大家都去,便以为是一次壮大的旅游或者探险,有些兴奋。也有人确是满怀了革命豪情,并且果然大有作为。但这就像包办婚姻,包办婚姻有时也能成全好事,但这种方法之下不顺心的人就多。我记得临行时车站上有很多哭声,绝非"满怀豪情"可以概括。

二十三

不过我现在也还是相信,贫困的乡村是需要知识青年的,需要科学,需要文化,需要人才。但不是捆绑的方法,不能把人才强行送过去,强行一旦得逞,信仰难保不是悲剧。很可能,人才被强行送过去的同时,强行本身也送过去了。贫困的乡村若因而成长起几个强徒,那祸害甚至不是科学能够抵挡的。

方法常常比目的还要紧。比如动物园里的狼,关在笼子里,写一块牌子挂上,说这是狼,可谁看了都说像狗。狼不是被饲养的,狼是满山遍野里跑的,把狼关在笼子里一养,世界上就有了狗。

二十四

直到有一年,奥运会上传来一阵歌声,遥远却又贴近:我们是世界,我们是孩子……这下才让我恍然而悟"我们"的位置,这个词原来是要这样用的呀,真是简单又漂亮!我迷上奥运会,要紧的原因其实在这儿。飘荡在宇宙中的万千心魂,苍茫之中终见一处光明,"我们是世界,我们是孩子",于是牵连浮涌,聚去那里,聚去那声音的光照中。那便是皈依吧,不管你叫他什么,佛法还是上帝。

所以,"我们"的位置并不在与"他们"的对立之中,而在与神的对照之时。当然是指第三位神,即尽善尽美所发出的要求,所发出的审问,因而划出了现实的残缺,引导着对原罪的领悟,征求忏悔之心。这是神对人的关切,并没有行贿受贿的逻辑在里面,当然不是获取实惠的方便之门。

二十五

灵魂不死,是一个既没有被证实,也没有被证伪的猜想。而且,这猜想只可能被证实,不大可能被证伪。怎样证伪呢?除非灵魂从另一个世界里跳出来告密。

可是,却有一种强大的意志信誓旦旦地宣布:死即是绝对的寂灭,并无灵魂的继续,死了就什么都没了,唯此才是科学,相反的期待全属愚昧,是迷信。相信科学的人竟很少对此存疑,真是咄咄怪事。未被证伪而信其伪,与未被证实而信其实,到底怎么不一样?倘前者是科学,后者怎么就一定愚昧?莫非不能证明其有,便已经是证明其无了?这就更加奇怪,岂不等于是说一切猜想都是愚昧吗?可是,哪一样科学不是由猜想作为引导?

局面似乎不好收拾。首先,人出生了,便迟早要死,迟早会对死后的境况持一种态度。其次,死后无非那两种可能,并无第三类机会。最后,那两种可能无论你相信哪一种,都一样不好意思请科学来撑腰。

二十六

但猜想是必要的。猜想的意义并不一定要由证实来支持。相反,猜想支持着希望,支持着信心。一定要把猜想列为迷信,只好说,一律地铲除迷信倒不美妙。活着,不是仅仅有了科学就够。当然,装神弄鬼骗人钱财的,自封神明愚弄百姓的,理应铲除。但其所以要铲除,倒不是看它不科学,是看它不人道。原子弹很科学,也要铲除。一个人,身患绝症,科学已无能给他任何期待,他满心的坚强与泰然可是牵系于什么呢?地球早晚要毁灭,太阳也终于要冷下去,科学尚不知那时人类何去何从,可大家依然满怀豪情地准备活下去,又是靠着什么?靠着信心,靠着对未来并无凭据的猜想和希望。但这就是迷信吗?但这不能铲除。相反,谁要铲除这样的信心,甚或这样的迷信,倒不允许。先哲有言:科学需要证明,信仰并不需要。事实上,我们的前途一向都隐藏在神秘中,但我们从不放弃,不因为科学注定的局限而沮丧。那也就是说,科学并非我们唯一的依赖,甚至不是根本的依赖。

二十七

既然人死后,灵魂的有与无同样都拿不到证据(真是一件公平的事啊),又为什么会有泾渭分明的两种信奉,一种宁可信其有,另一种偏要宣布其无呢?依我想,关键在于接下来互不相同的推演。

信其有者的推演是：于是会有地狱，会有天堂，会有末日审判，总之善恶终归要有个结论。这大约就是有神论。不过，有神论对神的态度并不都一致，这是另外的话。

　　宣布其无者的推演是：当然就没有什么因果报应，没有地狱，没有天堂，也没有末日审判。此属无神论。但无神论也有着对神的描画，否则怎么断定其无呢？且其描画基本一致，即那是一种谁也没见过、也不可能见过，然而却束缚人，甚至威胁着人类自由的东西。"不，那根本是没有的！"

二十八

　　这其实就有点儿问题了：根本没有的东西如何威胁人？根本没有，何至于这么着急上火地说它没有？显然是有点儿什么，不一定有形，但确乎在影响我们。并非看得见摸得着的东西才存在，你能撞见谁的梦吗？或者摸一摸谁的幻想？神，在被猜想之时诞生，在被描画的时候存在，在两种相反的信奉中同样施展其影响。

　　信其有者，为人的行为找到了终极评判乃至奖惩的可能，因而为人性找到了法律之外的监督。比如说警察照看不到的地方，恶念也有管束。当然，弄不好也会为专制者提供方便，强徒也会祭起神明。

　　信其无者则为人的为所欲为铺开坦途，看上去像是渴盼已久的自由终于降临，但种种恶念也随之解放，有恃无恐。但这也并不就能预防专制，乱世英雄大权独揽，神俗都踩在脚下。

二十九

　　说白了，作恶者更倾向于灵魂的无。死即是一切的结束，恶行便告轻松。于此他们倒似乎勇敢，宁可承担起死后的虚无，但其实这里面掩藏着潜逃的战栗,即对其所作所为不敢负责。这很像是蒙骗了裁判的犯规者,事后会宽慰有加地告诉你:比赛已经结束,录像并不算数。

人死后灵魂依然存在,是人类高贵的猜想,就像艺术,在科学无言以对的时候,在神秘难以洞穿的方向,以及在法律照顾不周的地方,为自己填写下美的志愿,为自己提出善的要求,为自己许下诚的诺言。

但是恶行出现了。恶行警觉地发现,若让那高贵的猜想包围,形势明显不妙。幸亏灵魂不死难于证实,这不是个好消息么?恶行于是看中"证实"二字,慌不择路地拉扯上科学——什么好意思不好意思的——向那高贵的猜想发难。但是匆忙中它听差了,灵魂不死的难于证实并不见得对它是个好消息,那只是说,科学在这个问题上持弃权态度。科学明白:灵魂的问题从来就在信仰的领域,"证实"与"证伪"都是外行话。

三十

可什么是恶呢?有时候善意会做成坏事,歹念碰巧了竟符合义举。这样的时候善恶可怎么评断,灵魂又据何奖惩?以效果论吗?有法律在,其他标准最好都别插嘴。以动机论吗?可是除了自己,谁又吃得准谁一定是怎么想的?所以,良心的审判,注定的,审判者和被审判者都只能是自己。这就难了,自我的审判以什么作标准呢?除非是信仰!或者你心里早有着一种善恶标准,或者你就得费些思索去寻找它。这标准的高低姑且不论,但必超乎于法律之外,必非他人可以代劳,那是你自己的事,是灵魂独对神的倾诉、忏悔和讨教。这标准碰巧了也可能符合科学,但若不巧,你的烦忧恰恰是科学的盲区呢?便只好在思之所及的空茫处,为自己选择一种正义,树立一份信心。这选择与树立的发生,便可视为神的显现。这便是信仰了,无需实证却可以坚守。

善恶的标准,可以永久地增补、修正,可以像对待幸福那样,做永久的追寻。怕只怕人的心里不设这样的标准,拆除这样的信守,没有这样的法庭也不打算去寻找它,同时快乐地宣扬这才是人性的复归。

三十一

不过麻烦并没有完:倘那选择与树立完全由着自己说了算,事情岂不荒唐?岂不等于还是没有标准?岂不等于可以为所欲为、自做神明?一家一面旗,都说自己替天行道,冷战热战于是不亦乐乎,神明与神明的战争并不见得比群殴来得文明。

所以必有一个问题:神到底在哪儿?神到底负责什么事?

所以必有一种回答:神永远不是人,谁也别想冒充他。神拒绝"我们",并不站在哪一家的战壕里。神,甚至是与所有的人都作对的——他从来都站在监督人性的位置上,逼人的目光永远看着你。在对人性恶的觉察中,在人的忏悔意识里,神显现。在人性去接近完美却发现永无终途的路上,才有神圣的朝拜。

三十二

"因果报应"还是靠近着谋略。善行义举,不为今生利禄,但求来世福报,这逻辑总还是疙里疙瘩的与撒旦的思想类似。倘来世未必就有福报呢,善行义举是不是随之就有疑问?那样的话,岂不仍是谋略?说得不好听,有点放长线钓大鱼的意思。这样的谋略潜移默化,很容易成为贿赂的参考——既然可以为来世的福报去阿谀神明,何以不能为今生的利禄去谄媚高官?

三十三

我听到过一种劝人为善的教导,说是做人不要怕吃亏,吃亏未尝不是好事。可接下来的逻辑让人迷惑:你今生吃多少亏,来世便得多少福,那个占了你便宜的人呢,来世便有多少苦。再往下听:你不妨多让别人占些便宜去,不要以为这不划算,其实是别人用他的福换走了你的苦。好家伙!原是劝人不要怕吃亏,怎么最后倒赚走了别人的福去?

三十四

气功,从一听说它我就相信。截断物欲的追逼,放弃人类的妄尊自大,回到与万物平等的地位,物我两忘,谛听自然神秘的脚步……我相信气功确有科学不可比及的力量。比如在现代医学束手无策的地方创造奇迹,比如在沉思默想中看见生命更深处的奥秘。还有一些听上去更近科学的功法,比如沟通宇宙信息,比如超越三维空间汲取更高级的能量,比如从更微观的世界中脱胎换骨,这些我都倾向于相信。甚至风水、符咒之类,大概也不是全无道理。世界之神秘,是人的智力永难穷尽的,没理由不相信奇迹的存在。

但若以奇迹论神明,就怕那神明还是说瞎话的一位。奇迹能把这人间照顾得周全吗?能改变这"人间戏剧"只留下幸运的角色吗?能使人间只有福乐,不存悲忧吗?要是不能,就算它上天入地擒风缚雨也并没有真正改变人的处境。神明一落到实惠,总难免捉襟见肘力不从心。人间呢,仍要有各类角色,大家还是得分工合作把所有的角色都承担起来。所谓奇迹,大概就像"宝葫芦的秘密",把别人的好运偷来给你,差别守恒,无非角色调换一下位置拉倒。

三十五

看足球就像看人生。或看它是一场圣战,全部热情都在打败异己。或视之为一次信心的锤炼和精神狂欢,场地上演出的是坎坷人生的缩影,看台上唱诵的是对不屈的颂扬,是爱的祈盼。再是说,这火爆的游戏真是荒唐,执迷不悟,如痴如癫压根儿是一场错误,何如及早抽身脱离红尘,去投奔无苦无忧的极乐之地?

第三种态度常令我暗自踌躇。越是接近人生的终点,越是要想:这人间真的可爱吗?说可爱,太过简单,简单得像一句没有内容的套话,其实人人心底都有一幅更美好的图景。就连科学也已经看见,人的自命不凡已经把这个星球搞得多么乌烟瘴气,贪婪鼓舞着贪婪,纷争繁衍着纷争,说不定哪天冒出个狂人,一场细菌大战,人间戏剧忽然收场。也许人间真的是一场错误?也许,在某一种时空中真的存在着极乐?人是这样的渺小无知,人的智识之外,宇宙的神秘浩瀚无边,为什么肯定没有那样的地方?人不知其所在罢了,人却可能在来生去投靠它。这真是多么迷人的图景!于是正有很多这样的理想流行,天上人间,美妙超过以往的种种主义,种种法门汇成一句话:到那儿去吧,这儿已经无可留恋,这儿已是残山剩水,那儿才是你的梦中天堂。信与不信,常让我暗自踌躇。

三十六

单说遏制人类的贪婪吧,乐观的理由就少,悲观的根据越来越多。森林消失,草原沙化,河流干涸,海洋污染,天上破着个大窟窿而且越来越大,但人类还在热火朝天地敲榨和掠夺。这差不多已经成了习惯,真能遏制吗?令人怀疑。比如我,下了好大决心,也只抗拒了羊绒衫的诱惑——据说那东西破坏植被,但更多的诱惑只在理论上抗拒。人类也真是发明了很多好玩意儿,空调、汽车、飞机、化肥、农药、电脑……丰富得超过有用的商品、新奇得等于屠杀的美味、舒适得近似残废的生活……人能齐心协力放弃这样的舒适吗?还是让人怀疑。就算有九十九个人愿意放弃,但剩下一个人坚持,舒适的魔力就要扩散,就会有二、三、四、五、六……个人出来继承和发扬。

常能读到一些"现代主义"或者"后现代主义"的精彩理论,赞叹之余一走神儿,看见生活自有其不要命的步伐。魔法一旦把人套住,大概就只有"一直往前走,不要朝两边看"了。

三十七

设想有一处不同于人间的极乐之地,不该受到非难。但问题是,谁能洞开通向那儿的神秘之门?

这就又惹动了争夺。大师林立,功法纷纭,其实都说着同一句话:跟随我吧。到底应该跟随谁呢?这神秘的权力究竟是谁掌握着?无从分辨。似乎就看谁许下的福乐更彻底了。

既已许下福乐,便不愁没人着迷,于是又一场蜂拥,以当年眺望"主义"的热情去眺望另一维时空了——原来天堂并不在咱这地界儿,以往真是瞎忙。于是调离苦难的心情愈加急迫,然而天堂的门票像似有限,怎么办?那就只好谁先觉悟谁先去吧,至于那些拿不到门票的人嘛,实在是他们自己慧根不够、福缘浅薄,又怨得哪一个?

闹来闹去这逻辑其实又熟悉:为富不仁者对穷人不是也这么说吗——你自己无能,又怨得谁个?这逻辑也许并不都错,但这漠然无爱的境界不正是人间凶险的首要?记得佛门有一句伟大教诲:一人未得度,众生都未得度。佛祖有一句感人的誓言:我不下地狱谁下地狱？怎么到了一些自命的佛徒那里，竟变得与福利分房相似？——房源（或者福运）有限，机不可失，大家各显神通吧。

三十八

因此我大大地迷惑：就算那极乐之地确凿，就算我们来生确实有望被天堂接纳，但那可是凭着"先天下之乐而乐"的心情就能够去的么？倘天堂之门也是偏袒着争抢之下的强者，天堂与人间可还有什么两样？好吧，退一步想，就算争抢着去的也就去了，但这漠然无爱的心情被带去天堂，天堂还会永远无忧么？争抢的欲望，不会把那儿也搅得"群雄并起，天上大乱"？

所以我宁可还是相信，所谓天堂即是人的仰望，仰望使我们洗去污浊。所谓另一维时空，其实是指精神的一维，这一维并不与人间隔绝，而是与我们所在的这个世界重叠融会。

神秘的力量，毫无疑问是存在的。神秘，存在于冥冥之中。这其实很好，恰为人间的梦想与完善铺筑起无限的前途。但是，这无限既由神秘所辖，便不容得凡人染指。原因简单：有限的凡人怎么可能通晓无限的神秘？神秘的商标一旦由凡人注册，就最值得大众担心——他掌握着神秘的权力啊，有什么疑问还敢跟他讨论？有什么不同意见还敢跟他较真儿？岂不又是"理解的执行，不理解的也要执行"了吗？

三十九

如果奇迹并不能改变这"人间戏剧"，苦难守恒，幸运之神无非做些调换角色的工作，众生还能求助于什么呢？只有相互携手，只有求助于爱吧。

这样说，明显已经迂腐，再要问爱是什么，更要惹得潇洒笑话。

比如说爱情,潇洒曾屡次告诫过我们了:其实没有。有婚姻,有性欲,有搭伙过日子,哪有什么爱情?这又让迂腐糊涂:你到底是说什么没有,什么?迂腐真是给潇洒添乱——你要是说不出没有的是什么,你怎么断定它没有?你要是说出没有了什么,什么就已经有了。爱情本来是一种心愿,不能到街上看看就说没有。而没有这份心愿的人也不会说它没有,他们觉得婚姻和性欲已经就是了。

所以,"爱的奉献"这句话也不算很通顺。能够捐资,捐物,捐躯,可心愿是能够捐的吗?爱如果是你的心愿,爱已经使你受益,无论如何用不上大义凛然。

四十

在街市上我见过两只狗,隔着熙攘的人群,远远地它们已经互相发现,互相呼唤,眉目传情。待主人手上的绳索一松,它们就一个从东一个从西,钻过千百条人腿飞奔到一起,那样子就像电影中久别的情人一朝重逢,或历尽劫波的夫妻终于团聚。它们亲亲密密地偎依,耳鬓厮磨,窃窃地说些狗话。然后时候到了,主人喊了,主人"重利轻别离",它们呢,仍旧情意缠绵,觉得时间怎么忽然走得这样快?主人过来抓住绳索,拍拍它们的脑门儿,告诉它们:你们是狗啊,要本分,要把你们的爱献给某一处三居室。它们于是各奔东西,"孔雀东南飞,五里一回头",消失在人海苍茫之中,而且互相不知道地址。

我常想,这两只狗一定知道它们怀念的是什么,虽然它们说不出,抑或只因为我们听不懂。不过可以猜想:只身活在异类当中,周围全是语言难通的两足动物,孤独还能教它们怀念什么呢?只是我未及注意它们的性别,不知那是否仅仅出于性欲。

四十一

不管怎么说,给爱下定义是要惹上帝发笑的。不如先绕开它,换个角度,这样问:什么时候,你第一次感到了爱?或者是:什么样的时候,你感到了需要爱?

我常回想,那是在什么时候?什么样的时候?

那大约要追溯到上小学的时候。有个女孩儿,与我同年,她长得漂亮吗?但是我的目光总被她吸引,只要她在,我的注意力就总是去围绕她。最初发现她是在一次六一儿童节的庆祝会上,她朗诵一首诗,关于一个穷苦的黑人孩子的诗……会场中先还有些喧闹,但忽然喧闹声沉落下去,只剩下她的声音在会场中飘荡,清纯、稚气,但却微微地哽咽,灯光全部聚向她时,我看见她的眼边有泪光……从那以后我总想去接近她,但又总是远远地看她并不敢走去近前,甚至跟她说话也有自惭形秽之感,甚至连她的住处也让我想象迭出觉得神圣不可及。这是爱的吗,爱的萌动?但这与性有多少关系呢?那女孩儿,现在想来真的不能算漂亮,身上一点女人的迹象也还没有。是什么触动了我呢?

四十二

如果那一次触动中其实有着懵懂的性因素,可同样的触动也曾来自一个男孩儿,他住在一座不同寻常的房子里,我在《务虚笔记》中写过那座房子,在《务虚笔记》中我借助对一个女孩儿的眺望,写过,我怎样走进了那座漂亮的房子,看见了里面的生活。那是一座在我当时看去不可思议的房子,和一种我想象不到的生活,在《务虚笔记》中我写到了我当时的感受。在走不尽的灰暗小街的缠缠绕绕之中,在寂寞的冬天的早晨,高高的阳光之下,那座房子明朗、清洁、幽静,仿佛置身世外。那里面的布设和主人们的举止,都高雅得让我惊诧,让我羡慕,让一个欲念初萌的孩子从头到脚弥漫开沉沉的自卑。我很快就感觉到了一种冷淡,和冷淡的威胁。不错,是自卑,我永远都看见那一刻,那一刻永不磨灭。那儿的人是否傲慢地说了什么并不重要,重要的是那自卑与生俱来,重要的是那冷淡的威胁其实是由自卑构筑,即使那儿的人没有任何傲慢的表示我也早就想逃跑了。《务虚笔记》中写的是:我想回家。我跑出了那座美丽的房子,我走在回家的路上,但是家——那一向等待着我的温暖之中,忽然掺进了一缕黯然。家,由于另一种生活的衬照,由于冷淡的威胁,竟也变得孤独堪怜。在《务虚笔记》中,我借助于画家Z的形象去看过我自己那时的心情……

四十三

自卑,历来送给人间两样东西:爱的期盼,与怨愤的积累。

我想,画家Z曾经得到的是后一种。我呢?我之所以能够想象他,想象他就是在那次回家的路上走进了怨愤,料必因为Z是我的一部分,至少曾经是这样。要征服那冷淡,要以某种姿态抵挡乃至压倒那冷淡的威胁,自卑于是积累起怨愤,怨愤再加倍地繁衍自卑——这就是画家Z。相反,若是梦想着世间不再有那样的冷淡,梦想着,被那冷淡雕铸的怨愤终于消散,所有失望过和傲慢过的心灵都能够相互贴近,那就是爱的期盼。甚至纯真的心从不多看那冷淡一眼,唯热盼着与另外的心灵沟通,不屈不挠地等待,走遍一生去寻找,那就是爱的路程。在《务虚笔记》中,我借助诗人L、女教师O和F医生的身影,走进这样的梦想,借助于对他们的理解看见了我的另一种心情。

这两种心情似乎都是与生俱来,盘根错节同时都在我心里,此起彼伏,铺设成我的心路。别人也都是这样吗?我只知道,兼具这两种心情的我才是真实的我。我站在Z的脚印上,翘望L、O和F的方向。我体会着Z的自卑,而神往于L、O和F痴心不改的步伐。而且,越是Z的消息沉重,越是L、O和F的消息明媚动人。我知道了,爱,原就是自卑弃暗投明的时刻。自卑,或者在自卑的洞穴里步步深陷,或者转身,在爱的路途上迎候解放。

四十四

不过自卑,也许开始得还要早些。开始于你第一次走出家门的时候。开始于你第一次步入人群,分辨出了自己和别人的时候。开始于你离开母亲的偏袒和保护,独自面对他者的时候。开始于这样的时候:你的意识醒来了,看见自己被局限在一个小小的躯体中,而在自己之外世界是如此巨大,人群是如此庞杂,自己仿佛囚徒。开始于这样的时候:在这纷纭的人间,自己简直无足轻重,而这一切纷纭又都在你的欲望里,自己二字是如此的不可逃脱,不能轻弃。开始于这样的时候:你想走出这小小躯体的囚禁,走向别人,盼望着生命在那儿得到回应,心魂从那儿联接进无比巨大的存在,无限的时间因而不再是无限的冷漠……

但是,别人也有这样的愿望么?在墙壁的那边,在表情后面,在语言深处,别人,到底都是什么?对此你毫无把握。但囚徒们并不见得都想越狱出监,囚徒中也会有告密者,轻蔑、猜疑和误解加固着牢笼的坚壁,你热烈的心愿前途未卜,而一旦这心愿陷落,生命将是多么孤苦无望,多么索然无味,荒诞不经。我能记起很多次这样的经历。从幼年一直到现在,我有过很多次失望——可能我也让别人有过这类失望——很多次深刻的失望其实都可以叫做失恋,无论性别,因为在那之前的热盼正都是爱的情感:等待着他人的到来,等待着另外的心魂,等待着自由的团聚。虽因年幼,这热盼曾经懵然不知何名,但当有一天,爱的消息传来,我立刻认出那就是它,毫无疑问一直都是它。

四十五

爱这个字,颇多歧义。母爱、父爱等等,说的多半是爱护。"爱牙日"也是说爱护。爱长辈,说的是尊敬,或者还有一点威吓之下的屈从。爱百姓,还是爱护,这算好的,不好时里面的意思就多了。爱哭,爱睡,爱流鼻涕,是说容易、控制不住。爱玩,爱笑,爱桑拿,爱汽车,说的是喜欢。"爱怎么着就怎么着",是想的意思,随便你。"你爱死不死",也是说请便,不过已经是恨了。

爱,与喜欢混淆得最严重。"我爱你",可能是表达着一次真正的爱情,也可能只是好色之徒的口头禅,还可能是各有所图的一回交易。喜欢,好东西谁不喜欢?快乐的事谁不喜欢?没有理由谴责喜欢,但喜欢与爱的情感不同。爱的情感包括喜欢,包括爱护、尊敬和控制不住,除此之外还有最紧要的一项:敞开。互相敞开心魂,为爱所独具。这样的敞开,并不以性别为牵制,所谓推心置腹,所谓知己,所谓同心携手,是同性之间和异性之间都有的期待,是孤独的个人天定的倾向,是纷纭的人间贯穿始终的诱惑。

四十六

所以爱是一种心愿,不在街上和衣兜里,也不在储蓄所。睁着俩眼向外找,可以找到救济(包括性方面的救济),仅此而已。

爱却艰难,心魂的敞开甚至危险。他人也许正是你的地狱,那儿有心灵的伤疤结成的铠甲,有防御的目光铸成的刀剑,有语言排布的迷宫,有笑靥掩蔽的陷阱。在那后面,当然,仍有孤独的心在战栗,仍有未熄的对沟通的渴盼。你还是要去吗?不甘就范?那你可要谨慎,以孤胆去赌——他人即天堂,甚至以痛苦去偿你平生的夙愿。爱不比性的地方正在这里,性唯快乐,爱可没那么轻松。潇洒者早有警告:哥们儿你累不累?

四十七

爱情所以选中性作为表达,作为仪式,正是因为,性,以其极端的遮蔽状态和极端的敞开形式,符合了爱的要求。极端的遮蔽和极端的敞开,只要能表达这一点,不是性也可以,但恰恰是它,性于是走进爱的领地。没有什么比性更能体现这两种极端了,爱情所以看中它,正是要以心魂的敞开去敲碎心魂的遮蔽,爱情找到了它就像艺术家终于找到了一种形式,以期梦想可以清晰,可以确凿,可以不忘,尽管人生转眼即是百年。

但也正因为这样,性可以很方便地冒充爱情,正像满街假冒艺术的雕塑还少么?如果仪式之后没有内容,如果敞开的只是肉体,肌肤相依而心魂依然森严壁垒,那最多不过还是"喜欢"和"控制不住"。(假冒的仪式越来越多,比如种种的宣誓,种种隆重的典礼和剪彩,比如荒诞可以成为时尚,真诚可以用作包装……)其实好色倒也是人情之常。红灯区如同公厕,利于卫生。只是这样无可厚非下去似乎文不对题——在美妙的肉体唾手可得的年代,心灵的孤独怎样了?爱怎样了?以及,性又随之怎样了呢?

性冷漠据说在蔓延,越是性解放的地方,性越是失去着激情。是性不应该解放吗?不,总把性压迫在罪恶的阴影下是要出事的,但也不宜被解放到无根无据的地步。倘若其像吐痰一样毫无弦外之音,爱凭什么偏要对它情有独钟,偏要向它注入奔涌不息的能量呢?

四十八

爱之永恒的能量,在于人之间永恒的隔膜。爱之永远的激越,由于每一个"我"都是孤独。人不仅是被抛到这个世界上来的,而且是一个个分开着被抛来的。

在上帝那儿,在灵魂被囚进肉体之前,"一生二,二生三,三生万物"之初,并无我、你、他之分别,巨大的存在之消息浑然一体,无分彼此内外,浮摇漫展无所不在。然后人间诞生了,人间诞生了其实就是有限诞生了。巨大的存在之消息被分割进亿万个小小的肉体,小小的囚笼,亿万种欲望拥挤摩擦,相互冲突又相互吸引,纵横交错成为人间,总有一些在默默运转,总有一些在高声喊叫,总有一些黯然失色随波逐浪,总有一些光芒万丈彪炳风流,总有弱中弱,总有王中王——不管是以什么方式,不管是以什么标牌,不管是以刀枪、金钱还是话语……总归一样。尼采说对了:权力意志。所有的种子都想发芽,所有的萌芽都想长大,所有的思绪都要漫展,没有办法的事。把弱者都聚拢到一块去平安吧,弱者中会浮涌出强人。把强人都归堆到一块儿去平等呢,强人中会沉淀出弱者。把人一个个地都隔离开怎么样?又群起而不干。小时候,我们几个堂兄弟之间经常打架,奶奶就嚷:"放在一块儿就打,分开一会儿又想!"奶奶看得明白,就这么回事。

四十九

说真的,我不大相信"话语霸权"之类的东西可能消灭,就像我也不大相信可以消灭人的贪婪。但消灭霸权和贪婪正在成为人的愿望,这就好,就像爱情,要紧的是心愿。我怀疑上帝是不是闷了,寂寞得不行,所以摆布一场反反复复的游戏?别管上帝的事吧。人呢，就像我和我的堂兄弟们一样，要紧的是相互想念，虽然打架。那巨大的存在之消息，因分割而冲突，因冲突而防备，因防备而疏离，疏离而至孤独，孤独于是渴望着相互敞开——这便是爱之不断的根源。

敞开，不是性的专利，性是受了爱的恩宠，所以生气勃勃。如果性已经冷漠，已经疲倦，已经泛滥到失去了倾诉的能力，那就让它仅仅去负责繁殖和潇洒。敞开，可以找到另外的仪式和路径，比如艺术，比如诗歌，比如戏剧和文学。不过文学这个词并不美妙，并不恰切，不如是写作，不如是倾诉和倾听，不如是梦幻、是神游。因为那从来就不是什么学问，本不该有什么规范，本不该去符合什么学理，本不必求取公认，那是天地间最自由的一片思绪呀，是有限的时空中响彻的无限呼唤。为此上帝也看重它，给它风采，给它浪漫，给它鬼魅与神奇，给它虚构的权力去敲碎现实的呆板，给它荒诞的逻辑以冲出这个既定的人间，总之给它一种机会，重归那巨大的存在之消息，浩浩荡荡万千心魂重新浑然一体，赢得上帝的游戏，破译上帝以斯芬克斯的名义设下的谜语。

五十

但这是可能的吗？迫使上帝放弃他的游戏，可能吗？放弃分割，放弃角色们的差异，让上帝结束他非凡的戏剧，这可能吗？那么喜欢热闹的上帝，又是那么精力旺盛、神通广大，让他重新回到无边的寂寞中去，他能干？要是他干，他曾经也就不必创造这个人间。喜好清静如佛者，也难免情系人间。我还是不能想象人人都成了佛的图景，人人都是一样，岂不万籁俱寂？人人都已圆满，生命再要投奔何方？那便连佛也不能有。佛乃觉悟，是一种思绪。一团圆满一片死寂，思之安附，悟从何来？所以有"烦恼即菩提"的箴言。

人间总是喧嚣,因而佛陀领导清静。人间总有污浊,所以上帝主张清洁。那是一条路啊!皈依无处。皈依并不在一个处所,皈依是在路上。分割的消息要重新联通,隔离的心魂要重新聚合,这样的路上才有天堂。这样的天堂有一个好处:不能争抢。你要去吗?好,上路就是。要上路吗?好,争抢无效,唯以爱的步伐。任何天堂的许诺,若非在路上,都难免刺激起争抢的欲望。不管是在九天之外,或是在异元时空,任何所谓天堂只要是许诺可以一劳永逸地到达,通向那儿的路上都会拥挤着贪婪。天堂是一条路,这就好了,永远是爱的步伐,又不担心会到达无穷的寂寞。上帝想必是早就看穿了这一点,所以把他的游戏摆弄个没完。佛陀谙熟此道,所以思之无极。谢天谢地,皈依是一种心情,一种行走的姿态。

五十一

爱是软弱的时刻,是求助于他者的心情,不是求助于他者的施与,是求助于他者的参加。爱,即分割之下的残缺向他者呼吁完整,或者竟是,向地狱要求天堂。爱所以艰难,常常落入窘境。

所以"爱的奉献"这句话奇怪。左腿怎么能送给右腿一个完整呢?只能是两条腿一起完整。此地狱怎么能向彼地狱奉献一个天堂呢?地狱的相互敞开,才可能朝向天堂。性可以奉献,爱却不能。爱就像语言,闻者不闻,言者还是哑巴。甘心于隔离地活着,唯爱和语言不需要。爱和语言意图一致——让智识走向心魂深处,让深处的孤独与惶然相互沟通,让冷漠的宇宙充满热情,让无限的神秘暴露无限的意义。巴别塔虽不成功,语言仍朝着通天的方向建造。这不是能够嘲笑的,连上帝也不能。人的处境是隔离,人的愿望是沟通,这两样都写在了上帝的剧本里。

五十二

可这有什么用么?通常的嘲笑和迷惑就在这里:人不可能永生,这一切又有什么用呢?爱有什么用?心魂的敞开有什么用?热情又有什么用呢?但,什么是有用?若仅仅做一种活物,衣食住行之外其实什么都可以取消。然而,乖张如人者偏不安守这样的地位,好事如上帝者偏不允许这样的寂寞,无限膨胀的宇宙偏偏孕育出一种不衰的热情。先哲有言:"人是一堆无用的热情。"人即热情,这热情并不派什么别的用场。人就是飘荡在宇宙中的热情消息,就是这宇宙之热情的体现,或者,唯宇宙之热情称为人。若问"热情何用",等于是问"人何用",等于问"宇宙何用""无用何用"。从必死的角度看,衣食住行又有何用?不如早早结束这一场荒诞。说人就是为了活着,也对,衣食住行是为了活着,梦想也是,倘发狠去死,一切真都是何必?但是,说人只是为了活着,意思就大不一样,丰衣足食地关在监狱里如何?

五十三

但是死,那么容易吗?我是说,谁能让"无用的热情"死去?谁能让宇宙的热情的消息飘散?谁能用一瓶安眠药让世界永远睡去?

宇宙这只花瓶是一只打不烂的魔瓶,它总能够自我修复,保持完整,热情此消彼长永不衰减。人间这出戏剧是只杀不死的九头鸟,一代代角色隐退,又一代代角色登台,仍然七情六欲,仍然悲欢离合,仍然是探索而至神秘、欲知而终于知不知,各种消息都在流传,万古不废。

五十四

这也许荒诞。荒诞如果难逃,哀叹荒诞岂不更是荒诞!荒诞如果难逃,自然而然会有一种猜想:或许这人间真的不过是一座炼狱?我们是来服刑的,我们是来反省和锻炼的,是来接受再教育的(改造客观世界的同时改造主观世界)。下放与下凡异曲同工。迷信和神话中常有这类说法:天神有罪,被谴人间,譬如猪八戒。天神何罪?多半都是"天蓬元帅"一般受了红尘的引诱。好吧,你就去红尘走一遭,在肉体的牢笼中再加深一回对苦难的理解。贾宝玉和孙悟空这一对女娲的弃物,也都是走了这条路,不过比八戒多着自愿的成分。

这样的猜想让人长舒一口气,仿佛西绪福斯的路终于可以有头,终有一天可以放假回家万事大吉,但细想这未必美妙,彻底的圆满只不过是彻底的无路可走。

五十五

经过电子游戏厅,看见痴迷又疲惫的玩客,仿佛是见了人间的模型。变幻莫测的游戏是红尘的引诱,一台台电脑即姓名各异的肉身。你去品尝红尘,要先具肉身——哪一样快乐不是经由它传递?带上足够的本金去吧,让欲望把定一台电脑,灵魂就算附体了,你就算是投了胎,五光十色的屏幕一亮你已经落生人间。孩子们哭闹着想进游戏厅,多像一块块假宝玉要去做"红楼梦"。欲望一头扎进电脑,多像灵魂钻进了肉身?按动键盘吧,学会入世的规矩。熟练指法吧,摸清谋生的门道。谢谢电脑,这奇妙的肉身为实现欲望接通了种种机会——你想做英雄吗?这儿有战争。想当领袖吗?这儿有社会。想成为智者?好,这儿有迷宫。要发财这儿有银行可抢。要拈花惹草这儿有些黄色的东西您看够不够?要赌博?哎呀那还用说,这儿的一切都是赌博。

你玩得如醉如痴,劈里啪啦到劈里啪啦,到本金告罄,到游戏厅打烊,到老眼昏花,直到游戏日新月异踏过你残老的身体,这时似乎才想起点别的什么。什么呢?好像与快乐的必然结束有关。

荒诞感袭来是件好事,省得说"瞎问那么多有什么用"。其实应该祝愿潇洒从头至尾都不遭遇荒诞的盘查,可这事谁也做不了主,荒诞并非没有疏漏,但并不单单放过潇洒。而且你不能拒绝它:拒绝盘查,实际已经被盘查。

五十六

怕死的心理各式各样。作恶者怕地狱当真。行善者怕天堂有诈。潇洒担心万一来世运气不好,潇洒何以为继?英雄豪杰,照理说早都置生死于度外,可一想到宏图伟业忽而回零,心情也不好。总而言之,死之可怕,是因为毕竟谁也摸不清死要把我们带去哪儿?

然而人什么都可能躲过,唯死不可逃脱。

可话说回来,天地间的热情岂能寂灭?上帝的游戏哪有终止?宇宙膨胀不歇,轰轰烈烈的消息总要传达。人便是这生生不息的传达,便是这热情的载体,便是残缺朝向圆满的迁徙,便是圆满不可抵达的困惑和与之同来的思与悟,便是这永无终途的欲望。所以一切尘世之名都可以磨灭,而"我"不死。

五十七

"我"在哪儿?在一个个躯体里,在与他人的交流里,在对世界的思考与梦想里,在对一棵小草的察看和对神秘的猜想里,在对过去的回忆、对未来的眺望、在终于不能不与神的交谈之中。

正如浪与水。我写过：浪是水，浪消失了，水还在。浪是水的形式，水的消息，是水的欲望和表达。浪活着，是水，浪死了，还是水。水是浪的根据，浪的归宿，水是浪的无穷与永恒。

所有的消息都在流传，各种各样的角色一个不少，唯时代的装束不同，尘世的姓名有变。每一个人都是一种消息的传达与继续，所有的消息连接起来，便是历史，便是宇宙不灭的热情。一个人就像一个脑细胞，沟通起来就有了思想，储存起来就有了传统。在这人间的图书馆或信息库存里，所有的消息都死过，所有的消息都活着，往日在等待另一些"我"来继续，那样便有了未来。死不过是某一个信号的中断，它"轻轻地走"，正如它还会"轻轻地来"。更换一台机器吧——有时候不得不这样，但把消息拷贝下来，重新安装进新的生命，继续，和继续的继续。

病隙碎笔 2

一

　　我是史铁生——很小的时候我就觉得这话有点怪,好像我除了是我还可以是别的什么。这感觉一直不能消灭,独处时尤为挥之不去,终于想懂:史铁生是别人眼中的我,我并非全是史铁生。
　　多数情况下,我被史铁生减化和美化着。减化在所难免。美化或出于他人的善意,或出于我的伪装,还可能出于某种文体的积习——中国人喜爱赞歌。因而史铁生以外,还有着更为丰富、更为混沌的我。这样的我,连我也常看他是个谜团。我肯定他在,但要把他全部捉拿归案却非易事。总之,他远非坐在轮椅上、边缘清晰齐整的那一个中年男人。白昼有一种魔力,常使人为了一个姓名的牵挂而拘谨、犹豫,甚至于慌不择路。一俟白昼的魔法遁去,夜的自由到来,姓名脱落为一张扁平的画皮,剩下的东西才渐渐与我重合,虽似朦胧缥缈了,却真实起来。这无论对于独处,还是对于写作,都是必要的心理环境。

二

　　我的第一位堂兄出生时,有位粗通阴阳的亲戚算得这一年五行缺铁,所以史家这一辈男性的名中都跟着有了一个"铁"字。堂兄弟们现在都活得健康,唯我七病八歪终于还是缺铁,每日口服针注,勉强保持住铁的入耗平衡。好在"铁"之后父母为我选择了"生"字,当初一定也未经意,现在看看倒像是我屡病不死的保佑。

此名俗极,全中国的"铁生"怕没有几十万?笔墨谋生之后,有了再取个雅名的机会,但想想,单一副雅皮倒怕不伦不类,内里是什么终归还是什么,多一事不如少一事。有个老同学对我说过:初闻此名未见此人时,料"铁生"者必赤膊秃头。我问他可曾认得一个这样的铁生?不,他说这想象毫无根据煞是离奇。我却明白:赤膊秃头是粗鲁和愚顽常有的形象。我当时心就一惊:至少让他说对一半!粗鲁若嫌不足,愚顽是一定不折不扣的。一惊之时尚在年少,不敢说已有自知之明,但潜意识不受束缚,一针见血什么都看得清楚。

三

铁,一种浑然未炼之物。隔了四十八年回头看去,这铁生真是把人性中可能的愚顽都备齐了来的,贪、嗔、痴一样不少,骨子里的蛮横并怯懦,好虚荣,要面子,以及不懂装懂,因而有时就难免狡猾,如是之类随便点上几样不怕他会没有。

不过这一个铁生,最根本的性质我看是两条,一为自卑(怕),二为欲念横生(要)。谁先谁后似不分明,细想,还是要在前面,要而唯恐不得,怕便深重。譬如,想得到某女之青睐,却担心没有相应的本事,自卑即从中来。当然,此一铁生并不早熟到一落生就专注了异性,但确乎一睁眼就看见了异己。他想要一棵树的影子,要不到手。他想要母亲永不离开,却遭到断喝。他希望众人都对他喝彩,但众人视他为一粒尘埃。我看着史铁生幼时的照片,常于心底酿出一股冷笑:将来有他的罪受。

四

说真的他不能算笨,有着上等的理解力和下等的记忆力(评价电脑的优劣通常也是看这两项指标),这样综合起来,他的智商正是中等——我保证没有低估,也不想夸大。

记忆力低下可能与他是喝豆浆而非喝牛奶长大的有关。我小时候不仅喝不起很多牛奶,而且不爱喝牛奶,牛奶好不容易买来了可我偏要喝豆浆。卖豆浆的是个麻子老头,他表示过喜欢我。倘所有的孩子都像我一样爱喝豆浆,我想那老头一定更要喜欢。

说不定记忆力不好的孩子长大了适合写一点小说和散文之类。倒不是说他一定就写得好,而是说,干别的大半更糟。记忆力不好的孩子偏要学数学,学化学,学外语,肯定是自找没趣,这跟偏要喝豆浆不一样。幸好,写小说写散文并不严格地要求记忆,记忆模糊着倒赢得印象、气氛、直觉、梦想和寻觅,于是乎利于虚构,利于神游,缺点是也利于胡说白道。

五

散文是什么?我的意见是:没法说它是什么,只可能说它不是什么。因此它存在于一切有定论的事物之外,准确说,是存在于一切事物的定论之外。在白昼筹谋已定的种种规则笼罩不到的地方,若仍漂泊着一些无家可归的思绪,那大半就是散文了——写出来是,不写出来也是。但它不是收容所,它一旦被收容成某种规范,它便是什么了。可它的本色在于不是什么,就是说它从不停留,唯行走是其家园。它终于走到哪儿去谁也说不清。我甚至有个近乎促狭的意见:一篇文章,如果你认不出它是什么(文体),它就是散文。譬如你有些文思,不知该把它弄成史诗还是做成广告,你就把它写成散文。可是,倘有一天,人们夸奖你写的是纯正的散文,那你可要小心,它恐怕是又走进某种定论之内了。

小说呢?依我看小说走到今天,只比散文更多着虚构。

六

我其实未必合适当作家,只不过命运把我弄到这一条(近似的)路上来了。左右苍茫时,总也得有条路走,这路又不能再用腿去趟,便用笔去找。而这样的找,后来发现利于此一铁生,利于世间一颗最为躁动的心走向宁静。

我的写作因此与文学关系疏浅,或者竟是无关也可能。我只是走得不明不白,不由得唠叨;走得孤单寂寞,四下里张望;走得触目惊心,便向着不知所终的方向祈祷。我仅仅算一个写作者吧,与任何"学"都不沾边儿。学,是挺讲究的东西,尤其需要公认。数学、哲学、美学,还有文学,都不是打打闹闹的事。写作不然,没那么多规矩,痴人说梦也可,捕风捉影也行,满腹狐疑终无所归都能算数。当然,文责自负。

七

写作救了史铁生和我,要不这辈子干什么去呢?当然也可以干点别的,比如画彩蛋,我画过,实在是不喜欢。我喜欢体育,喜欢足球、篮球、田径、爬山,喜欢到荒野里去看看野兽,但这对于史铁生都已不可能。写作为生是一件被逼无奈的事。开始时我这样劝他:你死也就死了,你写也就写了,你就走一步说一步吧。这样,居然挣到了一些钱,还有了一点名声。这个愚顽的铁生,从未纯洁到不喜欢这两样东西,况且钱可以供养"沉重的肉身",名则用以支持住孱弱的虚荣。待他孱弱的心渐渐强壮了些的时候,我确实看见了名的荒唐一面,不过也别过河拆桥,我记得在我们最绝望的时候它伸出过善良的手。

我的写作说到底是为谋生。但分出几个层面,先为衣食住行,然后不够了,看见价值和虚荣,然后又不够了,却看见荒唐。荒唐就够了么?所以被送上这不见终点的路。

八

史铁生和我,最大的缺点是有时候不由得撒谎。好在我们还有一个最大的优点:诚实。这不矛盾。我们从不同时撒谎。我撒谎的时候他会悄悄地在我心上拧一把,他撒谎的时候我也以相似的方式通知他。我们都不是不撒谎的人。我们都不是没有撒过谎的人。我们都不是能够保证不再撒谎的人。但我们都会因为对方的撒谎而恼怒,因为对方的指责而羞愧。恼怒和羞愧,有时弄得我们寝食难安,半夜起来互相埋怨。

公开的诚实当然最好,但这对于我们,眼下还难做到。那就退而求其次——保持私下的诚实,这样至少可以把自己看得清楚。把自己看看清楚也许是首要的。但是,真能把自己看清楚吗?至少我们有此强烈的愿望。我是谁?以及史铁生到底何物?一直是我们所关注的。

公开的诚实为什么困难?史铁生和我之间的诚实何以要容易些?我们一致相信,这里面肯定有着曲折并有趣的逻辑。

九

一个欲望横生如史铁生者,适合由命运给他些打击,比如截瘫,比如尿毒症,还有失学、失业、失恋等等。这么多年我渐渐看清了这个人,若非如此,料他也是白活。若非如此他会去干什么呢?

我倒也说不准,不过我料他难免去些火爆的场合跟着起哄。他那颗不甘寂寞的心我是了解的。他会东一头西一头撞得找不着北,他会患得患失总也不能如意,然后,以"生不逢时"一类的大话来开脱自己和折磨自己。不是说火暴就一定不好,我是说那样的地方不适合他,那样的地方或要凭真才实学,或要有强大的意志,天生的潇洒,我知道他没有,我知道他其实不行可心里又不见得会服气,所以我终于看清:此人最好由命运提前给他一点颜色看看,以防不可救药。不过呢,有一弊也有一利,欲望横生也自有其好处,否则各样打击一来,没了活气也是麻烦。抱屈多年,一朝醒悟:上帝对史铁生和我并没有做错什么。

十

我想,上帝为人性写下的最本质的两条密码是:残疾与爱情。残疾即残缺、限制、阻障……是属物的,是现实。爱情属灵,是梦想,是对美满的祈盼,是无边无限的,尤其是冲破边与限的可能,是残缺的补救。每一个人,每一代人,人间所有的故事,千差万别,千变万化,但究其底蕴终会露出这两种消息。现实与梦想,理性与激情,肉身与精神,以及战争与和平,科学与艺术,命运与信仰,怨恨与宽容,困苦与欢乐……大凡前项,终难免暴露残缺,或说局限,因而补以后项,后项则一律指向爱的前途。

就说史铁生和我吧,这么多年了,他以其残疾的现实可是没少连累我。我本来是想百米跑上个九秒七,跳高跳它个两米五,然后也去登一回珠穆朗玛峰的,可这一个铁生拖了我的后腿,先天不足后天也不足,这倒好,别人还以为我是个好吹牛的。事情到此为止也就罢了,可他竟忽然不走,继而不尿,弄得我总得跟他一起去医院"透析"——把浑身的血都弄出来洗,洗干净了再装回去,过不了三天又得重来一回。可不是麻烦吗!但又有什么办法?末了儿还得我来说服他,这个吧那个吧,白天黑夜的我可真没少废话,这么着他才算答应活下来,并于某年某月某日忽然对我说他要写作。好哇,写呗。什么文学呀,挨不上!写了半天,其实就是我没日没夜跟他说的那些个话。当然他也对我说些话,这几十年我们就是这么你一言我一语地说过来的,要不然这日子可真没法过。说着说着,也闹不清是从哪天起他终于信了:地狱和天堂都在人间,即残疾与爱情,即原罪与拯救。

十一

　　人可以走向天堂,不可以走到天堂。走向,意味着彼岸的成立。走到,岂非彼岸的消失?彼岸的消失即信仰的终结、拯救的放弃。因而天堂不是一处空间,不是一种物质性存在,而是道路,是精神的恒途。物质性(譬如肉身)永远是一种限制。走到(无论哪儿)之到,必仍是一种限制,否则何以言到?限制不能拯救限制,好比"瞎子不能指引瞎子"。天堂是什么?正是与这物质性限制的对峙,是有限的此岸对彼岸的无限眺望。谁若能够证明另一种时空,证明某一处无论多么美好的物质性"天堂"可以到达,谁就应该也能够证明另一种限制。另一种限制于是呼唤着另一种彼岸。因而,在限制与眺望、此岸与彼岸之间,拯救依然是精神的恒途。

　　这是不是说天堂不能成立?是不是说"走向天堂"是一种欺骗?我想,物质性天堂注定难为,而精神的天堂恰于走向中成立,永远的限制是其永远成立的依据。形象地说:设若你果真到了天堂,然后呢?然后,无所眺望或另有眺望都证明到达之地并非圆满,而你若永远地走向它,你便随时都在它的光照之中。

十二

残疾与爱情,这两种消息,在史铁生的命运里特别地得到强调。对于此一生性愚顽的人,我说过,这样强调是恰当的。我只是没想到,史铁生在四十岁以后也慢慢看懂了这件事。

这两种消息几乎同时到来,都在他二十一岁那年。

一个满心准备迎接爱情的人,好没影儿的先迎来了残疾——无论怎么说,这一招是够损的。我不信有谁能不惊慌,不哭泣。况且那并不是一次光荣行为的后果,那是一个极为普通的事件,普通得就好像一觉醒来,看看天,天还是蓝的,看看地,地也并未塌陷,可是一举步,形势不大对头——您与地球的关系发生了一点儿变化。是的,您不能再以脚掌而是要以屁股,要不就以全身,与它摩擦。不错,第一是坐着,第二是躺着,第三是死。好了,就这么定了,不再需要什么理由。我庆幸他很快就发现了问题的要点:没有理由!你没犯什么错误,谁也没犯什么错误,你用不着悔改,也用不上怨恨。让风给你说一声"对不起"吗?而且将来你还会知道:上帝也没有错误,从来没有。

十三

残疾,就这么来了,从此不走。其实哪里是刚刚来呀,你一出生它跟着就到了,你之不能(不只是不能走)全是它的业绩呀,这一次不过是强调一下罢了。对某一铁生而言是这样,对所有的人来说也是这样,人所不能者,即是限制,即是残疾,它从来就没有离开过。

它如影随形地一直跟着我们,徘徊千古而不去,它是不是有话要说?

它首先想说的大约是：残疾之最根本的困苦到底在哪儿？

还以史铁生所遭遇的为例：不，它不疼，也不痒，并没有很重的生理痛苦，它只是给行动带来些不方便，但只要你接受了轮椅（或者拐杖和假肢、盲杖和盲文、手语和唇读），你一样可以活着，可以找点事做，可以到平坦的路面上去逛逛。但是，这只证明了活着，活成了什么还不一定。像一头勤勤恳恳的老黄牛，像风摧不死沙打不枯的一棵什么草，几十年如一日地运转就像一块表……我怀疑，这类形容肯定是对人的恭维吗？人，不是比牛、树和机器都要高级很多吗？"栗子味儿的白薯"算得夸奖，"白薯味儿的栗子"难道不是昏话？

人，不能光是活着，不能光是以其高明的生产力和非凡的忍受力为荣。比如说，活着，却没有爱情，你以为如何？当爱情被诗之歌之，被看得比生命还重要的时候（生命诚可贵，爱情价更高），却有一些人活在爱情之外，这怎么说？而且，这样的"之外"竟常常被看作正当，被默认，了不起是在叹息之后把问题推给命运。所以，这样的"之外"，指的就不是尚未进入，而是不能进入，或者不宜进入。"不能"和"不宜"并不写在纸上，有时写在脸上，更多的是写在心里。常常是写在别人心里，不过有时也可悲到写进了自己的心里。

十四

我记得，当爱情到来之时，此一铁生双腿已残，他是多么的渴望爱情啊，可我却亲手把"不能进入"写进了他心里。事实上史铁生和我又开始了互相埋怨，睡不安寝食不甘味，他说能，我说不能，我说能，他又说不能。糟心的是，说不能的一方常似凛然大义，说能的一对难兄难弟却像心怀鬼胎。不过，大凡这样的争执，终归是鬼胎战胜大义，稍以时日，结果应该是很明白的。风能不战胜云吗？山能堵死河吗？现在结果不是出来了？——史铁生娶妻无子活得也算惬意。但那时候不行，那时候真他娘见鬼了，总觉着自己的一片真情是对他人的坑害，坑害一个倒也罢了，但那光景就像女士们的长袜跳丝，经经纬纬互相牵连，一坑就是一大片，这是关键："不能"写满了四周！这便是残疾最根本的困苦。

十五

　　这不见得是应该忍耐的、狭隘又渺小的困苦。失去爱情权利的人，其人的权利难免遭受全面的损害，正如爱情被贬抑的年代，人的权利普遍受到了威胁。

　　说残疾人首要的问题是就业，这话大可推敲。就业，若仅仅是为活命，就看不出为什么一定比救济好；所以比救济好，在于它表明着残疾人一样有工作的权利。既是权利，就没有哪样是次要的。一种权利若被忽视，其他权利为什么肯定有保障？倘其权利止于工作，那又未必是人的特征，牛和马呢？设若认为残疾人可以（或应该，或不得不）在爱情之外活着，为什么不可能退一步再退一步认为他们也可以在教室之外、体育场之外、电影院之外、各种公共领域之外……而终于在全面的人的权利和尊严之外活着呢？

　　是的是的，有时候是不得不这样，身体健全者有时候也一样是不得不呀，一生未得美满爱情者并不只是残疾人啊！好了，这是又一个关键：一个未得奖牌的人，和一个无权参赛的人，有什么不一样吗？

十六

　　可是且慢。说了半天，到底谁说了残疾人没有爱情的权利呢？无论哪个铁生，也不能用一个虚假的前提支持他的论点吧！当然，不过,歧视,肯定公开地宣布吗？在公开宣布不容歧视的领域,肯定已经没有歧视了吗？还是相反,不容歧视的声音正是由于歧视的确在？

好吧,就算这样,可爱情的权利真值得这样突出地强调吗？

是的。那是因为,同样,这人间,也突出地强调着残疾。

残疾,并非残疾人所独有。残疾即残缺、限制、阻障。名为人者,已经是一种限制。肉身生来就是心灵的阻障,否则理想何由产生？残疾,并不仅仅限于肢体或器官,更由于心灵的压迫和损伤,譬如歧视。歧视也并不限于对残疾人,歧视到处都有。歧视的原因,在于人偏离了上帝之爱的价值,而一味地以人的社会功能去衡量,于是善恶树上的果实使人与人的差别醒目起来。在荣耀与羞辱之下,心灵始而防范,继而疏离,终至孤单。心灵于是呻吟,同时也在呼唤。呼唤什么？比如,残疾人奥运会在呼唤什么？马丁·路德·金的梦想在呼唤什么？都是要为残疾的肉身续上一个健全的心途,为隔离的灵魂开放一条爱的通路。残疾与爱情的消息总就是这样萦萦绕绕,不离不弃,无处不在。真正的进步,终归难以用生产率衡量,而非要以爱对残疾的救赎来评价不可。

但对残疾人爱情权利的歧视,却常常被默认,甚至被视为正当。这一心灵压迫的极例,或许是一种象征,一种警告,以被排除在爱情之外的苦痛和投奔爱情的不熄梦想,时时处处解释着上帝的寓言。也许,上帝正是要以残疾的人来强调人的残疾,强调人的迷途和危境,强调爱的必须与神圣。

十七

残疾人的爱情所以遭受世俗的冷面,最沉重的一个原因,是性功能障碍。这是一个最公开的怀疑——所有人都在心里问:他们行吗？同时又是最隐秘的判决——无需任何听证与申辩,结论已经有了:他们不行。这公开和隐秘,不约而同都表现为无言,或苦笑与哀怜,而这正是最坚固的壁垒、最绝望的囚禁!残疾人于是乎很像卡夫卡笔下的一种人物,又很像陀思妥耶夫斯基地下室里的哭魂。

难言之隐未必都可一洗了之。史铁生和我,我们都有些固执,以为无言的坚壁终归还得靠言语来打破。依敝人愚见,世人所以相信残疾人一定性无能,原因有二。一是以为爱情仅仅是繁殖的附庸,你可以子孙满堂而不识爱为何物,却不可以比翼双飞终不下蛋。这对于适者生存的物种竞争,或属正当思路,可人类早已无此忧患,危险的倒是,无爱的同类会否相互欺压、仇视,不小心哪天玩响一颗原子弹,辛辛苦苦的进化在某一个傍晚突然倒退回零。二是缺乏想象力,认定了性爱仅仅是原始遗留的习俗,除了照本宣科地模仿繁殖,好歹再想不出还能有什么更美丽的作为,偶有创意又自非自责,生怕混同于淫乱。看似威赫逼人的那一团阴云,其实就这么点儿事。难言之隐一经说破,性爱从繁殖的束缚中解放出来,残疾人有什么性障碍可言?完全可能,在四面威逼之下,一颗孤苦的心更能听出性爱的箴音,于是奇思如涌、妙想纷呈把事情做得更加精彩。

十八

福柯在《疯癫与文明》一书中说:"疯癫不是一种自然现象,而是一种文明产物。没有把这种现象说成疯癫并加以迫害的各种文化的历史,就不会有疯癫的历史。"这一关于疯癫的论说,依我看也适用于残疾,尤其适用于所谓残疾人的性障碍。肢体或器官的残损是一个生理问题,而残疾人(以及所有人)的性爱问题,根本都在文化。你一定可以从古今中外的种种性爱方式中,看出某种文化的胜迹,和某种文化的囚笼。比如说,玛·杜拉斯对性爱的描写,无论多么露骨,也不似西门庆那样脏。

性,何以会障碍?真让人想不通。你死了吗?

性在摆脱了繁殖的垄断之后,已经成长为一种语言,已经化身为心灵最重要的表达与祈告了。当然是表达爱愿。当然是祈告失散的心灵可以团圆。这样的欲望会因为生理的残疾而障碍吗?笑话!渴望着爱情的人你千万别信那一套!你要爱就要像一个痴情的恋人那样去爱,像一个忘死的梦者那样去爱,视他人之疑目如盏盏鬼火,大胆去走你的夜路。你一定能找到你的方式,一定能以你残损的身体表达你美丽的心愿,一定可以为爱的祈告创造出丰富多彩的乃至独领风流的性语言。史铁生和我,我们看不出为什么不能这样。也许,这样的能力,唯那无言的坚壁可以扼杀它,可以残废它。但也未必,其实只有残疾人自己的无言忍受、违心屈从才是其天敌。

残疾人以及所有的人,固然应该对艰难的生途说"是",但要对那无言的坚壁说"不",那无言的坚壁才是人性的残疾。福柯在同一部书中,开宗明义地引用了陀思妥耶夫斯基的一句话:"人们不能用禁闭自己的邻人来确认自己神志健全。"而能够打破这禁闭的,能够揭穿这无形共谋的,是爱的祈告,是唤起生命的艺术灵感,是人之"诗意的栖居"。

十九

有人说过:性,从繁殖走向娱乐,是一种进步。但那大约只是动物的进步,说明此一门类族群兴旺已不愁绝种。若其再从娱乐走向艺术,那才能算是人的进步吧。

是艺术就要说话,不能摸摸索索地寻个乐子就完事。性的艺术,更是以一种非凡的语言在倾诉,在表达,在祈祷心灵深处的美景。或者,其实是这美景之非凡,使凡俗的肉身禀领了神采。当然,那美景如果仍然是物质的,你不妨就浑身珠光宝气地去行你的事吧。但那美景若是心灵的团聚,一切饰物就都多余,一切物界的标牌就仍是丑陋的遮蔽,是心灵隔离的后遗症。心灵团聚的时刻,你只要上帝给你的那份财富就够了:你有限的身形,和你破形而出的爱愿。你颤抖着、试着用你赤裸的身形去表达吧,那是一个雕塑家最纯正的材料,是诗人最本质的语言,是哲学最终的真理,是神的期待。不要害怕羞耻,也别相信淫荡,爱的领域里压根儿就没它们的汤喝。任何奇诡的性的言词,一旦成为爱的表达,那便是魔鬼归顺了上帝的时刻……谴责者是因为自己尘缘未断。

什么是纯洁?我们不因肉身而不洁。我们不因有情而不洁。我不相信无情者可以爱。我倒常因为看见一些虚伪的标牌、媚态的包装和放大的凛然,而看见淫荡。淫荡不是别的,是把上帝寄存于人的财富挪作他用。

二十

但是,喂!这一位铁生,你不是在把爱和爱情混为一谈吧?你不是在把它们混淆之后,着意地夸大男女私情吧?

问我吗?我看不是。

而且谁也别吓唬人,别想再用人类之爱、民族之爱或祖国之爱一类的大词汇去湮灭通常所说的爱情。那样的时代,史铁生和我都经历过。是那样的时代把爱情贬为"男女私情"的。是那样的时代,使爱情一词沾染了贬义,使她无辜地背上了狭隘、猥琐一类的坏名声。套用一下陀思妥耶夫斯基的那句话吧:不能用贬低个人的爱愿来确认人类之爱的崇高。

完全没有不敬仰人类之爱(或曰:博爱)的意思,个人的爱情正在其中,也用不着混为一谈。如果个人的爱情可以被一个什么东西所贬低、所禁闭,那个东西就太可能无限地发育起来,终于有一天它什么事都敢干。此一铁生果然愚顽,他竟敢对一首旷古大作心存疑问——"生命诚可贵,爱情价更高,若为自由故,二者皆可抛。"疑问在于这后一抛。这一抛之后,自由到底还剩下什么?但愿所抛之物不是指爱情的权利或心中的爱愿,只是指一位具体的恋人,一桩预期的婚姻。但就算这样,我想也最好能有一种悲绝的心情,而不单是豪迈。不要抛得太流畅。应该有时间去想想那个被抛者的心情,当然,如果他(她)也同样豪迈,那算我多事。其实我对豪迈从来心存敬意,也相信个人有时候是要做出牺牲的。不过,这应该是当事人自己的选择,如果他宁愿不那么豪迈,他应该有理由怯懦。可是,"怯懦"一词已经又是圈套,它和"男女私情"一样,已经预设了贬抑或否定,而这贬抑和否定之下,自由已经丢失了理由(这大约就是话语霸权吧)。于是乎,自由岂不就成了一场魔术——放进去的是鸽子,飞出来的是老鹰?

二十一

这一个愚顽的人,常在暮色将临时独坐呆问:爱情既是这般美好,何以倒要赞誉它的止步于一对一?为什么它不能推广为一对二、对三、对四……以至 n 对 n,所有的人对所有的人?这时候我就围绕他,像四周的黑暗一样提醒他:对了,这就是理想,但别忘了现实。

现实是:心灵的隔离。

现实是人吃了善恶树上的果实,因而偏离了上帝之爱的角度,只去看重人的社会价值、肉身功能(力量、智商、漂亮、潇洒),以及物质的拥有。若非这样的现实,爱情本不必特别地受到赞美。倘博爱像空气一样均匀深厚,为什么要独独地赞美它的一部分呢?但这样的现实并未如愿消散,所以爱情脱颖而出,担负起爱的理想。它奋力地拓开一片晴空,一方净土,无论成败它相信它是一种必要的存在,一种象征,一路先锋。它以其在,表明了亘古的期愿不容废弃。

博爱是理想,而爱情,是这理想可期实现的部分。因此,爱情便有了超出其本身的意义,它就像上帝为广博之爱保留的火种,像在现实的强大包围下一个谛听神谕的时机,上帝以此危险性最小的一对一在引导着心灵的敞开,暗示人们:如果这仍不能使你们卸去心灵的铠甲,你们就只配永恒的惩罚。

那个愚顽的人甚至告诉我,他听出其中肯定这样的意思:这般美好的爱愿,没理由永远止步于一对一——我不得不对他,以及对愚顽,刮目相看。

二十二

所以,残疾人(以及所有的残缺的人),怎能听任爱情权利的丢失?怎能让爱愿躲进荒漠?怎能用囚禁来解救囚禁,用无言来应答无言?

诚实的人你说话吧。用不着多么高深的理论来证明,让诚实直接说话就够了,在坦诚的言说之中爱自会呈现,被剥夺的权利就会回来。爱情,并不在伸手可得或不可得的地方,是期盼使它诞生,是言说使它存在,是信心使它不死,它完全可能是现实但它根本是理想呵,它在前面,它是未来。所以,说吧,并且重视这个说吧,如果白昼的语言已经枯朽,就用黑夜的梦语,用诗的性灵。

这很不现实,是吗?但无爱的现实你以为怎么样?

二十三

最近我看到过一篇文章,标题竟是"生命的唯一要求是活着"。这话让我想了好久,怎么也不能同意。死着的东西不可以谓之生命,生命当然活着,活着而要求活着,等于是说活着就够了,不必有什么要求。倘有要求,"生命"就必大于"活着",活着也就不是生命的唯一。

如果"活着"是指"活下去"的意思,那可是要特别地加以说明。"活着"和"活下去"不见得是一码事。"活着"而要发"活下去"的决心,料必是有什么使人难于活着的事情发生了。什么呢?显然不只是空气、水和营养之类的问题,因为在这儿"生命"显然也不是指老鼠等等。比如说爱情和自由,没有,肯定还能活下去吗?当然,老鼠能,所以它只是"活着",并不发"活下去"的决心,并不以为活着还有什么再需要强调的事。当生命二字指示为人的时候,要求就多了,岂止活着就够?说理想、追求都是身外之物——这个身,必只是生理之身,但生理之身是不写作的,没有理想和追求,也看不出何为身外之物。一旦看出身外与身内,生命就不单单是活着了。

而爱,作为理想,本来就不止于现实,甚至具有反抗现实的意味,正如诗,有诗人说过:"诗是对生活的匡正。"

(我想,那篇文章的作者必是疏忽了"唯一"和"第一"的不同。若说生命的第一要求是活着,这话我看就没有疑问。)

二十四

但是反抗,并不简单,不是靠一份情绪和勇敢就够。弄不好,反抗是很强劲而且坚定了,但怨愤不仅咬伤自己,还吓跑了别人。

比如常听见这样的话:我们残疾人如何如何,他们健全人是不可能理解的。要是说"他们不曾理解",这话虽不周全,但明确是在呼唤理解。真要是"不可能理解",你说它干吗?说给谁听?说给"不可能理解"的人听,你傻啦?那么就是说给自己听。依史铁生和我的经验看,不断地这样说给自己听,用自我委屈酿制自我感

55

动,那不会有别的结果,那只能是自我囚禁、自我戕害,并且让"不可能理解"的人眼睁睁地看着一个自虐者自虐而束手无策。

再比如,还经常会碰见这样的句式:我们残疾人是最(　　)的,因此我们残疾人其实是最(　　)的。第一个括号里,多半可以填上"艰难"和"坚强",第二个括号里通常是"优秀"或与之相近的词。我的意思是,就算这是实情,话也最好让别人说。这不是狡猾。别人说更可能是尊重与理解,自己一说就变味——"最"都是你的,别人只有"次"。况且,你又对别人的艰难与优秀了解多少呢?

最令人不安的是,这样的话出自残疾人之口,竟会赢得掌声。这掌声值得仔细地听,那里面一定没有"看在残疾的分上"这句潜台词吗?要是一个健全人这样说,你觉得怎样?你会不会说这是自闭,自恋?可我们并不是要反抗别人呀,恰恰是反抗心灵的禁闭与隔离。

二十五

那掌声表达了提前的宽宥,提前到你以残疾的身份准备发言但还未发言的时候。甚至是提前的防御,生怕你脆弱的心以没有掌声为由继续繁衍"他们不可能理解"式的怨恨。但这其实是提前的轻蔑——你真能超越残疾,和大家平等地对话吗?糟糕的是,你不仅没能让这偏见遭受挫折,反给它提供了证据,没能动摇它反倒坚定着它。当人们对残疾愈发小心翼翼之时,你的反抗早已自投罗网。

这样的反抗使残疾扩散,从生理扩散到心理,从物界扩散进精神。这类病症的机理相当复杂,但可以给它一个简单的名称:残疾情结。这情结不单残疾人可以有,别的地方,人间的其他领域,也有。马丁·路德·金说:"切莫用仇恨的苦酒来缓解热望自由的干渴。"我想他也是指的这类情结。以往的压迫、歧视、屈辱,所造成的最大贻害就是怨恨的蔓延,就是这"残疾情结"的蓄积,蓄积到湮灭理性,看异己者全是敌人,以致左突右冲反使那罗网越收越紧。被压迫者,被歧视或被忽视的人,以及一切领域中弱势的一方,都不妨警惕一下这"残疾情结"的暗算,放弃自卑,同时放弃怨恨;其实这两点必然是同时放弃的,因为曾经,它们也是一齐出生的。

二十六

中国足球的所谓"恐韩症",未必是恐惧韩国,而是恐惧再输给韩国,未必是恐惧韩国足球的实力,而是恐惧区区韩国若干年来(其足球)竟一直压着我们,恐惧这样的历史竟不结束,以及本世纪内难道还不能结束吗?这恐惧,已不单是足球的恐惧,简直成了民族和国家的心病。要我说,其实,是这心病造成和加重了足球的恐惧,或者是它们俩互相吓唬以致恶性循环。本来嘛,足球就是足球,哪堪如此重负!世界上那么多民族、国家,体育上必各具短长,输赢寻常事,哪至于就严重到了辜负人民和祖国?倘民族或祖国的神经竟这般敏感和脆弱,倒值得想一想,其中是否蓄积着"残疾情结"?

有位著名的教练曾在电视上说:我们踢足球,就是为了打败外国队!这样的目标与体育精神有着怎样的差距姑且不论,单这样的心理,决心(如赛前所宣称)就难免变成担心(如赛后所发现)。决心基于自信,尤其是相信自己有超越和完善自己的能力,把每一次比赛都看成这样的机会。(顺便说一句,我喜欢申花队"更进一步"的口号,不喜欢国安队的"永远争第一"。至少,"更进一步"没法弄虚作假,"争第一"的手段可是很多。)担心呢,原因就复杂,但肯定已经离开了对自己的把握;把握住自己,这还有什么可担心的吗?输了也可以是更进一步。要是把人民的厚望、祖国的荣誉,乃至历来的高傲和高傲不曾实现所留下的委屈一股脑儿都交给足球,谁心里也没底,不担心才怪。

说句公道话,教练和球员们的负担是太重了,重到不是他们可以承受的也不是他们应该承受的。别再说什么"爱国主义和政治思想抓得不够"了,这么多年,每一次失败都像重演,每一次教训都像复制,每一次电视台上沉痛的检讨都仿佛录像重播,莫非只有赢球那天才算政治思想抓够了?能不能从下一次来个彻底甚至过头的改变?比如说,不必期望下一次就能赢,只盼下一次能输它个漂亮!漂亮到底,对,明明已经出局也还是抱住漂亮不撒手!体育,原是要在模拟的困境中展现坚强、美丽的精神。爱国——毫无疑问,毫无疑问到用不着"主义"来加封,有吃饭主义吗?我不信有哪位教练或球员不爱祖国。但美丽的精神不更是荣誉?胆战心惊地去摸一把彩的心情,倒是把祖国轻看。

二十七

作家陈村说过:让中国人心理不平衡的事情有两件,一是世界杯总不能入围,二是诺贝尔文学奖总不能到手,这两件事弄得球迷和文人都有点魔魔道道。关于后一项,真是不大好再说什么了,要么是酸,要么是苦,甚至于辣,敬仰与渴望、菲薄与讥嘲也都表达过了,剩下的似乎只有闷闷不乐。

说一件真事:五六淑女闲聊,偶尔说起某一女大学生做了"三陪小姐",不免嗤之以鼻。"一晚上挣好几百哪!"——嗤之以鼻。"一晚上挣好几千的也有!"——还是嗤之以鼻。有一位说:"要是一晚上给你几十万呢?"这一回大家都沉默了一会儿,然后相视大笑。这刹那间的沉默颇具深意——潜意识总是诚实的。那么,做一次类推的设想:五六作家,说起各种文学奖,一致的意见是:艺术不是为了谁来拍拍你的后脑勺儿。此一奖——摇头。彼一奖——撇嘴。诺贝尔奖呢？——我总想,是不是也会有那么一瞬间的沉默以及随后的大笑？

几位淑女沉默之后的大笑令人钦佩,她们承认了几十万元的诱惑,承认自己有过哪怕是几秒钟的动摇,然后以大笑驱逐了诱惑,轻松坦然地确认了以往的信念。若非如此,沉默就可能隐隐地延长,延长至魔魔道道,酸甜苦辣就都要来了。

很难有绝对公正的评奖这谁都知道,何不实实在在把诺贝尔奖看作是几位瑞典老人对文学——包括中国文学——的关怀和好意？瑞典我去过一次,印象是:离中国真远呀。

二十八

残疾人中想写作的特别多。这是有道理的,残疾与写作天生有缘,写作,多是因为看见了人间的残缺,残疾人可谓是"近水楼台"。但还有一个原因不能躲闪:他们企望以此来得到社会承认,一方面是"价值实现",还有更具体的作用,即改善自己的处境。这是事实。这没什么不好意思。他们和众人一道来到人间,却没有很多出路,上大学不能,进工厂不能,自学外语吗？又没人聘你当翻译,连爱情也对你一副冷面孔,而这恰好就帮你积累起万千感慨,感慨之余看见纸和笔都现成,他不写作谁写作？你又不是木头。以史铁生为例,我说过,他绝不是一个甘于寂寞的人,我记得他曾在某一条少为人知的小巷深处,一家街道工厂里,一边做工一边做过多少好梦,我知道是什么样的梦使他屡屡决心不死,是什么样的美景在前面引诱他,在后面推动他……总之,那个残疾的年轻人以为终有大功告成的一天,那时,生命就可以大步流星如入无人之境。他决心赌一把。就像歌中唱的:我以青春赌明天。话当然并不说得这么直接,赌——多难听,但其实那歌词写得坦率,只可惜今天竟自信到这么流行。赌的心情,其实是很孱弱、很担惊受怕的,就像足球的从决心变成担心,它很容易离开写作的根本与自信,把自己变成别人,以自己的眼睛去放映别人的眼色,以自己的心魂去攀登别人的思想,用自己的脚去走别人的步。残疾,其最危险的一面,就是太渴望被社会承认了,乃至太渴望被世界承认了,渴望之下又走进残疾。

二十九

　　二十多年前,残疾人史铁生改变了几次主意之后,选中了写作。当时我真不知这会把他带到哪儿去,就是说,连我都不知道那终于会是一个陷阱还是一条出路。我们一起坐在地坛的老柏树下,看天看地,听上帝一声不响。上帝他在等待。前途莫辨,我只好由着史铁生的性子走。福祸未卜很像是赌徒的路,这一点由他当时的迷茫可得确证。他把一切希望都压在了那上面,但一直疑虑重重。比如说,按照传统的文学理论,像他这样寸步难行的人怎么可能去深入生活?像他这么年轻的人,有多少故事值得一写?像他这么几点儿年纪便与火热的生活断了交情的人,就算写出个一章半节,也很快就要枯竭的吧,那时可怎么办?我记得他真吓得够呛,哆嗦,理论们让他一身一身地冒汗——见过就要输光的赌徒吗?就那样儿。他一把一把地赌着,尽力向那些理论靠拢,尽力去外面拾捡生活,但已明显入不敷出,眼看难以为继。

　　他所以能够走过来,以及能在写作这条路上走下去,不谦虚地说,幸亏有我。

　　我不像他那么拘泥。

　　就在赌徒史铁生一身一身地出汗之际,我开始从一旁看他,从四周看他,从远处甚至从天上看他,我发现这个人从头到脚都是疑问,从里到外根本一个谜团。我忽然明白了,我的写作有他这样一个原型差不多也就够用了,他身上聚集着人的所有麻烦。况且今生今世我注定是离不开他了,就算我想,我也无法摆脱他到我向往的地方去,譬如乡下、工厂,以及所有轰轰烈烈的地方。我甚至不得不通过他来看这个世界,不得不想他之所想,思他之所思,欲他之所欲。我优势于他的仅仅是:他若在人前假笑,我可以在他后面(里面)真哭——关键的是,我们可以在事后坦率地谈谈这他妈的到底怎么回事!谁的错儿?

三十

这么着,有一天他听从了我的劝告,欣羡的目光从外面收回来,调头向里了。对一个被四壁围困的人来说,这是个好兆头。里面比较清静(没有什么理论来干扰),比较坦率(说什么都行),但这清静与坦率之中并不失喧嚣与迷惑(往日并未消失,并且"我从哪儿来?"),里面竟然比外面辽阔(心绪漫无边际),比外面自由(不妨碍别人),但这辽阔与自由终于还是通向不知,通向神秘(智力限制,以及"我到哪儿去,终于到哪儿去?")。

设若你永远没有"我是谁"等等累人的问题,永远只是"我在故我玩儿",你一生大约都会活得安逸,山是山,水是水,就像美丽的鹿群,把未来安排在今天之后,把往日交给饥饿的狮子。可一旦谁要是玩腻了,不小心这么一想——"我是谁?"好了,世界于是乎轰然膨胀,以至无边无际。我怀疑,人,原就是一群玩腻了的鹿。我怀疑宇宙的膨胀就是因为不小心这么一想。这么一想之后,山不仅是山,水不仅是水,我也不仅仅是我了——我势必就要连接起过去,连接起未来,连接起无穷无尽的别人,乃至天地万物。

史铁生呢?更甭提,我本来就不全是他。可这一回我大半是把他害了,否则他可以原原本本是一匹鹿的。

可现在已是"这么一想"之后,鹿不鹿的都不再有什么实际意义。史铁生曾经使我成为一种限制,现在呢,"我是谁"的追问把我吹散开,飘落得到处都在,以致很难给我画定一个边缘,一条界线。但这不是我的消散,而恰是我的存在。谁都一样。任何角色莫不如此。比如说,要想克隆张三,那就不光要复制全部他的生理,还要复制全部他的心绪、经历、愚顽……最后终于会走到这一步:还要复制全部与他相关的人,以及与他相关的人相关的人。这办得到吗?所以文学(小说)也办不到,虽然它叫嚷着要真实。所以小说抱紧着虚构。所以小说家把李四、王五、刘二……拆开了,该扔的扔,该留的留,放大、缩小、变形……以组(建构或塑造)成张三。舍此似别无他法,故此法无可争议。

三十一

但这一拆一组,最是不可轻看。这一拆一组由何而来?毫无疑问是由作者,由于某一个我的所思所欲。但不是"我思故我在",是我在故我思,我在故我拆、故我组、故我取舍变化,我以我在而使张三诞生。我在先于张三之在。我在大于张三之在,张三作为我的创想、我的思绪和梦境,而成为我的一部分。接下来用得上"我思故我在"了——因这一拆一组,我在已然有所更新,我有了新在。就是说,后张三之在的我在大于先张三之在的我在。那么也就是说,在不断发生着的这类拆、组、取舍、变化之中我不断地诞生着,不断地生长。

所以在《务虚笔记》中我说:我是我印象的一部分,我的全部印象才是我。那就是说:史铁生与张三类同,由于我对他的审视、不满、希望以及他对我的限制等等,他成为我的一部分。我呢?我是包括张三、李四、某一铁生……在内的诸多部分的交织、交融、更新、再造。我经由光阴,经由山水,经由乡村和城市,同样我也经由别人,经由一切他者以及由之引生的思绪和梦想而走成了我。那路途中的一切,有些与我擦肩而过从此天各一方,有些便永久驻进我的心魂,雕琢我,塑造我,锤炼我,融入我而成为我。我原是不住的游魂,原是一路汇聚着的水流,浩瀚宇宙中一缕消息的传递,一个守法的公民并一个无羁无绊的梦。

三十二

所以我这样想:写作者,未必能够塑造出真实的他人(所谓血肉丰满、栩栩如生的人物),写作者只可能塑造真实的自己——前人也这样说过。

你靠什么来塑造他人?你只可能像我一样,以史铁生之心度他人之腹,以自己心中的阴暗去追查张三的阴暗,以自己心中的光明去拓展张三的光明,你只能以自己的血肉和心智去塑造。那么,与其说这是塑造,倒不如说是受造,与其说是写作者塑造了张三,莫如说是写作者经由张三而有了新在。这受造之途岂非更其真实?这真实不是依靠外在形象的完整,而是根据内在心魂的残缺,不是依靠故事的点水不漏,也不是根据文学的大计方针,而是由于心魂的险径迷途。

文学,如果是暗含着种种操作或教导意图的学问(无论思想还是技巧,语言还是形式,以及为谁写和不为谁写式的立场培养),我看写作可不是,我希望写作可不要再是。写作,在我的希望中只是怀疑者的怀疑,寻觅者的寻觅,虽然也要借助种种技巧、语言和形式。那个愚钝的人赞成了我的意见,有一回史铁生说:写作不过是为心魂寻一条活路,要在汪洋中找到一条船。那一回月朗风清,算得上是酒逢知己,我们"对影成三人"简直有些互相欣赏了。寻觅者身后若留下一行踪迹,出版社看着好,拿去印成书也算多有一用。当然稿酬还是要领,合同不可不签,不然哪儿来的"花间一壶酒"?

我想,何妨就把"文学"与"写作"分开,文学留给作家,写作单让给一些不守规矩的寻觅者吧。文学或有其更为高深广大的使命,值得仰望,写作则可平易些个,无辜而落生斯世者,尤其生来长去还是不大通透的一类,都可以不管不顾地走一走这条路。没别的意思,只是说写作可以跟文学不一样,不必拿种种成习去勉强它;不一样就是不一样,上厕所也得弄清楚进哪边的门吧。

三十三

历来的小说,多是把成品(完整的人物、情节、故事等等)端出来给人看,而把它的生成过程隐藏起来,把作者隐藏起来,把徘徊于塑造与受造之间的那一缕游魂隐藏起来,枝枝杈杈都修剪齐整,残花败叶、蹉跎和犹豫都打扫干净,以居高者的冷静从容把成品包扎好,推向前台。这固然不失为一种方法,此法之下好作品确也很多。但面对成品,我总觉意犹未尽。这感觉,从读者常会要求作者签名并好奇地总想看看作者的相貌这件事中,似乎找出了一点答案——那目光中恐怕不单是敬慕,更多的没准儿是怀疑,尤其对着所谓"灵魂工程师",怀疑就更其深重。这让我想起一个笑话:某贵妇寿诞,有人奉上赞美诗,第一句"这个婆娘不是人",众目惊瞠;第二句"九天神女下凡尘",群颜转悦。我总看那读者的目光也是说着这两句话,不过每句后面都要改用问号。

我便想,那些隐藏和修剪掉的东西就此不见天日是否可惜?岂止可惜,也许竟是捡了芝麻丢了西瓜。那塑造与受造之中的犹豫、徘徊,是不是更有价值?拆、组、取舍之间,准定没有更玄妙动人的心流?但这些,在成品张三身上(以及成品故事之中)却已丢失。为了要个成品,一个个仿真人物、情节和一个完整的故事,就值得把这些最为真切,甚至是性命攸关的心流都扔掉?为一个居高从容的九天神女,就忍心让谁家的老祖宗不是人?

三十四

在创作意图背后,生命的路途要复杂得多。在由完整、好看、风格独具所指引的种种构思之间,还有着另外的存在。一些深隐的、细弱的、易于破碎但又是绵绵不绝的心的彷徨,在构思的缝隙中被遗漏了,被删除了。所以这样,通常的原因是它们不大适合于制造成品,它们不够引人,不够流畅,不完整,不够惊世骇俗,难以经受市场的挑剔。

听说已经有了(或终将会有)一种电脑软件,只要输入一些性格各异的人物,输入一个时代背景或生活环境,比如是战争,是疑案,是恋情,是寻宗问祖,行侠仗义……再输入一种风格,或惨烈悲壮,或情意缠绵,或野狐禅,或大团圆……好了,电脑自会据此编写出一个情节曲折的完整故事。要是你对这故事不甚满意,你就悠然地伸出一个手指,轻轻点一下某键,只听得电脑中"喊里咯嚓,喊里咯嚓"地一阵运行,便又有一个迥异于前的故事扑面而来。如是者,可无穷尽。

这可真是了得!作家还有什么用?

但很可能这是件好事,在手和脑的运作败于种种软件之后,写作和文学便都要皈依心魂了。恰在脑(人脑或电脑)之聪颖所不及的领域,人之根本更其鲜明起来。唯绵绵心流天赋独具,仍可创作,仍可交流,仍可倾诉和倾听,可以进入一种崭新但其实古老的世界了。那是不避迷茫,不拒彷徨,不惜破碎,由那心流的追索而开拓出的疆域。就像绘画在摄影问世之后所迸发的神奇。

三十五

因此我向往着这样的写作——史铁生曾称之为"写作之夜"。

当白昼的一切明智与迷障都消散了以后,黑夜要你用另一种眼睛看这世界。很可能是第五只眼睛,第三他不是外来者,第四他也没有特异功能,他是对生命意义不肯放松的累人的眼睛。如果还有什么别的眼睛,尽可都排在他前面,总之这是最后的眼睛,是对白昼表示怀疑而对黑夜秉有期盼的眼睛。这样的写作或这样的眼睛,不看重成品,看重的是受造之中的那缕游魂,看重那游魂之种种可能的去向,看重那徘徊所携带的消息。因为,在这样的消息里,比如说,才能看见"我是谁",才能看清一个人,一个犹豫、困惑的人,执拗的寻觅者而非潇洒的制作者;比如说我才有可能看看史铁生到底是什么,并由此对他的未来保持住兴趣和信心。

幸亏写作可以这样,否则他轮椅下的路早也就走完了。有很多人问过我:史铁生从二十岁上就困在屋子里,他哪儿来那么多可写的?借此机会我也算做出回答:白昼的清晰是有限的,黑夜却漫长,尤其那心流所遭遇的黑暗更是辽阔无边。

三十六

这条不大可能走完的路,大体是这样开始的——

有一回,我在平时最令此一铁生鄙视的人身上让他看见了自己,在他自以为纯洁之处让他看见了另外的东西。开头他自然是不愿承认。好吧,我说:"你会不会嫉妒?"他很自信,说不会。我说是吗?"那张三家比你家多了一只老鼠你为什么嫉妒?"他说:"废话,我嫉妒他多一只老鼠干吗?"话音未落他笑了,说"这是圈套"。但这不是圈套。你知道什么可以嫉妒,什么不必嫉妒,这说明你很会嫉妒。我的意思是,凡你深有体会的东西你才能真正理解,凡你理解了的品质你才能恰切地贬斥它或赞美它,才能准确地描画它。笑话!他说:"那么,写偷儿就一定得行窃,写杀人犯就一定要行凶吗?"但佛家有言:心既生恨,已动杀机。你不可能不体会那至于偷窃的贪欲,和那竟致杀戮的仇恨。这便是人性的复杂,这里面埋藏或蛰伏着命运的诸多可能。相反的情况也是一样,爱者之爱,恋者之恋,思者之思,绵绵心流并不都在白昼的确定性里,还在黑夜的可能性中,在那儿,网织成或开拓出你的存在,甚或你的现实。

三十七

还有一回,是在一出话剧散场之后,细雨蒙蒙,街上行人寥落,两旁店铺中的顾客也已稀疏,我的心绪尚不能从那剧中的悲情里走出来,便觉雨中的街灯、树影,以及因下雨而缓行的车辆都有些凄哀。这时,近旁一阵喧哗,原来是那剧中的几个演员,已经卸装,正说笑着与我擦身而过,红红绿绿的伞顶跳动着走远。我知道这是极其正当和正常的,每晚一场戏,你要他们总是沉在剧情里可怎么成?但这情景引动我的联想——前面,他们各自的家中,正都有一场怎样的"戏剧"在等候他们?所有散了戏的观众也是一样,正有千万种"戏剧"散布在这雨夜中,在等候他们,等候着连接起刚刚结束的这一种戏剧。黑夜均匀地铺展开去,所有的"戏剧"其实都在暗中互相关联,那将是怎样的关联呵!这关联本身令我痴迷,这关联本身岂非更是玄奥、辽阔、广大的存在?条条心流暗中汇合,以白昼所不能显明的方式和路径,汇合成另一种存在,汇合成夜的戏剧。那夜我很难入睡,我听见四周巨大无比的夜的寂静里,全是那深隐、细弱、易于破碎的万千心流在喧嚣,在聚会,在呼喊,在诉说,在走出白昼之必要的规则而进入黑夜之由衷的存在。

三十八

再有一回是在地坛——我多次写过的那座荒芜的古园(当

然,现在它已经被修剪得整整齐齐够得上一个成品了)。我迎着落日,走在园墙下。那园墙历经数百年风雨早已是残损不堪,每一块青砖、每一条砖缝都可谓饱经沧桑,落日的光辉照耀着它们,落日和它们都很镇静,仿佛相约在其悠久旅程中的这一瞬间要看看我,看看这一个生性愚顽的孩子,等候此一铁生在此一时刻走过它们,或者竟是走进它们。我于是伫步。如梦如幻,我真似想起了这园墙被建造的年代。那样的年代里一定也有这样的时刻,太阳也是悬挂在那个地方,一样的红,一样的大,正徐徐沉落。一个砌墙的人,把这一铲灰摊平,把这一块砖敲实,一抬头,看见的也是这一幕风景。那个砌砖的人他是谁?有怎样的身世?他是否也恰好这样想过——几百年后,会不会有一个愚顽的人驻足于此,遥想某一个砌墙的人是谁?想自己是谁?想那时的戏剧与如今的戏剧是怎样越数百年之纷纭戏剧而相互关联?但很多动人的心流或命运早已遗漏殆尽,已经散失得不可收拾,被记录的历史不过一具毫无生气的尸骸。

三十九

历史可能顾不得那么多,但写作应该不这样。历史可由后人在未来的白昼中去考证,写作却是鲜活的生命在眼前的黑夜中问路。你可以不问,跟着感觉走,但你要问就必不能去问尸骸,而要去问心流。这大约就是克尔凯戈尔所说的"主观性真理"。他的意思是:"在这些真理中,是不存在供人们建立其合法性以及使其合法的任何客观准则的,这些真理必须通过个体吸收、消化并反映在个体的决定和行动上。主观性真理不是几条知识,而是用来整理并催化知识的方法。这些真理不仅仅是关于外部世界的某些事实,而且也是发扬生命的难以捉摸、微妙莫测和不肯定性的依据。"

四十

难以捉摸、微妙莫测和不肯定性,这便是黑夜。但不是外部世界的黑夜,而是内在心流的黑夜。写作一向都在这样的黑夜中。从我们的知识("客观性真理")永远不可能穷尽外部世界的奥秘来看,我们其实永远都在主观世界中徘徊。而一切知识都只是在不断地证明着自身的残缺,它们越是广博高妙越是证明这残缺的永恒与深重,它们一再地超越便是一再地证明着自身的无效。一切谜团都在等待未来去解开,一切未来又都是在谜团面前等待(是啊,等待戈多)。所以我们的问路,既不可去问尸骸,又无法去问"戈多"。

但这并不证明人生的无望,那内在的徘徊终于会被逼迫出一种智慧——正如俄罗斯思想家弗兰克在其《生命的意义》中所说:生命的意义不是被给予的,而是被提出的。

我无法全面转述弗氏伟大精妙的思想,我只有向读者推荐他,并感谢刘小枫先生和徐凤林先生让这个只懂中文的铁生读到了他。我的简陋理解是:生命的意义本不在向外的寻取,而在向内的建立。那意义本非与生俱来,生理的人无缘与之相遇。那意义由精神所提出,也由精神去实现,那便是神性对人性的要求。这要求之下,曾消散于宇宙之无边的生命意义重又聚拢起来,迷失于命运之无常的生命意义重又聪慧起来,受困于人之残缺的生命意义终于看见了路。

四十一

说到人性,还要唠叨一句:人性解放,必定善哉?怕是未必。三寸金莲解放成大脚片子当然是好,但大脚就保证不受欺压吗?

纳妾是过了景,但公款嫖娼却逢其时。"铁嘴儿""半仙儿"人人喊打,可造人为神的现代迷信并不绝迹。残疾人走进了奥运会,兴奋剂是否也就要走近残疾人了呢?人性中,原是包含着神性和魔性两种可能,浮士德先生总是在。

比如一切以商品、利润为号召的主义,谁也甭说谁,五十步恨百步而已。大家都看见了地球的衰危可谁肯后退一步?先下手的并不松手,后下手的更是一肚子冤屈,叫骂着"为富不仁"却加紧行其不仁之事。千年之"禧"全球火暴,偏与神约无关,下一个千年又能怎样?谈判之风像似不坏,可谁跟地球谈判?谁跟大气层谈判?神约既已放弃,人性更容易解放成魔性,或者是,魔性一经有了人性作招牌,糜菲斯特宏图大展正是一路势如破竹了。

平均主义是谁也没法再夸它了,况且,也不太能想象这人间失去竞争会是怎么一种寂寞荒凉。但愚顽的人老是想:竞争干吗就不能朝着另一种方向?比如说竞争朴素,竞争自家的装修更趋自然节俭,大家的地球更加茁壮丰沛。各种主义冷争热战各执一词,加起来还是画地为牢,不能在现有的主义之外寻找新途吗?

四十二

愚顽的人多是这样说着说着就跑题,让人笑话你这是在做的什么梦?不过我总是忍不住相信,人原是为了梦想而来,原就是这么乘梦而来的。史铁生是什么?是我的一个具体的梦境。我呢,我是他无边的梦想。我们一向就是这么相依为命,至死方休啊。

我常在夜深人静之时问他:怎么样你觉着,活得还好吗?于是由生至死的这一路风光便依次展现,如同录像,你捏住遥控器,可以倒带看看开头,也可以快进先看看结尾,可以无论停在哪一段落再仔细瞧瞧。他握住我的右手,说:"你的手真凉啊。"我握住他的左手:"你的也是,你冷吗?"但这终归是他的问题,是截瘫和尿毒症的问题,肉身问题,是苦海、惩罚、原罪。

我的问题是,既入惩罚之地,此一铁生你怎么办?我给他的建议是:最好把惩罚之地看成锤炼之地。但既是锤炼之地,便又有了一个顺理成章的猜想——我曾经不在这里,我也并不止于这里,我是途经这里。途经这里,那么我究竟要到哪儿去,终于会到哪儿去呢?我不信能有一种没有过程的存在,因此我很有信心地说:我在路上。这就难免还有一问:如此辛辛苦苦,就是为了在路上吗?真是何苦,你干吗一定要来呀?于是又要想想我是怎么来的了。我说过,就像现在不能离开过去和未来而是现在一样,我也不能离开别人而是我,我不能离开天离开地离开万物万灵……离开一切他者而是我。那么我是怎么来的?我是从一切中来啊,我是由一切所孕育、所催生的一缕浪动的消息,微薄但是独具。这样的消息并不都是由我决定,但这样的消息不死不灭总是以"我"为名——不信去问所有的人好了,他们无不是以"我"的角度在行走,在迷茫,在领悟。可我又说过,这一颗心盼望着走向宁静。是呀,宁静,但不是空无。怎么可能有绝对的无呢?那不是空无那是我的原在!原在——前人用过这个词吗?恕我无知,倘前人不曾用过,我来解释一下它的意思——那即是神在,我赖以塑造和受造的最初之在。

四十三

我不断地眺望那最初之在:一方蓝天,一条小街,阳光中缥缈可闻的一缕钟声,于恐惧与好奇之中铺筑成无限。因而我看着他的背影,看他的心流一再进入黑夜,死也不是结束。只有一句话是他的保佑:"看不见而信的人是有福的。"

病隙碎笔 3

一

从网上读到一篇文章,说到中国孩子和美国孩子学画画之关心点的不同,中国孩子总是问老师"我画得像不像",美国孩子则是问"我画得好不好"。

先说"像不像"。像什么呢?一是像老师的范本,二是像名家或传统的画路。我在电视上见过几个中国孩子比赛水墨画,看笔法都是要写意,但其实全有成规:小鸡是几笔都是几笔,小虾则一群与一群的队形完全一致,葫芦的叶子不仅数目相等并且位置也一样,而白菜的旁边总是配上两朵蘑菇……这哪里还有自己的意,全是别人的实呀!三是像真的。怎样的真呢?倘其写意也循成规,真,料必也只是流于外在的形吧。

再说"好不好"。根据什么说它好不好呢?根据外在的真,只能是像不像。好不好则必牵系着你的心愿,你的神游,神游阻断处你的犹豫和彷徨,以及现实的绝境给你的启示,以及梦想的不灭为你开启的无限可能性。这既是你的劫数也是你的自由,这样的舞蹈你能说它像什么吗?它什么也不像,前面没有什么可以让它像的东西,因而你只有问自己,乃至问天问地:这,好不好?

二

　　国画,越看越有些腻了。山水树木花鸟鱼虫,都很像,像真的,像前人,互相像,鉴赏家常也是这样告诉你:此乃袭承哪位大师、哪一门派。西画中这类情况也有。书法中这样的事尤其多,寿字、福字、龙虎二字,写来写去再也弄不出什么新意却还是写来写去,让人看了憋闷,觉得书者与观者的心情都被囚禁。

　　艺术,原是要在按部就班的实际中开出虚幻,开辟异在,开通自由,技法虽属重要但根本的期待是心魂的可能性。便是写实,也非照相。便是摄影,也并不看重外在的真。一旦艺术,都是要开放遐想与神游,且不宜搭乘已有的专线。

　　曾经我不大会看画,众人都说好,便追去看。贴近了看,退远了看,看得太快怕人说你干吗来,看得慢了又不知道看什么,看出像来暗自快慰,看着不像便怀疑人家是不是糊弄咱。后来,有一次,忽然之间我被震动了——并非因为那画面所显明的意义,而是因其不拘一格的构想所流露的不甘就范的心情。一俟有了这样的感受,那画面便活跃起来,扩展开去,使你不由得惊叹:原来还有这样的可能!于是你不单看见了一幅画,还看见了画者飞扬的激情,看见了一条渴望着创造的心迹,观者的心情也便跟随着不再拘泥一处,顿觉僵死的实际中处处都蕴藏着希望。

三

　　不过,倘奇诡、新异肯定就好,艺术又怕混淆于胡来。贬斥了半天"像",回头一想,什么都不像行吗?换个角度说,你根据什么说A是艺术,B是创作,而C是胡来?所谓"似与不似之间",这"之间"若仅是画面上分寸的推敲,结果可能还是成规,或者又是胡来。这"之间",必是由于心神的突围,才可望走到艺术的位置;可以离形,但不能失神,可以脱离实际沉于梦幻,却不可无所寻觅而单凭着手的自由。这就像爱与性的关系:爱中之性,多么奇诡也是诉说,而无爱之性再怎么像模像样儿也还是排泄。

什么都不像既然也不行,那又该像什么呢?像你的犹豫,像你的绝望,像你的不甘就范的心魂。但心魂的辽阔岂一个"像"字可以捕捉?所以还得是"好不好";"好不好"是心魂在无可像处的寻觅。

四

中国观众,对戏剧,对表演,也多以"像不像"来评价。医生必须像医生,警察千万得像警察。可医生和警察,脱了衣裳谁像谁呢?脱了衣裳并且入梦,又是怎么个像法呢?(有一段相声说:梦,有俩人商量着做的吗?)像,唯在外表,心魂却从来多样。心魂,你说他应该像什么?只像他自己不好吗?只像他希望自己所是的那样,不好吗?可见,"像不像"的评价,还是对形的要求,对表层生活的关注,心魂的辽阔与埋藏倒被忽视。

所以中国的舞台上与中国的大街上总是很像。中国的演员,功夫多下在举手投足、一颦一笑的像上。中国观众的期待,更是被培养在这个"像"字上。于是,中国的艺术总是以像而赢得赞赏。极例是"文革"中的一个舞蹈《喜晒战备粮》:一群女孩儿不过都换了一身干净衣裳,跳到台上去筛一种想象中的谷物。筛来筛去,这我在农村见过,觉得真"像",又觉得真没劲——早知如此,给我们村儿的女子们换身衣裳不得了?想来我们村儿的女子们倒更要活泼得多了。还有所谓的根雕,你看去吧,好好的天之造物,非得弄得像龙像凤,像鹰像鹤,偏就不见那根须本身的蓬勃与呼啸。还是一个"像"字作怪。"不肖子孙"所以是斥责,就因其不像祖宗,不按既定方针办。龙与鹤的意思都现成，像就是了，而自然的蓬勃与呼啸是要心魂参与创造的，而心魂一向都被忽视。

五

"像"字当头，艺术很容易流于技艺。用笔画，会的人太多，不能标榜特色总归是寂寞，就有人用木片画，用手指或舌头画，用气吹着墨液在纸上走。有个黄色笑话，说古时某才子善用其臀作画，蘸了墨液在纸上只一坐，像什么就不说了，但真是像。玩笑归玩笑，其实用什么画具都不要紧，远古无"荣宝斋"时，岩洞壁画依然动人魂魄。古人无规可循，所画之物也并不求像，但那是心魂的奔突与祈告，其牵魂的力量自难磨灭。我是说，心魂的路途远未走完，未必是工具已经不够使。

六

外在的"像"与"真"，或也是艺术追求之一种，但若作为艺术的最高鉴定，尴尬的局面在所难免。

比如，倘若真就是好，任何黄色的描写就都无由贬斥，任何乌七八糟的东西都能叫艺术，作者只要说一句"这多么真实"，或者"我的生活真的是这样"，你说什么？他反过来还要说你："遮遮掩掩的你真是那样干么？虚伪！"是呀，许你满台土语，就不许我通篇脏话？许你引车卖浆惟妙惟肖，就不许我弯颠凤倒纤毫毕现？许你衣冠楚楚，倒不许我一丝不挂？你真还是我真？哎哎，确也如此——倘去实际中比真，你真比不过他。不过，若只求实际之真，艺术真也是多余。满街都是真，床上床下都是真，看去呗。可艺术何为？艺术是一切，这总说不通吧？那么，艺术之真不同于实际之真，应该是没有疑问的。

艺术是假吗？当然也不是。道是满街的实际，可能有一半是假；床上床下的真，可能藏着假情假意，一丝不挂呢，就真的没有遮掩？而在这真假之间，心魂一旦感受到荒诞，感受到苦闷有如囚徒，便可能开辟另一种存在，寻觅另一种真了。这样的真，以及这样的开辟与寻觅本身，被称为艺术，应该是合适的。

七

说艺术之真有可能成为伪善的借口，成为掩盖实际之真的骗术，这可信。但因此就将实际之真作为艺术的最高追求，却不能接受。

"艺术源于生活"，我曾以为是一句废话——工农兵学商，可有哪一行不是源于生活吗？后来我明白，这当然不是废话，这话意在消解对实际生活的怀疑。

有位大诗人说过，"诗是对生活的匡正"。他不知道"匡正"也是源于生活？料必他是看出了"源于生活"要么是废话，要么就会囿于实际，使心魂萎缩。

粉饰生活的行为，倒更会推崇实际，拒斥心魂。因为，心魂才是自由的起点和凭证，是对不自由的洞察与抗议，它当然对粉饰不利。所以要强调艺术的不能与实际同流。艺术，乃"于无声处"之"惊雷"，是实际之外的崭新发生。

八

"匡正"，不单是针对着社会，更是针对着人性。自由，也不仅是对强权的反抗，更是对人性的质疑。文学因而不能止于干预实际生活，而探问心魂的迷茫和意义才更是它的本分。文学的求变无疑是正当，因为生活一直在变。但是，生命中可有什么不变的东西吗?这才是文学一向在询问和寻找的。日新月异的生活,只是为人提供了今非昔比的道具,马车变成汽车,蒲扇换成空调,而其亘古的梦想一直不变,上帝对人的期待一直不变。为使这梦想和期待不致被日益奇诡、奢靡的道具所湮灭,艺术这才出面。上帝就像出题的考官,不断变换生活的题面,看你是否还能从中找出生命的本义。

对于科学,后人不必重复前人,只需接过前人的成就,继往开来。生命的意义却似轮回,每个人都得从头寻找,唯在这寻找中才可能与前贤会合,唯当走过林莽、走过激流、走过深渊、走过思悟一向的艰途,步上山巅之时你才能说继承。若在山腰止步,登峰之路岂不又被埋没?幸有世世代代不懈的攀登者,如西绪福斯一般重复着这样的攀登,才使梦想照耀了实际,才有信念一直缭绕于生活的上空。

九

不能把遮掩实际之真的骗术算在艺术之真的头上,就像不能把淫乱归在性欲名下。而实际之真阻断了心魂恣肆的情况,也是常有,比如婚内强奸也可导致生育,但爱情随之荒芜。

实际的真与否,有舆论和法律去调教,比如性骚扰的被处罚,性丑闻的被揭露,再比如拾金不昧的被表彰。但艺术之真是在信仰麾下,并不受实际牵制,它的好与不好就如爱情的成败,唯自作自受。一般来看,掩盖实际之真的骗术,多也依靠实际之假,或以实际的利益为引诱,哪有欺世盗名者希望大家心魂自由的呢?

黄色所以是黄色,只因其囿于器官的实际,心魂被快感淹没,不得伸展。倘非如此,心魂借助肉体而天而地,爱愿借助性欲而酣畅地表达,而虔诚地祈告,又何黄之有?一旦心魂驾驭了实际,或突围,或彷徨,或欢聚,你就自由地写吧,画吧,演吧,字还是那些字,形还是那些形,动作还是那些动作,意味却已大变——爱情之下怎么都是艺术,一黄不染。黄色,其实多么小气,而"金风(爱)玉露(性)一相逢,便胜却人间无数"!那是诗是歌是舞,是神的恩赐呀谁管得着?

其实,对黄色,也无须太多藏禁。那路东西谁都难免想看看,但正因其太过实际,生理书上早都写得明白,看看即入穷途。半遮半掩,倒是撩拨青少年。

十

我们太看重了白昼,又太忽视着黑夜。生命,至少有一半是在黑夜中呀——夜深人静,心神仍在奔突和浪游。更因为,一个明确走在晴天朗照中的人,很可能正在心魂的黑暗与迷茫中挣扎,黑夜与白昼之比因而更其悬殊。

这迷茫与挣扎,不是源于生活?但更是"匡正",或"匡正"的可能。这就得把那个"像"字颠来倒去鞭打几回!因为,这黑夜,这迷茫与挣扎,正是由于无可像者和不想再像什么。这是必要的折磨,否则尽是"酷肖子孙",千年一日将是何等无聊?连白娘子都不忍仙界的寂寞,"千年等一回"来寻这人间的多彩与真情。

十一

不能因为不像,就去谴责一部作品,而要看看那不像的外形是否正因有心魂在奔突,或那不像的传达是否已使心魂震动、惊醒。像,已经太腻人,而不像,可能正为生途开辟着新域。

"艺术高于生活",似有些高高在上,轻慢了某些平凡的疾苦,让人不爱听。再说,这"高于"的方向和尺度由谁来制定呢?你说你高,我说我比你还高,他说我低,你说他其实更低,这便助长霸道,而霸道正是瞒与骗的基础。那就不如说"艺术异于生活"。"异"是自由,你可异,我亦可异,异与异仍可存异,唯异端的权利不被剥夺是普遍的原则。

不过,"异"主要是说,生理的活着基本相同,而心魂的眺望各有其异,物质的享受必趋实际,而心魂的眺望一向都在实际之外。但是,实际之外可能正是黑夜。黑夜的那边还有黑夜,黑夜的尽头呢?尽头者,必不是无,仍是黑夜,心魂的黑夜。人们习惯说光明在前面引领,可光明的前面正是黑夜的呼唤呀。现成的光明俯拾即是,你要嫌累就避开黑夜,甭排队也能领得一份光明,可那样的光明一定能照亮你的黑夜吗?唯心神的黑夜,才开出生命的广阔,才通向精神的家园,才是要麻烦艺术去照亮的地方。而偏好实际,常常湮灭了它。缺乏对心魂的关注,不仅限制了中国的艺术,也限制着中国人心魂的伸展。

十二

"普遍主义"很像"高于",都是由一个自以为是的制高点发放通行证,强令排异,要求大家都与它同,此类"普遍"自然是得反对。但要看明白,这并不意味着天下人就没有共通点,天下事就没有普遍性。要活着,要安全,要自由表达,要维护自己独特的思与行……这有谁不愿意吗?因此就得想些办法来维护,这样的维护不需要普遍吗?对"反对普遍主义"之最愚蠢的理解,是以为你有你的实际,我有我的实际,因此谁想怎么干就怎么干吧。可是,日本鬼子据其实际要侵略你,行吗?村长据其实际想强奸某一村民,也不行吧?所以必得有一种普遍的遵守。

十三

　　语言也是这样,无论谈恋爱还是谈买卖,总是期望相互能听懂,你说你的我说我的就不如各自回家去睡觉。要是你听不懂我的我就骂人,就诉诸强迫,那便是霸道,是要普遍反对的。可是,反抗霸道若也被认为是霸道,事情就有些乱。为免其乱就得有法律,就得有普遍的遵守。然而又有问题:法律由谁来制订?只根据少数人(或国)的利益显然不对吧?所以就得保证所有的人(或国)都能自由发言。

　　说到保护民族语言的纯洁与独立,以防强势文化对它的侵蚀与泯灭,我倾向赞成,但也有些疑问。疑问之一:这纯洁与独立,只好以民族为单位吗?为什么不更扩大些或更缩小些?疑问之二:民族之间可能有霸道,民族之内就不可能有?民族之间可以恃强凌弱,一村一户中就不会发生同样的事?为什么不干脆说"保护个人的自由发言"呢?

　　本当是个人发言,关注普遍,不知怎么一弄,常常就变成了集体发言,却只看重一己了。只有个人自由,才有普遍利益,只因有普遍的遵守,才可能保障个人的自由,这道理多么简单。事实上,轻蔑个人自由的人,也都不屑于普遍的遵守,道理也简单:自由一普遍,霸字搁在哪儿?

十四

　　远来的和尚,原是要欣赏异地风俗,或为人类学等等采集标本,自然是希望着种类的多样,稀有种类尤其希望它保持原态,不见得都有闲心去想:这标本中人是否活得煎熬?是否也图自由与发展?他们不想倒也罢了,标本中人若为取悦游僧和学者而甘做标本,倒把自己的愿望废置,把自己必要的变革丢弃,事情岂不荒唐?

十五

前不久,可能是在电视上也可能是在报纸上,见一位导演接受记者采访。记者问:"有人说您的'中国特色'其实是迎合外国人的口味。"导演说:"不,因为我表现的是人的普遍情感,所以外国人也能接受。"我便想:什么是普遍情感?这普遍是谁的统计?怎么统计的?其依据和目的都是什么?以及被这统计所排除、所遗漏的那些心魂应当怎样处置?尤其,这普遍怎么又成了特色?是什么人,会认此普遍为特色呢?是不是由市场判定的普遍?是不是由外国口味判定的中国特色?

一个创作者,敢说他表现的是普遍,这里面隐约已经有了一方"父母官"的影子。一个创作者,竟说他表现的是普遍,谦虚得又似过头,这岂非是说自己并无独到之见?一个创作者,至少要自以为有独特的发现,才会有创作的激情吧?普遍的情感满街都是,倘不能从中见出独具的心流,最多也只能算模仿生活。内在的新异已被小心地择出或粗心地忽略,一旦走上舞台和银幕,料必仍只是外在的像。这样的"创作",我在想,其动力会是什么呢?不免还是想到了"迎合",迎合市场,迎合"父母官",迎合一种故有的优势话语,或者迎合别的什么。未必就是迎合大众,倒可能是麻醉大众。大众的心流原本是多么丰富,多么不拘,多么辽远,怎么迎合得过来?唯把他们麻醉到只认得一种戏路,只相信一种思绪配走上舞台或银幕,他们才可以随时随地被迎合。所以我又想,是否正因为这堂而皇之的普遍,万千独具的心流所以被湮灭,以致中国特色倒要由外国人来判定?还有,为什么要以国为单位来配制特色?为什么不让每一缕心魂自然而然地表现其特色呢?

十六

别抱怨摆弄实际之真的所谓艺术总是捉襟见肘吧,那是必然。正因为实际走到了末路,艺术这才发生,若领着艺术再去膜拜实际,岂非鬼打墙?所以,艺术正如爱情,都是不能嫌累的事。心魂之域本无尽头,比如"诗意地栖居"可不是独享逍遥,而是永远地寻觅与投奔,并且总在黑夜中。

十七

要讲真话,勿瞒与骗,这是中国人普遍推崇的品质。可从来,有几人真能做得彻底,真能"知无不言,言无不尽"?(且莫苛求"言必行"吧。)倒是常听见这样的表白:"有些话我不能讲,但我讲的保证都是真话。"说实在的,能如此也已经令人钦佩。扪心自问,我自己顶多也就这样。但这绝不是说我钦佩我自己,恰恰相反,用陕北话说:我这心里头害麻烦。翻译成北京话就是:糟心。有点儿像吸毒,自个儿也看不起自个儿,又戒不掉。软弱的自己看不起自己的软弱但还是软弱着,虚伪的自己看不起自己的虚伪却还是"有些话不能讲"——真真岂有此理!

岂有此理就完了吗?钦佩着勇敢者之余,软弱如我者想:岂有此理的深处就怕还藏着另外的道理,未必一副硬骨头就能包打天下。说真话、硬骨头、匕首与投枪,于虚伪自然是良药,但痼疾犹在,久不见轻,大概还是医路的问题。自古就有"文死谏"的倡导,意思也就是硬骨头、讲真话,可这品质世世代代一直都被倡导,或只被倡导,且有日趋金贵之势,岂不令人沮丧?怎么回事?中国人一向推崇的品质,怎么竟成了中国人越来越难得的高风亮节?

十八

说真话有什么错吗？当然没有，还能是说假话不成？但说真话就够了吗？这就又得看看：除了实际之真，心魂之真是否也有表达？是否也能表达？是否也提倡表达？是否这样的表达也被尊重？倘只白昼在表达，生命至少要减半。倘黑夜总就在黑夜中独行，或聋，或哑，或被斥为"不打粮食"，真，岂不是残疾着吗？比如两口子，若互相只言白昼，黑夜之浪动的心流或被视为无用，或被看作邪念，千万得互相藏好，那料必是要憋出毛病的。比如憋出猜疑和防备，猜疑和防备又难免流入白昼，实际之真也就要打折扣了。这还不要紧，只要黑夜健在，娜拉大不了是个出走。但黑夜要是一口气憋死，实际被实际所囚禁，艺术和爱情和一切就都只好由着白昼去豢养、去叫卖了。失去黑夜的白昼，失去真正的生活，什么假不能炒成真？什么阴暗不能标榜为圣洁？什么荒唐事不能煽得人落泪？于是，什么真也就都可能沦落到"我不能说"了。

十九

听说有一位导演，在反驳别人的批评时说："不管怎么说，反正我是让观众落了泪。"反驳当然是你的权利，但这样的反驳很无力，让人落泪就一定是好艺术吗？让人哭，让人笑，让人咬牙切齿、捶胸顿足，都太容易，不见得非劳驾艺术不可。而真正的好艺术，真正的心路艰难，未必都有上述效果。

我听一位批评家朋友说过一件事：他去看一出话剧，事先掖了手绢在兜里，预备哭和笑，然而整个演出过程中他哭不出也笑不出，全场唯鸦雀无声。直到剧终，掌声虽也持久，但却犹豫。直到戏散，鱼贯而出的人群仍然没有什么热烈的表示，大家默默地走路,看天,或对视。我那朋友干脆找个没人的地方坐下来发呆。他说这戏真好。他没说真像。他说看戏的人中有说真好的,有说不好的,但没见有谁说真像或者不像。他说,无论说真好的还是说不好的,神情都似有些愕然,加上天黑。他说他在那没人的地方坐了很久,心里仍然是一片愕然,以往的批评手段似乎都要作废,他说他看见了生命本身的疑难。这戏我没看。

二十

我看过一篇报告文学,讲一个叛徒的身世。这人的弟弟是个很有名望的革命者。兄弟俩早年先后参加了革命,说起来他还是弟弟的引路人,弟弟是在他的鼓动下才投身革命的。其实他跟弟弟一样对早年的选择终生无悔,即便是在他屈服于敌人的暴力之时,即便是在他饱受屈辱的后半生中,他也仍于心中默默坚守着当初的信奉。然而弟弟是受人爱戴的人,他却成了叛徒。如此天壤之别,细究因由其实简单:他怕死,怕酷刑的折磨,弟弟不怕。当然,还在于,他不幸被敌人抓去了,弟弟没这么倒霉。就是说,弟弟的不怕未经证实。于是也可以想象另一种可能:被抓去的是弟弟,不是他。这种可能又引出另外两种可能:一是弟弟确实不怕死,也不怕折磨,这样的话世上就会少一个叛徒,多一个可敬的人。二是弟弟也怕,结果呢,叛徒和可敬的人数目不变,只不过兄弟俩倒了个过儿。

谁是叛徒无关紧要,就像谁是哥谁是弟并不要紧,要紧的是世上确有哥哥这样的人,确有这样饱受折磨的心。知道世上有这样的人的那天,我也是找了个没人的地方呆坐很久,心中全是愕然,以往对叛徒的看法似乎都在动摇。我慢慢地看见,勇猛与可敬之外还有着更为复杂的人生处境。我看见一片蛮荒的旷野,神光甚至也少照耀,唯一颗诉告无处的心随生命的节拍钟表一样地颤抖,永无休止。不管什么原因吧,总归有人处于这样的境地,总归有这样的心魂的绝境,你能看一看就忘了吗?我尤其想起了这样的话:人道主义者是不能使用"个别现象"这种托词的。

二十一

这样的事让我不寒而栗。这样的事总向我提出这样的问题:你是他,你怎么办?这问题常使我夜不能寐。一边是屈辱,一边是死亡,你选择什么?一边是生,是永恒的耻辱与惩罚,一边是死,或是酷刑的折磨,甚至是亲人遭连累,我怎样选择?这问题在白昼我不敢回答,在黑夜我暗自祈祷:这样的事千万别让我碰上吧。但我知道这不算回答,这唯使黑夜更加深沉。我又对自己说:倘这事真的轮到我头上,我唯求速死。可我心里又明白,这不是勇敢,也仍然不是回答,这是逃避,想逃开这两难的选择,想逃出这最无人道的处境。因为我还知道,这样的事并不由于某一个人的速死就可以结束。何况敌人不见得就让你速死,敌人要你活着,逼你就范是他们求胜的方法。然而,逼迫你的仅仅是敌人吗?不,这更像合谋,它同时也是敌人的敌人求胜的方法。在求胜的驱动之下,敌对双方一样地轻蔑了人道,践踏和泯灭着人道,那么不管谁胜,得胜的终于会是人道吗?更令人迷惑的是,这样的敌对双方,到底是因何而敌对?各自所求之胜,究竟有着怎样根本的不同?我的黑夜仍在黑夜中。而且黑夜知道,对这两难之题,是不能用逃避冒充回答的。

二十二

对这样的事,和这样的黑夜,我在《务虚笔记》中曾有触及,我试图走到三方当事者的位置,演算各自的心路。

大凡这类事,必具三方当事者:A——或叛徒,或英雄,或谓之"两难选择者";B——敌人;C——自己人。演算的结果是:大家都害怕处于 A 的位置。甚至,A 的位置所以存在,正由于大家都在躲避它。比如说,B 不可以放过 A 吗?但那样的话,B 也就背叛了他的自己人,从而走到了 A 的位置。再比如,C 不可以站出来,替下你所担心的那个可能成为叛徒的人吗?但那样 C 也就走到了 A 的位置。可见,A 的位置他们都怕——既怕做叛徒,也怕做英雄,否则毫不犹豫地去做英雄就是,叛徒不叛徒的根本不要考虑。是的,都怕,A 的位置这才巩固。是的,都怕,但只有 A 的怕是罪行。原来是这样,他们不过都把一件可怕的事推给了 A,把大家的罪行推给了 A 去承担,然后,一方备下了屠刀、酷刑和株连,一方备下了赞美,或永生的惩罚。

二十三

大家心里都知道它的可怕,大家却又一齐制造了它,这不荒唐吗?因此,很久以来我就想为这样的叛徒说句话。就算对那两难的选择我仍未找到答案,我也想替他问一问:他到底错在了哪儿?他不该一腔热血而做出了他年轻时的选择吗?他不该接受一项有可能被敌人抓去的工作吗?他一旦被抓住就不该再想活下去吗?或者,他就应该忍受那非人的折磨?就应该置无辜的亲人于不顾,而单去保住自己的名节,或单要保护某些同他一样承诺了责任的"自己人"吗?

我真是找不出像样的回答。但我不由得总是想:有什么理由使一个人处于如此境地?就因为他要反对某种不合理(说到底是不合人道之理)的现实,就应该处于更不人道的境地中吗?我认真地为这样的事寻找理由,唯一能找到的是:A 的屈服不仅危及了C,还可能危及"自己人"的整个事业。然而,倘这事业求胜的方法与敌人求胜的方法并无根本不同,将如何证明和保证它与它所反对的不合理一定就有根本的不同呢?于是我又想起了圣雄甘地的话:没有什么方法可以获得和平,和平本身是一种方法。这话也可引申为:没有什么方法可以获得人道,人道本身就是方法。那也就是说:人道存在于方法中,倘方法不人道,又如何树立人道,又怎么能反对不人道?

二十四

　　这真正是一道难题:敌人不会因为你人道,他也就人道。你人道,他很可能乘虚而入,反使其不人道得以巩固。但你若以其人之道还治其人之身呢,你就也蔑视了人道,你就等于加入了他,反使不人道壮大。仇恨的最大弊端是仇恨的蔓延,压迫的最大遗患是压迫的复制。"自己人"万勿使这难题更难吧。以牙还牙的怪圈如能有一个缺口,那必是更勇敢、更理性、更智慧的人发现的,比如甘地的方法,比如马丁·路德·金的方法。他们的发现,肯定不单是因为骨头硬,更是因为对万千独具心流更加贴近的关怀,对人道更为深彻的思索,对目的更清醒的认识。这样的勇敢,不仅要对着敌人,也要对着自己,不仅靠骨头,更要靠智慧。当然,说到底是因为:不是为了坐江山,而是为了争自由。

　　电视中正在播放连续剧《太平天国》。洪秀全不勇敢?但他还是要坐江山。杨秀清不勇敢?可他总是借天父之口说自己的话。天国将士不勇敢吗,可为什么万千心流汇为沉默?"天国"看似有其信仰,但人造的神不过是"天王"手中的一张牌。那神曾长了一张人嘴,人嘴倘合王意,王便率众祭拜,人嘴如若不轨,王必率众诛之,而那虚假的信仰一旦揭开,内里仍不过一场权力之争,一切轰轰烈烈立刻没了根基。

二十五

小时候看《三国演义》,见赵子龙在长坂坡前威风八面,于重重围困中杀进杀出,斩上将首级如探囊取物,不禁为之喝彩。现在却常想,那些被取了首级的人是谁?多数连姓名也没有,有姓名的也不过是赵子龙枪下的一个活靶。战争当然就是这么残酷,但小说里也不曾对此多有思索,便看出文学传统中的问题。

我常设想,赵子龙枪下的某一无名死者,曾有着怎样的生活,怎样的期待,曾有着怎样的家,其家人是在怎样的时刻得知了他的死讯,或者连他的死讯也从未接到,只知道他去打仗了,再没回来,好像这人生下来就是为了在某一天消失,就是为了给他的亲人留下一个永远的牵挂,就是为了在一部中国名著中留下一行字:只一回合便被斩于马下。这个人,倘其心流也有表达,世间也许就多有一个多才多艺的鲁班,一个勤劳忠厚的董永,抑或一个风流倜傥的贾宝玉(虽然他不可能那么富贵,但他完全可能那么多情)。当然,他不必非得是名人,是个普通人足够。但一个普通人的心流,并非普遍情感就可以概括,倘那样概括,他就仍只是一个王命难违的士兵,一个名将的活靶,一部名著里的道具,其独具的心流便永远还是沉默。

二十六

我的一位已故艺术家朋友,生前正做着一件事:用青铜铸造一千个古代士兵的首级,陈于荒野,面向苍天。我因此常想象那样的场面。我因此能看见那些神情各异的容颜。我因此能够听见他们的诉说——一千种无人知晓的心流在天地间浪涌风驰。实际上,他们一代一代在那荒野上聚集,已历数千年。徘徊,等待,直到我这位朋友来了,他们才有可能说话了。真不知苍天何意,竟让我这位朋友猝然而逝,使这件事未及完成。我这位艺术家朋友,名叫:甘少诚。

二十七

叛徒(指前述那样的叛徒,单为荣华而出卖朋友的一类此处不论)就正是由普遍情感所概括出的一种符号,千百年中,在世人心里,此类人等都有着同样简化的形象和心流。在小说、戏剧和电影中,他们只要符合了那简化的统一(或普遍),便是"真像",便在观众中激起简化而且统一的情感,很少有人再去想:这一个人,其处境的艰险,其心路的危难。

恨,其实多么简单,朝他吐唾沫就是,扔石头就是。

《圣经》上有一个类似的故事,看耶稣是怎么说吧:法利赛人抓来一个行淫的妇女,认为按照摩西的法律应该用石头砸死她,他们等待耶稣的决定。耶稣先是在地上写下一行字,众人追问那字的意思,耶稣于是站起来说,你们中谁没有犯过罪,就去用石头砸死她吧。耶稣说完又在地上写字。那些人听罢纷纷离去……

因此,我想,把那个行淫的妇女换成那个叛徒,耶稣的话同样成立:你们中谁不曾躲避过 A 的位置,就可以朝他吐唾沫、扔石头。如果人们因此而犹豫,而看见了自己的恐惧和畏缩,那便是绝对信仰在拷问相对价值的时刻。那时,普遍情感便重新化作万千独具的心流。那时,万千心流便一同朝向了终极的关怀。于是就有了忏悔,于是忏悔的意义便凸显出来。比如,这忏悔的人群中如果站着 B 和 C,是否在未来,就可以希望不再有 A 的位置了呢?

二十八

众人走后,耶稣问那妇女:没有人留下定你的罪吗?答:没有。耶稣说:那我也就不定你的罪,只是你以后不要再犯。这就是说,罪仍然是罪,不因为它普遍存在就不是罪。只不过耶稣是要强调:罪,既然普遍存在于人的心中,那么,忏悔对于每一个人就都是必要。

有意思的是,当众人要耶稣做决定时,耶稣为什么在地上写字?为什么耶稣说完那些话,又在地上写字?我一直想不透。他是说"字写的法律与心做的忏悔不能同日而语"吗?他是说"字写的简单与心写的复杂不可等量齐观"吗?或者,他是说"字写的语言有可能变成人对人的强暴,唯对万千心流深入的体会才是爱的祈祷"?但也许他是取了另一种角度,说:字,本当从沉默的心中流出。

二十九

对于 A 的位置,对于这位置所提出的问题,我仍不敢说已经有了回答,比这远为复杂的事例还很多。我只是想,所有的实际之真,以及所谓的普遍情感,都不是写作应该止步的地方。文学和艺术,从来都是向着更深处的寻觅,当然是人的心魂深处。而且这样的深处,并不因为曾经到过,今天就无必要。其实,今天,绝对的信仰之光正趋淡薄,日新月异的生活道具正淹没着对生命意义的寻求。上帝的题面一变,人就发昏,原来会做的题也不会了;甚至干脆不做了,既然窗外有着那么多快乐的诱惑。看来,靡菲斯特跟上帝的赌博远未结束,而且人们正在到处说着那句可能使魔鬼获胜的话。

插队时,村中有所小学,小学里有个奇怪的孩子,他平时替他爹算工分,加加减减一丝不乱,可你要是给他出一道加减法的应用题,比如说某工厂的产值,或某公园里的树木,或某棵树上的鸟,加来减去他把脚丫子也用上还是算不清。我猜他一定是让工厂呀、公园呀、树和鸟呀给闹乱了,那些玩意儿怎么能算得清?别小看糜菲斯特吧,它把生活道具弄得越来越邪乎,于中行走容易找不着北。

三十

我想我还是有必要浪费一句话:舍生取义是应该赞美的,为信仰而献身更是美德。但是,这样的要求务须对着自己,倘以此去强迫他人,其"义"或"信仰"本身就都可疑。

三十一

"我不能说",不单因为惧怕权势,还因为惧怕舆论,惧怕习俗,惧怕知识的霸道。原是一份真切的心之困境,期望着交流与沟通,眺望着新路,却有习俗大惊失色地叫:"黄色!"却有舆论声色俱厉地喊:"叛徒!"却有霸道轻蔑地说:"你看了几本书,也来发言?"于是黑夜为强大的白昼所迫,重回黑夜的孤独。

入夜之时,心神如果不死,如果不甘就范,你去听吧,也许你就能听见如你一样的挣扎还在黑夜中挣扎,如你一样的眺望还在黑夜中眺望。也许你还能听见诗人西川的话:我打开一本书,/一个灵魂就苏醒/…………/我阅读一个家族的预言/我看到的痛苦并不比痛苦更多/历史仅记录少数人的丰功伟绩/其他人说话会合为沉默……

你不必非得看过多少本书,但你要看重这沉默,这黑夜,它教会你思想而不单是看书。你可以多看些书,但世上的书从未被哪一个人看完过,而看过很多书却没有思想能力的人却也不少。

三十二

中国的电影和戏剧,很少这黑夜的表达,满台上都是模仿白昼,在细巧之处把玩表面之真。旧时闺秀,新潮酷哥,请安、跪拜、作揖、接吻,虽惟妙惟肖却只一副外壳。大家看了说一声"真像",于是满足,可就在回家的路上也是各具心流,与那白昼的"真"和"像"迥异。黑夜已在白昼插科打诨之际降临,此刻心里正有着另一些事,另一些令心魂不知所从的事,不可捉摸的心流眺望着不可捉摸的前途,困顿与迷茫正与黑夜会合。然而看样子他们似乎相信,这黑夜与艺术从来吃的是两碗饭,电影、戏剧和杂技唯做些打岔的工作,以使这黑夜不要深沉,或在你耳边嘀咕:黑夜来了,白昼还会远吗?人们习惯于白昼,看不起黑夜:困顿和迷茫怎么能有美呢?怎么能上得舞台和银幕呢?每个人的心流都是独特,有几个人能为你喊一声"真像"?唔,艺术已经认不出黑夜了,黑夜早已离开了它,唯白昼为之叫卖、喝彩。真不知是中国艺术培养了中国观众,还是中国观众造就了中国艺术。

你看那正被抢救的传统京剧,悦目悦耳,是可以怡然自得半躺半仰着听的,它要你忘忧,不要你动心,虽常是夜场但与黑夜无关,它是冬天里的春天、黑夜中的白昼。不是说它不该被抢救,任何历史遗迹都要保护,但那是为了什么呢?看看如今的圆明园,像倒还是有得可像——比如街心花园,但荒芜悲烈的心流早都不见。

三十三

夜深人静,是个人独对上帝的时候。其他时间也可以,但上帝总是在你心魂的黑夜中降临。忏悔,不单是忏悔白昼的已明之罪,更是看那暗中奔溢着的心流与神的要求有着怎样的背离。忏悔不是给别人看的,甚至也不是给上帝看的,而是看上帝,仰望他,这仰望逼迫着你诚实。这诚实,不止于对白昼的揭露,也不非得向别人交待问题,难言之隐完全可以藏在肚里,但你不能不对自己坦白,不能不对黑夜坦白,不能不直视你的黑夜:迷茫、曲折、绝途、丑陋和恶念……一切你的心流你都不能回避。因为看不见神的人以为神看不见,但"看不见而信的人是有福的",于是神使你看见——神以其完美、浩瀚使你看见自己的残缺与渺小,神以其无穷之动使你看见永恒的跟随,神以其宽容要你悔罪,神以其严厉为你布设无边的黑夜。因此,忏悔,除去低头还有仰望,除知今是而昨非还要询问未来,而这绝非白昼的戏剧可以通达,绝非"像"可能触及,那是黑夜要你同行啊,要你说:是!

这样的忏悔从来是第一人称的。"你要忏悔"——这是神说的话,倘由人说就是病句。如同早晨醒来,不是由自己而是由别人说你做了什么梦,岂不奇怪?忏悔,是个人独对上帝的时刻,就像梦,别人不得参与。好梦成真大家祝贺,坏梦实行,众人当然要反对。但好梦坏梦,止于梦,别人就不能管,别人一管就比坏梦还坏,或正是坏梦的实行。君不见"文革"时的"表忠心"和"狠斗私心一闪念",其坏何源?就因为人说了神的话。

三十四

坏梦实行固然可怕,强制推行好梦,也可怕。诗人顾城的悲剧即属后一种。我不认识顾城,只读过他的诗,后来又知道了他在一个小岛上的故事。无论是他的诗,还是他在那小岛上的生活,都蕴藏着美好的梦想。他同时爱着两个女人,他希望两个女人互相也爱,他希望他们三个互相都爱。这有什么不好吗?至少这是一个美丽的梦想。这不可能吗？可不可能是另外的问题,好梦无不期望着实现。我记得他在书中写过,他看着两个女人在阳光下并肩而行,和平如同姐妹,心中顿生无比的感动。这感动绝无虚伪。在这个越来越以经济指标为衡量的社会,在这个心魂越来越要相互躲藏的人间,诗人选中那个小岛做其圆梦之地,养鸡为生,过最简朴的生活,唯热烈地供奉他们的爱情,唯热切盼望那超俗的爱情能够长大。这样的梦想不美吗？倘其能够实现,怎么不好？可问题不在这儿。问题是:好梦并不统一,并不由一人制订,若把他人独具的心流强行编入自己的梦想,一切好梦就都要结束。

看顾城的书时,我心里一直盼望着他的梦想能够实现。但这之前我已经知道了那结尾是一次屠杀,因此我每看到一处美丽的地方,都暗暗希望就此打住,停下来,就停在这儿,你为什么不能就停在这儿呢？于是我终于看见,那美丽的梦想后面,还有一颗帝王的心:强制推行,比梦想本身更具诱惑。

三十五

B 和 C 具体是谁并不重要。麻烦的是,这样的逻辑几乎到处存在。比如在朋友之间,比如在不尽相同的思想或信仰之间,也常有 A、B、C 式的矛盾。甚至在孩子们模拟的"战斗"中,A 的位置也是那样原原本本。

我记得小时候,在幼儿园玩过一种"骑马打仗"的游戏,一群孩子,一个背上一个,分成两拨,互相"厮杀",拉扯、冲撞、下绊子,人仰马翻者为败。老师满院子里追着喊:别这样,别这样,看摔坏了！但战斗正未有穷期。这游戏本来很好玩,可不知怎么一来,又有了对战俘的惩罚:弹脑崩儿,或连人带马归顺敌方。这就又有了叛徒,以及对叛徒更为严厉的惩罚。叛徒一经捉回,便被"游街示众",被人弹脑崩儿、拧耳朵(相当于吐唾沫、扔石头)。到后来,天知道怎么这惩罚竟比"战斗"更具诱惑了,无需"骑马打仗",直接就玩起这惩罚的游戏来。可谁是被惩罚者呢?便涌现出一两个头领,由他们说了算。于是,为免遭惩罚,孩子们便纷纷效忠那一两个头领。然而这游戏要玩下去,不能没有被惩罚者呀?可怕的日子于是到了。我记得从那时起,每天早晨我都要找尽借口,以期不必去那幼儿园。

三十六

不久前,我偶然读到一篇英语童话——我的英语好到一看便知那是英语,妻子把它变成中文:战争结束了,有个年轻号手最后离开战场,回家。他日夜思念着他的未婚妻,路上更是设想着如何同她见面,如何把她娶回家。可是,等他回到家乡,却听说未婚妻已同别人结婚;因为家乡早已流传着他战死沙场的消息。年轻号手痛苦之极,便又离开家乡,四处漂泊。孤独的路上,陪伴他的只有那把小号,他便吹响小号,号声凄婉悲凉。有一天,他走到一个国家,国王听见了他的号声,使人把他唤来,问他:你的号声为什么这样哀伤?号手便把自己的故事讲给国王。国王听了非常同情他……看到这儿我就要放下了,猜那又是个老掉牙的故事,接下来无非是国王很喜欢这个年轻号手,而他也表现出不俗的才智,于是国王把女儿嫁给了他,最后呢?肯定是他与公主白头偕老,过着幸福的生活。妻子说不,说你往下看:……国王于是请国人都来听这号手讲他自己的故事,并听那号声中的哀伤。日复一日,年轻人不断地讲,人们不断地听,只要那号声一响,人们便来围拢他,默默地听。这样,不知从什么时候起,他的号声已不再那么低沉、凄凉。又不知从什么时候起,那号声开始变得欢快、嘹亮,变得生气勃勃了。故事就这么结束了。就这么结束了?对,结束了。当意识到它已经结束了的时候,忽然间我热泪盈眶。

我已经五十岁了。一个年至半百的老头子竟为这么一篇写给孩子的故事而泪不自禁,其中的原因一定很多,多到我自己也说不清。不过我一下子就想起了我的幼儿园,想起了那惩罚的游戏。我想,这不同的童年消息,最初是从哪儿出发的?

病隙碎笔 4

一

有位学者朋友给我写信,说我是"证明了神性,却不想证明神"。老实说,前半句话我绝不敢当,秉性愚钝的我只是用着傻劲儿,希望能够理解神性,体会神性;而对后半句话我又不想承认。不过确实,在我看来,证明神性比证明神更要紧。理由是:没有信仰固然可怕,但假冒的"神"更可怕——比如造人为神。事实是,信仰缺失之地未必没有崇拜,神性不明之时,强人最易篡居神位。我们几时缺了"神"么?灶王、财神、送子娘娘……但那多是背离着神性的偶像,背离着信仰的迷狂。这类"神明"也有其性,即与精神拯救无关,而是对肉身福乐的期许;比如对权、财的攀争,比如"乐善好施"也只图"来生有报"。这不像信仰,更像是行贿或投资。所以,证明神务先证明神性,神性昭然,其形态倒不妨入乡随俗。况且,其实,唯对神性的追问与寻觅,是实际可行的信仰之路。

二

我读书少,宗教知识更少,常发怵与学者交谈。我只是活出了一些问题,便思来想去,又因能力有限,所以希望以尽量简单的逻辑把信仰问题弄弄明白。

那位学者朋友还说,我是"尽可能避开认同佛教"。这判断有点儿对。但这点儿对,并不是指"尽可能避开",而是说我确实对一些流行的佛说有着疑问。

大凡宗教,都相信人生是一次苦旅(或许这正是宗教的起因吧),但是,对苦难的原因则各说不一,因而对待苦难的态度也不相同。流行的佛说(我对佛学、佛教所知甚微,故以"流行的"做出限定)相信,人生之苦出自人的欲望,如:贪、嗔、痴;倘能灭断这欲望,苦难就不复存在。这就预设了一种可能:生命中的苦难是可以消灭的,若修行有道,无苦无忧的极乐世界或者就在今生,或者可期来世。来世是否真确大可不论,信仰所及,无需实证。但问题是:

三

脱离一己之苦可由灭断一己之欲来达成,但是众生之苦犹在,一己就可以心安理得吗?众生未度,一己便告无苦无忧,这虽不该嫉妒甚至可以祝贺,但其传达的精神取向,便很难相信还是爱的弘扬,而明显接近着争的逻辑了。

争天堂,与争高官厚禄,很容易走成同一种心情。种什么神根,得什么俗果。猪八戒对自己仅仅得了个罗汉位耿耿于怀,凡夫俗子为得不到高级职称而愤愤不平就有了神据。我是说,这逻辑用于俗世实属无奈,若再用于信仰岂不教人沮丧?大凡信仰,正当在竞争福乐的逻辑之外为人生指引前途,若仍以福乐为期许,岂不倒要助长了贪、嗔、痴?

(眼下"欧锦赛"正是如火如荼,荷兰球星博格坎普在批评某一球队时有句妙语:"他们是在为结果踢球。"博格坎普因此已然超出球星,可入信者列了。因信称义,而不是因结果,而信恰在永远的过程中。)

四

如何使众生不苦呢？强制地灭欲显然不行。劝诫与号召呢？当然可以，但未必有效。这个人间的特点是不可能没有矛盾，不可能没有差别和距离，因而是不可能没有苦和忧的。再怎么谴责忧苦的众生太过愚顽，也是无济于事，无济于事而又津津乐道，倒显出不负责任。天旱了不下雨，可以无忧吗？孩子病了无医无药，怎能无苦？而水利和医药的发展正是包含着多少人间的苦路，正是由于人类的多少梦想和欲望呀。享用着诸多文明成果的隐士，悠然地谴责创造诸多文明的俗人，这样的事多少有些滑稽。当然，对此可以如下反驳：要你断灭的是贪、嗔、痴，又没教你断灭所有的欲望。但是，仅仅断灭了贪、嗔、痴并不能就有一个无苦无忧的世界；久旱求雨是贪吗？孤苦求助是痴吗？那么，诸多与生俱来的忧苦何以救赎？可见无苦无忧的许诺很成问题。再么就是断灭人的所有欲望，但那样，你最好就退回到植物去，一切顺其自然，不要享用任何人类文明，也不必再有什么信仰。苦难呼唤着信仰，倘信仰只对人说"你不当自寻烦恼"，这就像医生责问病人：没事儿撑的你生什么病？

我赞成祛除贪、嗔、痴的教诲，赞成人类的欲望应当有所节制（所以我也不是"尽可能避开认同佛教"），但仅此，我看还不能说就找到了超越苦难的路。

五

以无苦无忧的世界为目标，依我看，会助长人们逃避苦难的心理，因而看不见人的真实处境，也看不见信仰的真意。

常听人讲起一个故事，说是一个忙碌的渔夫在海滩上撞见一个悠闲的同行，便谴责他的懒惰。同行懒洋洋地问：可你这么忙到底为了什么？忙碌者说：有朝一日积攒起足够的财富，我就可以不忙不累优哉游哉地享受生命了。悠闲者于是笑道：在下当前正是如此。这故事明显是赞赏那悠闲者的明智。但若多有一问，这赞赏也许就值得推敲：倘遇灾年，这悠闲者的悠闲何以为继？倘那忙碌的渔夫给他送来救济，这明智的同行肯定拒不接受而情愿饿死吗？

这并不是说我已经认同了那位忙碌的人士，其实他与那悠闲者一样，只不过他的"无苦无忧"是期待着批发，悠闲者则偏爱零买零卖。要紧的是还有一问：倘命运像对待约伯那样，把忙碌者之忙碌的成果悉数摧毁，或不让悠闲者有片刻悠闲而让他身患顽疾，这怎么办？在一条忧苦随时可能袭来的地平线上，是否就能望见一点真信仰的曙光了？

六

再有，以福乐为许诺——你只要如何如何，便可抵达俗人不可抵达的极乐之地——这在逻辑上太近拉拢。以拉拢来推销信仰，这"信仰"非但靠不住，且很容易变成推销者的福利与权柄。

比如潇洒的人，他只要说一句"小乐足矣，不必天堂"，便可弃此信仰于一旁，放心大胆去数钞票了。是嘛，天堂唯乐，贪官也乐，天堂尚远，钞票却近，况乎见乐取小，岂不倒有风度？我是说，以福乐相许，信仰难免混于俗行。

再看所谓的"虔诚者"。福乐许诺之下的虔诚者，你说他的终极期待能是什么？于是就难辨哪一笔捐资是出于爱心，哪一笔献款其实是广告，是盯着其后更大的经济收益。你说这是不义，但"圣者"可以隔世投资以求来生福乐，我辈不才，为什么就不能投一个现世之资，求福乐于眼下？商品社会，如是种种就算无可厚非，但不知不觉信仰已纳入商业轨道，这才是问题。逻辑太重要，方法太重要，倘信仰不能给出一个非同凡响的标度，神就要在俗流中做成权贵或巨贾了。

再说最后的麻烦。天堂若非一个信仰的过程，而被确认为一处福乐的终点，人们就会各显神通，多多开辟通往天堂的专线。善行是极乐世界的门票，好，施财也算善行，烧香也算，说媒也算，杀恶人（我说他恶）也算，强迫他人行"善"（我说是善）也算……什么？我说了不算？那么请问：谁说了算？要是谁说了都不算，这"信仰"岂不作废？所以终于得有人说了算——替天行道。于是，造人为神的事就有了，其恶果不言自明。关键是，这样的事必然要出现，因为：许诺福乐原非神之所为，乃人之所愿，是人之贪婪酿造的幻景，人不出面谁出面？

七

看看另一种信仰是怎么说吧：人是生而有罪的。这不仅是说，人性先天就有恶习，因而忏悔是永远要保有的品质，还是说，人即残缺，因而苦难是永恒的。这样的话不大招人喜欢，但却是事实（非人之所愿，恰神之所为）。不过，要紧的还不在于这是事实，而在于因此信仰就可能有了非同凡响的方向。

看见苦难的永恒，实在是神的垂怜——唯此才能真正断除迷执，相信爱才是人类唯一的救助。这爱，不单是友善、慈悲、助人为乐，它根本是你自己的福。这爱，非居高的施舍，乃谦恭地仰望，接受苦难，从而走向精神的超越。这样的信仰才是众妙之门。其妙之一：这样的一己之福人人可为，因此它又是众生之福——不是人人可以无苦无忧，但人人都可因爱的信念而有福。其妙之二：不许诺实际的福乐，只给人以智慧、勇气和无形的爱的精神。这，当然就不是人际可以争夺的地位，而是每个人独对苍天的敬畏与祈祷。

其妙之三：天堂既非一处终点，而是一条无终的皈依之路，这样，天堂之门就不可能由一二强人去把守，而是每个人直接地谛听与领悟，因信称义，不要谁来做神的代办。

八

再有，人既看见了自身的残缺，也就看见了神的完美，有了对神的敬畏、感恩与赞叹，由是爱才可能指向万物万灵。现在的生态保护思想，还像是以人为中心，只是因为经济要持续发展而无奈地保护生态，只是出于使人活得更好些，不得已而爱护自然。可什么是好些呢？大约还得是人说了算，而物质的享乐与奢华哪有尽头？至少现在，到处都一样，好像人的最重要的追求就是经济增长，好像人生来就是为了参加一场物质占有的比赛。而这比赛一开始，欲望就收不住，生态早晚要遭殃。这不是哪一国的问题，这是全人类的问题，因而这不完全是政治问题，根本是信仰问题。人为什么不能在精神方面自由些再自由些，在物质方面简朴些再简朴些呢？是呀，这未免太浪漫，离实际有些远，但严谨的实际务要有飞扬的浪漫一路同行才好。人用脑和手去工作、去治理，同时用心去梦想；一个美好的方向不是计算出来的，很可能倒是梦想的指引。总之，人为什么不能以万物的和谐为重，在神的美丽作品中"诗意地栖居"呢？诗意地栖居是出于对神的爱戴，对神的伟大作品的由衷感动与颂扬，唯此生态才可能有根本的保护。经济性的栖居还是以满足人的物欲为要，地球则难免劫难频仍，苟且偷生。

九

说到人格的神，我总不大以为然。神自有其神格，一定要弄得人格兮兮有什么好处？神之在，源于人的不足和迷惑，是人之残缺的完美比照。一定要为神在描画一个人形证明,常常倒阻碍着对神的认信。神的模样,莫如是虚。虚者,非空非无,乃有乃大,大到无可超乎其外。其实,一切威赫的存在,一切命运的肇因,一切生与死的劫难,一切旷野的呼告和信心,都已是神在的证明。比如,神于西奈山上以光为显现,指引了摩西。我想,神就是这样的光吧,是人之心灵的指引、警醒、监督和鼓励。不过还是那句话,只要神性昭然,神形不必求其统一。

十

  我是个愚顽的人,学与思都只由于心中的迷惑,并不很明晰学理、教义和教规。人生最根本的两种面对,无非生与死。对于生,我从基督精神中受益;对于死,我也相信佛说。通常所谓的死,不过是指某一生理现象的中断,但其实,宇宙间无限的消息并不因此而有丝毫减损,所以,死,必牵系着对整个宇宙之奥秘的思悟。对此,佛说常让我惊佩。顿悟是智者的专利,愚顽如我者只好倚重一个渐字。

  任何宗教或信仰,我看都该分清其源和流。一则,千百年中,源和流可能已有大异。二则,一切思想和智慧必是以流而传之,即靠流传而存在。三则,唯在流中可以思源,可以有对神性的不断的思悟,而这样的思悟才是信仰之路。我是说,要看重流。流,既可流离神性,也可历经数代人的思悟而更其昭然,更其丰沛浩荡。

病隙碎笔 5

一

　　生命到底有没有意义？——只要你这样问了，答案就肯定是：有。因这疑问已经是对意义的寻找，而寻找的结果无外乎有和没有；要是没有，你当然就该知道没有的是什么。换言之，你若不知道没有的是什么，你又是如何判定它没有呢？比如吃喝拉撒，比如生死繁衍，比如诸多确有的事物，为什么不是？此既不是，什么才是？这什么，便是对意义的猜想，或描画，而这猜想或描画正是意义的诞生。

二

　　存在，并不单指有形之物，无形的思绪也是，甚至更是。有形之物尚可因其未被发现而沉寂千古，无形的思绪——比如对意义的描画——却一向喧嚣、确凿，与你同在。当然，生命中也可以没有这样的思绪和喧嚣，永远都没有，比如狗。狗也可能有吗？那就比如昆虫。昆虫也未必没有吗？但这已经是另外的问题了。

三

既然意义是存在的,何以还会有上述疑问呢?料其真正的疑点,或者忧虑,并不在意义的有无,而在于:第一,这类描画纷纭杂沓,到底有没有客观正确的一种?第二,这意义,无论哪一种,能否坚不可摧?即:死亡是否终将粉碎它?一切所谓意义,是否都将随着生命的结束而变得毫无意义?

四

如果不是所有的生命(所有的人)都有着对意义的描画与忧虑,那就是说,意义并非与生俱来。意义不是先天的赋予,而显然是后天的建立。也就是说,生命本无意义,是我们使它有意义,是"我",使生命获得意义。

建立意义,或对意义的怀疑,乃一事之两面,但不管哪面,都是人所独具。动物或昆虫是不屑这类问题的,凡无此问题的种类方可放心大胆地宣布生命的无意义。不过它们一旦这样宣布,事情就又有些麻烦,它们很可能就此成精成怪,也要陷入意义的纠缠了。你看传说中的精怪,哪一位不是学着人的模样在为生命寻找意义?比如白娘子的"千年等一回",比如猪八戒的梦断高老庄。

五

生命本无意义,是"我"使生命获得意义——此言如果不错,那就是说:"我",和生命,并不完全是一码事。

没有精神活动的生理性存活,也叫生命,比如植物人和草履虫。所以,生命二字,可以仅指肉身。而"我",尤其是那个对意义提出诘问的"我",就不只是肉身了,而正是通常所说的:精神,或灵魂。但谁平时说话也不这么麻烦,一个"我"字便可通用——我不高兴,是指精神的我;我发烧了,是指肉身的我;我想自杀,是指精神的我要杀死肉身的我。"我"字的通用,常使人忽视了上述不同的所指,即人之不同的所在。

六

不过,精神和灵魂就肯定是一码事吗?那你听听这句话:"我看我这个人也并不怎么样。"——这话什么意思?谁看谁不怎么样?还是精神的我看肉身的我吗?那就不对了,"不怎么样"绝不是指身体不好,而"我这个人"则明显是就精神而言,简单说就是:我对我的精神不满意。那么,又是哪一个我不满意这个精神的我呢?就是说,是什么样的我,不仅高于(大于)肉身的我并且也高于(大于)精神的我,从而可以对我施以全面的督察呢?是灵魂。

七

但什么是灵魂呢?精神不同于肉身,这话就算你说对了,但灵魂不同于精神,你倒是解释解释这为什么不是胡说?

因为,还有一句话也值得琢磨:"我要使我的灵魂更加清洁。"这话说得通吧?那么,这一回又是谁使谁呢?麻烦了,真是麻烦了。不过,细想,这类矛盾推演到最后,必是无限与有限的对立,必是绝对与相对的差距,因而那必是无限之在(比如整个宇宙的奥秘)试图对有限之在(比如某个个人的处境)施加影响,必是绝对价值(比如人类前途)试图对相对价值(比如个人利益)施以匡正。这样看,前面的我必是联通着绝对价值,以及无限之在。但那是什么?那无限与绝对,其名何谓?随便你怎么叫他吧,叫什么其实都是人的赋予,但在信仰的历史中,他就叫做:神。他以其无限,而真。他以其绝对的善与美,而在。他是人之梦想的初始之据,是人之眺望的终极之点。他的在先于他的名,而他的名,碰巧就是这个"神"字。

这样的神,或这样来理解神性,有一个好处,即截断了任何凡人企图冒充神的可能。神,乃有限此岸向着无限彼岸的眺望,乃相对价值向着绝对之善的投奔,乃孤苦的个人对广博之爱的渴盼与祈祷。这样,哪一个凡人还能说自己就是神呢?

八

精神,当其仅限于个体生命之时,便更像是生理的一种机能,肉身的附属,甚至累赘(比如它有时让你食不甘味,睡不安寝)。但当他联通了那无限之在(比如无限的人群和困苦,无限的可能和希望),追随了那绝对价值(比如对终极意义的寻找与建立),他就会因自身的局限而谦逊,因人性的丑陋而忏悔,视固有的困苦为锤炼,看琳琅的美物为道具,既知不断地超越自身才是目的,又知这样的超越乃是永远的过程。这样,他就不再是肉身的附属了,而成为命运的引领——那就是他已经升华为灵魂,进入了不拘于一己的关怀与祈祷。所以那些只是随着肉身的欲望而活的,你会说他没有灵魂。

九

比如希特勒,你不能说他没有精神,由仇恨鼓舞起来的那股干劲儿也是一种精神力量,但你可以说他丧失了灵魂。灵魂,必当牵系着博大的爱愿。

再比如希特勒,你可以说他的精神已经错乱——言下之意,精神仍属一种生理机能。你又可以说他的灵魂肮脏——但显然,这已经不是生理问题,而必是牵系着更为辽阔的存在,和以终极意义为背景的观照。

这就是精神与灵魂的不同。

精神只是一种能力。而灵魂,是指这能力或有或没有的一种方向,一种辽阔无边的牵挂,一种并不限于一己的由衷的祈祷。

这也就是为什么不能歧视傻人和疯人的原因。精神能力的有限,并不说明其灵魂一定龌龊,他们迟滞的目光依然可以眺望无限的神秘,祈祷爱神的普照。事实上,所有的人,不都是因为能力有限才向那无边的神秘眺望和祈祷吗?

十

其实,人生来就是跟这局限周旋和较量的。这局限,首先是肉身,不管它是多么聪明和健壮。想想吧,肉身都给了你什么?疾病、伤痛、疲劳、孱弱、丑陋、孤单、消化不好、呼吸不畅、浑身酸痛、某处瘙痒、冷、热、饥、渴、馋、人心隔肚皮、猜疑、嫉妒、防范……当然,它还能给你一些快乐,但这些快乐既是肉身给你的就势必受着肉身的限制。比如,跑是一种快乐,但跑不快又是烦恼,跳也是一种快乐,可跳不高还是苦闷,再比如举不动、听不清、看不见、摸不着、猜不透、想不到、弄不明白……最后是死和对死的恐惧。我肯定没说全,但这都是肉身给你的。而你就像那块假宝玉,兴冲冲地来此人间原是想随心所欲玩它个没够,可怎么先就掉进这么一个狭小黢黑的皮囊里来了呢?这就是他妈的生命?可是,问谁呢你?你以为生命应该是什么样儿?待着吧哥们儿!这皮囊好不容易捉你来了,轻易就放你走吗?得,你今后的全部任务就是跟它斗了,甭管你想干吗,都要面对它的限制。这样一个冤家对头你却怕它消失。你怕它折磨你,更怕它倏忽而逝不再折磨你——这里面不那么简单,应该有的可想。

但首先还是那个问题:谁折磨你？折磨者和被折磨者,各是哪一个你？

十一

有一种意见认为:是精神的你在折磨肉身的你,或灵魂的你在折磨精神的你。前者,精神总是想冲破肉身的囚禁,肉身便难免为之消损,即"为伊消得人憔悴"吧。后者,无论是"众里寻她千百度",还是"独上高楼望尽天涯路",总归也都使你殚思竭虑耗尽精华。为此,这意见给你的忠告是:放弃灵魂的诸多牵挂吧,唯无所用心可得逍遥自在,或平息那精神的喧嚣吧,唯健康长寿是你的福。

还有一种意见认为:是肉身的你拖累了精神的你,或是精神的你阻碍了灵魂的你。前者,比如说,倘肉身的快感湮灭了精神的自由,创造与爱情便都是折磨,唯食与性等等为其乐事。然而,这等乐事弄来弄去难免乏味,乏味而至无聊难道不是折磨？后者呢,倘一己之欲无爱无畏地膨胀起来,他人就难免是你的障碍,你也就难免是他人的障碍,你要扫除障碍,他人也想推翻障碍,于是危机四伏,这难道不是更大的折磨？总之,一个无爱的人间,谁都难免于中饱受折磨,健康长寿唯使这折磨更长久。因此,爱的弘扬是这种意见看中的拯救之路。

十二

但是,当生命走到尽头,当死亡向你索要不可摧毁的意义之时,便可看出这两种意见的优劣了。

如果生命的意义只是健康长寿(所谓身内之物),死亡便终会使它片刻间化作乌有,而在此前,病残或衰老必早已使逍遥自在遭受了威胁和嘲弄。这时,你或可寄望于转世来生,但那又能怎样呢?路途是不可能没有距离的,存在是不可能没有矛盾的,生是不可能绕过死的,转世来生还不是要重复这样的逍遥和逍遥的被取消,这样的长寿和长寿的终于要完结吗?那才真可谓是轮回之苦哇!

但如果,你赋予生命的是爱的信奉,是更为广阔的牵系,并不拘于一己的关怀,那么,一具肉身的溃朽也能使之灰飞烟灭吗?

好了,最关键的时刻到了,一切意义都不能逃避的问题来了:某一肉身的死亡,或某一生理过程的中止,是否将使任何意义都掉进同样的深渊,永劫不复?

十三

如果意义只是对一己之肉身的关怀,它当然就会随着肉身之死而烟消云散。但如果,意义一向牵系着无限之在和绝对价值,它就不会随着肉身的死亡而熄灭。事实上,自古至今已经有多少生命死去了呀,但人间的爱愿却不曾有丝毫的减损,终极关怀亦不曾有片刻的放弃!当然困苦也是这样,自古绵绵无绝期。可正因如此,爱愿才看见一条永恒的道路,终极关怀才不至于终极地结束,这样的意义世代相传,并不因任何肉身的毁坏而停止。

也许你会说:但那已经不是我了呀!我死了,不管那意义怎样永恒又与我何干?可是,世世代代的生命,哪一个不是"我"呢?哪一个不是以"我"而在?哪一个不是以"我"而问?哪一个不是以"我"而思,从而建立起意义呢?肉身终是要毁坏的,而这样的灵魂一直都在人间飘荡,"秦时明月汉时关",这样的消息自古而今,既不消逝,也不衰减。

十四

你或许要这样反驳:那个"我"已经不是我了,那个"我"早已经不是(比如说)史铁生了呀!这下我懂了,你是说:这已经不是取名为史铁生的那一具肉身了,这已经不是被命名为史铁生的那一套生理机能了。

但是,首先,史铁生主要是因其肉身而成为史铁生的吗?其次,史铁生一直都是同一具肉身吗?比如说,三十年前的史铁生,其肉身的哪一个细胞至今还在?事实上,那肉身新陈代谢早不知更换了多少回!三十年前的史铁生——其实无需那么久——早已面目全非,背驼了,发脱了,腿残了,两个肾又都相继失灵……你很可能见了他也认不出他了。总之,仅就肉身而论,这个史铁生早就不是那个史铁生了,你再说"那已经不是我了"还有什么意思?

十五

可是,你总不能说你就不是史铁生了吧?你就是面目全非,你就是更名改姓,一旦追查起来你还得是那个史铁生。

好吧你追查,可你的追查根据着什么呢?根据基因吗?据说基因也将可以更改了。根据生理特征吗?你就不怕那是个克隆货?根据历史吗?可书写的历史偏又是任人打扮的小姑娘。你还能根据什么?根据什么都不如根据记忆,唯记忆可使你在一具"纵使相逢应不识"的肉身中认出你曾熟悉的那个人。根据你的记忆唤醒我的记忆,根据我的记忆唤醒你的记忆,当我们的记忆吻合时,你认出了我,认出了此一史铁生即彼一史铁生。可我们都记忆起了什么呢?我曾有过的行为,以及这些行为背后我曾有过的思想、情感、心绪。对了,这才是我,这才是我这个史铁生,否则他就是另一个史铁生,一个也可以叫做史铁生的别人。就是说,史铁生的特点不在于他所栖居过的某一肉身,而在于他曾经有过的心路历程,据此,史铁生才是史铁生,我才是我。不信你跟那个克隆货聊聊,保准用不了多一会儿你就糊涂,你就会问:哥们儿你到底是谁呀?这有点儿"我思故我在"的意思。

十六

打个比方:一棵树上落着一群鸟儿,把树砍了,鸟儿也就没了吗?不,树上的鸟儿没了,但它们在别处。同样,此一肉身,栖居过一些思想、情感和心绪,这肉身火化了,那思想、情感和心绪也就没了吗?不,他们在别处。倘人间的困苦从未消失,人间的消息从未减损,人间的爱愿从未放弃,他们就必定还在。

树不是鸟儿,你不能根据树来辨认鸟儿。肉身不是心魂,你不能根据肉身来辨认心魂。那鸟儿若只看重那棵树,它将与树同归于尽。那心魂若只关注一己之肉身,他必与肉身一同化作乌有。活着的鸟儿将飞起来,找到新的栖居。系于无限与绝对的心魂也将飞起来,永存于人间;人间的消息若从不减损,人间的爱愿若一如既往,那就是他并未消失。那爱愿,或那灵魂,将继续栖居于怎样的肉身,将继续有一个怎样的尘世之名,都无关紧要,他既不消失,他就必是以"我"而在,以"我"而问,以"我"而思,以"我"为角度去追寻那亘古之梦。这样说吧:因为"我"在,这样的意义就将永远地被猜疑,被描画,被建立,永无终止。

这又是"我在故我思"了。

十七

人所以成为人,人类所以成为人类,或者人所以对类有着认同,并且存着骄傲,也是由于记忆。人类的文化继承,指的就是这记忆。一个人的记忆,是由于诸多细胞的相互联络,诸多经验的积累、延续和创造;人类的文化也是这样,由于诸多个体及其独具的心流相互沟通、继承和发展。个人之于人类,正如细胞之于个人,正如局部之于整体,正如一个音符之于一曲悠久的音乐。

但这里面常有一种悲哀,即主流文化经常地湮灭着个人的独特。主流者,更似万千心流的一个平均值,或最大公约数,即如诗人西川所说:历史仅记录少数人的丰功伟绩/其他人说话会合为沉默。在这最大公约中,人很容易被描画成地球上的一种生理存在,人的特点似乎只是肉身功能(比之于其他生命)的空前复杂,有如一台多功能的什么机器。所以,此时,艺术和文学出面。艺术和文学所以出面,就为抗议这个最大公约,就为保存人类丰富多彩的记忆,以使人类不单是一种多功能肉身的延续。

十八

生命是什么?生命是永恒的消息赖以传扬的载体。因那无限之在的要求,或那无限之在的在性,这消息必经某种载体而传扬。就是说,这消息,既是在的原因,也是在的结果。否则它不在。否则什么问题都没有。否则我们无话可说,如同从不吱声的 X。X 是什么?废话,它从不吱声怎么能知道它是什么?

它是什么,它就传扬什么消息,反过来也一样,它传扬什么消息,它就是什么。并非是先有了消息,之后有其载体,不不,而是这消息,或这传扬,已使载体被创造。那消息,曾经比较简陋,比较低级,低级到甚至谈不上意义,只不过是蠕动,是颤抖,是随风飘扬,或只是些简单的欲望,由水母来承载就够了,有恐龙来表达就行了。而当一种复杂而高贵的消息一旦传扬,人便被创造了。是呀,当亚当取其一根肋骨,当他与夏娃一同走出伊甸园,当女娲在寂寞的天地间创造了人,那都是由于一种高贵的期待在要求着传扬啊!亚当、夏娃、女娲,或许都是一种描画,但那高贵的消息确实在传扬,确实的传扬就必有其确实的起点,这起点何妨就叫做亚当、夏娃,女娲和伏羲呢?正如神的在先于神的名,其名用了哪几个字本无需深虑。传说也正是这样:亚当和夏娃走出伊甸园,人类社会从而开始。女娲和伏羲的传说大致也是如此。

十九

但这消息已经是高贵得不能再高贵了吗?只要你注意到了人性的种种丑恶,肉身的种种限制,你就是在谛听或仰望那更为高贵的消息了。那更为高贵的消息,也许不能再经由蛋白质所建构的肉身来传扬,不能再以三维的有形而存在,或者仅仅是因为我们受这三维肉身的限制而不能直接与它相遇,甚至不能逻辑性地与之沟通,因而要以超越时空的梦想、描画和祈祷来追寻它,来使这区区肉身所承载的消息得以辽阔,得以升华。这便是信仰无需实证的原因;实证必为有限之实,信仰乃无限之虚的呼唤。

二十

因而也可以猜想,生命未必仅限于蛋白质的建构,很可能有着千变万化的形式,这全看那无限的消息要求着怎样的传扬了。但不管它有怎样的形式(是以蛋白质还是以更高级的材料来建构),它既是消息的传扬,就必意味着距离和差异。它既是无限,就必是无限个有限的相互联络。因此,个人便永远都是有限,都是局部。那么,这永远的局部,将永远地朝向何方呢?局部之困苦,无不源于局部之有限,因而局部的欢愉必是朝向那无限之整体的皈依。所以皈依是一条永恒的路。这便是爱的真意,爱的辽阔与高贵。

无聊的人总是为皈依标出一处终点,期求着一劳永逸的福果,一尊宝座,或种种超出常人的功能(比如特异功能)。没有证据说那神乎其神的功能全属伪造,但这样的期求哪里还是爱愿呢?不过是宫廷朝政中的权势之争,或绿林草莽间的称王称霸的变体罢了。究其原因,仍是囿于一己之肉身的福乐。然而你就是钢筋铁骨,还不是"荒冢一堆草没了"?你就是金刚不坏之身,还不是"沉舟侧畔千帆过"?那无限的消息不把任何一尊偶像视为永恒,唯爱愿于人间翱飞飘缭历千古而不死。

二十一

　　你要是悲哀于这世界上终有一天会没有了你,你要是恐惧于那无限的寂灭,你不妨想一想,这世界上曾经也没有你,你曾经就在那无限的寂灭之中。你所忧虑的那个没有了的你,只是一具偶然的肉身。所有的肉身都是偶然的肉身,所有的爹娘都是偶然的爹娘,是那亘古不灭的消息使生命成为可能,是人间必然的爱愿使爹娘相遇,使你诞生。

　　这肉身从无中来,为什么要怕它回到无中去?这肉身曾从无中来,为什么不能再从无中来?这肉身从无中来又回无中去,就是说它本无关大局。大局者何?你去看一出戏剧吧,道具、布景、演员都可以全套地更换,不变的是什么?是那台上的神魂飘荡,是那台上台下的心流交汇,是那幕前幕后的梦寐以求!人生亦是如此,毁坏的肉身让它回去,不灭的神魂永远流传,而这流传必将又使生命得其形态。

二十二

　　我常想,一个好演员,他/她到底是谁?如果他/她用一年创造了一个不朽的形象,你说,在这一年里他/她是谁?如果他/她用一生创造了若干个独特的心魂,他/她这一生又是谁呢?我问过王志文,他说他在演戏时并不去想给予观众什么,只是进入,我就是他,就是那个剧中人。这剧中人虽难免还是表演者的形象,但这似曾相识的形象中已是完全不同的心流了。

所以我又想,一个好演员,必是因其无比丰富的心魂被困于此一肉身,被困于此一境遇,被困于一个时代所有的束缚,所以他/她有着要走出这种种实际的强烈欲望,要在那千变万化的角色与境遇中,实现其心魂的自由。

艺术家都难免是这样,乘物以游心,所要借助和所要克服的,都是那一副不得不有的皮囊。以美貌和机智取胜的,都还是皮囊的奴隶。最要受那皮囊奴役的,莫过于皇上;皇上一旦让群臣认不出,他就什么也没有了。所以,凡·高是"向日葵",贝多芬是"命运",尼采是"如是说",而君王是地下宫殿和金缕玉衣。

二十三

无论对演员还是对观众,戏剧是什么?那激情与共鸣是因为什么?是因为现实中不被允许的种种愿望终于有了表达并被尊重的机会。无论是恨,是爱,是针砭、赞美,是缠绵悱恻、荒诞不经,是堂·吉诃德或是哈姆雷特,总之,如是种种若在现实中也有如戏剧中一样的自由表达,一样地被倾听和被尊重,戏剧则根本不会发生。演员的激情和观众的感动,都是由于不可能的一次可能,非现实的一次实现。这可能和实现虽然短暂,但它为心魂开辟的可能性却可流入长久。

不过,一旦这样的实现成为现实,它也就不再能够成为艺术了。但是放心,不可能与非现实是生命永恒的背景,因此,艺术,或美的愿望,永远不会失其魅力。

二十四

然而,有形的或具体的美物,很可能随着时间的推移而丧失其美。美的难于确定,使毛姆这样的大作家也为之迷惑,他竟得出结论说:"艺术的价值不在于美,而在于正当的行为。"(见《毛姆随想录》)可什么是正当呢?由谁来确定某一行为的正当与否呢?以更加难于确定的正当,来确定难于确定的美,岂不荒唐?但毛姆毕竟是毛姆,他在同一篇文章中不经意地说了一句话:"他们(指艺术家)的目标是解除压迫他们灵魂的负担。"好了,这为什么不是美的含意呢?你来了,你掉进了一个有限的皮囊,你的周围是隔膜,是限制,是数不尽的墙壁和牢笼,灵魂不堪此重负,于是呼喊,于是求助于艺术,开辟出一处自由的时空以趋向那无限之在和终极意义,为什么这不是美的恒久品质,同时也是人类最正当的行为呢?

二十五

所以要尊重艺术家的放浪不羁。那是自由在冲破束缚,是丰富的心魂在挣脱固定的肉身,是强调梦想才是真正的存在,而肉身不过是死亡使之更新以前需要不断克服和超越的牢笼。

因此有件事情饶有趣味:男演员 A 饰男角色甲,女演员 B 饰女角色乙,在剧中有甲和乙做爱的情节,那么这时候,做爱的到底是谁?简直说吧,你能要求 A 和 B 只是模仿而互相毫无性爱的欲望吗?这样的事,尤其是这样的事,恐怕单靠模仿是不成的,仅有形似必露出假来——三级片和艺术片的不同便是证明;前者最多算是两架逼真的模型,后者则牵连着主人公的浩瀚心魂和历史。讲台前或餐桌上可以逢场作戏,此时并不一定要有真诚,唯符合某种公认的规矩就够。可戏剧中的(比如说)性爱,却是不能单靠肉身的,因为如前所说,人们所以需要戏剧,是需要一处自由的时空,需要一回心魂的酣畅表达,是要以艺术的真去反抗现实的假,以这剧场中的可能去解救现实中的不可能,以这舞台或银幕上的实现去探问那布满于四周的不现实。这就是艺术不该模仿生活,而生活应该模仿艺术的理由吧。

二十六

但这是真吗?或者其实这才是假?不是吗,戏剧一散,A 和 B 还不是各回各的妻子或丈夫身边去?刚才的怨海情天岂非一缕轻风?刚才的卿卿我我岂不才是逢场作戏?这就又要涉及到对真与假的理解,比如说,由衷的梦想是假,虚伪的现实倒是真吗?已有的一切都是真理,未有的一切都是谬误吗?看来还要对真善美中的这个真字做一点分析:真,可以指真实、真理,也可以指真诚。毛姆在他的《随想录》中似乎全面地忽视了后者,然后又因真理的流变不居和信念的往往难于实证而陷入迷途。他说:"如果真理是一种价值,那是因为它是真的,不是因为说出真理是勇敢的。"又说:"一座连接两个城市的桥梁,比一座从一片荒地通往另一片荒地的桥梁重要。"这些话真是让我吃惊。事实上,很多真理,是在很久以后才被证明了它的真实的,若在尚未证明其真实之前就把它当做谬误扫荡,所有的真理就都不能长大。而在它未经证实之前便说出它,不仅需要勇敢,更需要真诚。至于桥梁,也许正因为有从荒地通往荒地的桥梁,城市这才诞生。真诚正是这样的桥梁,它勇敢地铺向一片未知,一片心灵的荒地,一片浩渺的神秘,这难道不是它最重要的价值吗?真理,谁都知道它是要变化,要补充和要不断完善的,别指望一劳永逸。但真诚,谁会说它是暂时的呢?

二十七

科学的要求是真实,信仰的要求是真诚。科学研究的是物,信仰面对的是神。科学把人当做肉身来剖析它的功能,信仰把人看作灵魂来追寻它的意义。科学在有限的成就面前沾沾自喜,信仰在无限的存在面前虚怀若谷。科学看见人的强大,指点江山,自视为世界的主宰,信仰则看见人的苦弱与丑陋,沉思自省,视人生为一次历练与皈依爱愿的旅程。自视为主宰的,很难控制住掠夺自然和强制他人的欲望,而爱愿,正是抵挡这类欲望的基础。但科学,如果终于,或者已经,看见了科学之外的无穷,那便是它也要走进信仰的时候了。而信仰,亘古至今都在等候浪子归来,等候春风化雨,狂妄归于谦卑,暂时的肉身凝成不朽的信爱,等候那迷恋于真实的眼睛闭上,向内里,求真诚。

二十八

让人担心的是 A 和 B 从剧场回家之后的遭遇,即 A 之妻和 B 之夫会怎么想?

从一些这样的妻子和丈夫并未因此而告到法院去,也未跟 A 或 B 闹翻天的事实来看,他们的爱不单由于肉身,更由于灵魂。醋罐子所以不曾打破,绝不是因为什么肚量,而是因为对艺术的理解,既然艺术是灵魂要突破肉身限定的昭示,甚至探险,那飞扬的爱愿唯使他们感动。此时,有限的肉身已非忠贞的标识,宏博的心魂才是爱的指向——而他们分明是看到了,他们的爱人不光是一具会行房的肉身,而是一个多么丰盈、多么懂得爱又是多么会爱的灵魂啊。

这未免有些理想化。但理想化并不说明理想的错误,而艺术本来就是一种理想。"理想化"三个字作为指责,唯一的价值是提醒人们注意现实。现实怎样?现实有着一种危险:A 之妻或 B 之夫很可能因此提出一份离婚申请。在现实中,这不算出格,且能为广大群众所理解。但这毕竟只是现实,这样的爱情仍止于肉身。止于肉身又怎样,白头偕老的不是很多吗?是呀,没说不可以,可以,实在是可以。只是别忘了,现实除了是现实还是对理想的吁求,这吁求也是现实之一种。因此 A 和 B,他们的戏剧以及他们的妻与夫,是共同做着一次探险。险从何来?即由于现实,由于肉身的隔离和限制,由于灵魂的不屈于这般束缚,由于他们不甘以肉身为"我"而要以灵魂为"我"的愿望,不信这狭小的皮囊可以阻止灵魂在那辽阔的存在中会合。这才是爱的真谛吧,是其永不熄灭的原因。

二十九

我正巧在读《毛姆随想录》,所以时不时地总想起他的话。关于爱,我比较同意他的意见:爱,一是指性爱,一是指仁爱(我猜也就是指宏博的爱愿吧)。前者会消逝,会死亡,甚至会衍生成恨。后者则是永恒,是善。

可他又说:"人生莫大的悲哀……是他们会终止相爱……两个情人之中总是一个爱而另一个被爱;这将永远妨碍人们在爱情中获得完美幸福……爱情总是少不了一种性腺的分泌,这当是无可置疑的。对于极大多数的人,同一的对象不能永久引发出他们的这种分泌,还有随着年事增长,性腺也萎缩了。人们在这个问题上十分虚伪,不肯面对现实……难道爱怜与爱情可以同日而语吗?"性爱是不能忽视荷尔蒙的,这无可非议。但性爱就是爱情吗?从"这将永远妨碍人们在爱情中获得完美幸福"一语来看,支持性爱的荷尔蒙,并不见得也能够支持爱情。由此可见,性爱和爱情并不是一码事。那么,支持着爱情的是什么呢?难道"性腺也萎缩了",一对老夫老妻就不再可能有爱情了吗?并且,爱情若一味地拘于荷尔蒙的领导,又怎能通向仁爱的永恒与善呢?难道爱情与仁爱是互不相关的两码事?

三十

单纯的性爱难免是限于肉身的。总是两个肉身的朝朝暮暮,真是难免有互相看腻的一天。但,若是两个不甘于肉身的灵魂呢?一同去承受人世的危难,一同去轻蔑现实的限定,一同眺望那无限与绝对,于是互相发现了对方的存在、对方的支持,难离难弃……这才是爱情吧。在这样的栖居或旅程中,荷尔蒙必相形见绌,而爱愿弥深,衰老的肉身和萎缩的性腺便不是障碍。而这样的爱一向是包含了怜爱的,正如苦弱的上帝之于苦弱的人间。毛姆还是糊涂哇。其实怜爱是高于性爱的。在荷尔蒙的激励下,昆虫也有昂扬的行动;这类行动,只是被动地服从着优胜劣汰的自然法则,最多是肉身之间短暂的娱乐。而怜爱,则是通向仁爱或博爱的起点啊。

仁爱或博爱,毛姆视之为善。但我想,一切善其实都是出于这样的爱。我看不出在这样的爱愿之外,善还能有什么独具的价值,相反,若视"正当"为善,倒要有一种危险,即现实将把善制作成一副枷锁。

三十一

耶稣的话:"我还有不多的时候与你们同在。后来你们要找我,但我所去的地方,你们不能到。这话我曾对犹太人说过,如今也照样对你们说。我赐给你们一条新命令,乃是叫你们彼此相爱。

我怎样爱你们,你们也要怎样相爱。"

林语堂说:"这就是耶稣温柔的声音,同时也是强迫的声音,一种近二千年来浮现在人了解力之上的命令的声音。"

我想,"正当"也会是一种强迫和命令的声音,但它不会是温柔的声音。差别何在?就在于,前者是"近二千年来浮现在人了解力之上的声音",是无限与绝对的声音,是人不得不接受的声音,是人作为部分而存在其中的那个整体的声音,是你终于不要反抗而愿皈依的声音。而后者,是近二千年来人间习惯了的声音,是人智制作的声音,是肉身限制灵魂、现实胁迫梦想的声音,是人强制人的声音。

三十二

我希望我并没有低估了性爱的价值,相反,我看重这一天地之昂扬美丽的造化,便有愁苦,便有忧哀,也是生命鲜活地存在。低估性爱,常是因为高估了性爱而有的后果。将性腺作为爱的支撑,或视为等值,一旦"春风无力百花残"或"无边落木萧萧下",则难免怨屋及乌,叹"人生苦短"及爱也无聊。尚能饭否或尚能性否,都在其次,尚能爱否才是紧要,值得双手合十,谓曰:善哉,善哉!

我曾在另外的文章里猜想过:性爱,原是上帝给人通向宏博之爱的一个暗示,一次启发,一种象征,就像给戏剧一台道具,给灵魂一具肉身,给爱愿一种语言……是呀,这许多器具都是何等精彩,精彩到让魔鬼也生妒意!但你若是忘记了上帝的期待,一味迷恋于器具,糜菲斯特定会在一旁笑破肚皮。

三十三

性爱,实在是借助肉身而又要冲破肉身的一次险象环生的壮举。你看那姿态,完全是相互融合的意味;你听那呼吸,那呼喊,完全是进入异地的紧张、惊讶,是心魂破身而出才有的自由啊!性爱的所谓高峰体验,正是心魂与心魂于不知所在之地——"太虚幻境"或"乌托之邦"——空前的相遇。不过,正也在此时,魔鬼要与上帝赌一个结局:也许他们就被那精彩的器具网罗而去,也许,他们由此而望见通向天国的"窄门"。

三十四

因此,我虽不是同性恋者,却能够理解同性恋。爱恋,既是借助肉身而冲破肉身,性别就不是绝对的前提,既是心魂与心魂的相遇,则要紧的是他者。他者即异在。异性只是异在之一种,而且是比较习常的一种,比较地拘于肉身的一种,而灵魂的异在却要辽阔得多,比如异思和异趣,尤其是被传统或习常所歧视、所压迫着的异端,更是呼唤着爱去照耀和开垦的处女地。在我想,一切爱恋与爱愿,都是因异而生的。异是隔离,爱便是要冲破这隔离;异又是禁地,是诱惑,爱于是有着激情;异还可能是弃地,是险境,爱所以温柔并勇猛(我琢磨,性腺的分泌未必是爱的动因,没准儿倒是爱的一项后果或辅助)。这隔离与诱惑若不单单地由于性之异,凭什么爱恋只能在异性之间?超越了性之异的爱恋,超越了肉身而在更为辽阔的异域团聚的心魂,为什么不同样是美丽而高贵的呢?

三十五

人与人之间是这样,群、族乃至国度之间也应该是这样——异,不是要强调隔离与敌视,而是在呼唤沟通与爱恋。总是自己恋着自己,狭隘不说,其实多么猥琐。党同伐异,群同、族同乃至国同伐异,我真是不懂为什么这不是猥琐而常常倒被视为骨气?我们从小就知道要对别人怀有宽容和关爱,怎么长大了倒糊涂?作为个人,谦虚和爱心是美德,怎么一遇群、族、国度就要以傲慢和警惕取而代之?外交和国防自然是不可不要,就像家家门上都得有把锁,可是心里得明白:这不是人类的荣耀,这是不得已而为之。千万别把这不得已而为之看成美德,一说"我们"便意味着迁就和表彰,一提"他们"就已经受了伤害。

三十六

"第三者"怎么样?"第三者"不也是不愿受肉身的束缚,而要在更宽阔的领域中实现爱愿吗?可能是。也可能不是。比如诗人顾城的故事,开始时仿佛是,结果却不是。"第三者"的故事各不相同,绝难一概而论。

"第三者"的故事通常是这样:A 和 B 的爱情已经枯萎,这时出现了 C——比如说 A 和 C,崭新的爱情之花怒放。倘没有什么法律规定人一生只能爱一次,这当然就无可指责。问题是,A 和 B 的爱情已经枯萎这一判断由谁做出?倘由 C 来做出,那就甭说了,其荒唐不言而喻;所以 C 于此刻最好闭嘴。由 B 做出吗?那也甭说,这等于没有故事。当然是由 A 做出。然而 B 不同意,说:"A,你糊涂哇!"所以 B 不退出。C 也不退出,A 既做出了前述判断,C 就有理由不退出。我曾以为其实是 B 糊涂,A 既对你宣布了解散,你再以什么理由坚持也是糊涂。可是,故事也可能这样发展:由于 B 的坚持,A 便有回心转意的迹象。然而 C 现在有理由不闭嘴了,C 也说:"A,你糊涂哇!"于是 C 仍不退出。如果诗人顾城最初的梦想能够在 A、B、C 间实现,那就会有一个非凡的故事了。但由 B 和 C 都说"A,你糊涂哇"这件事看来,A 可能真是糊涂——试图让水火相容,还不糊涂吗?可是,糊涂是个理性概念,而爱情,都得盘算清楚了才发生吗?我才明白,在这样的故事里,并没有客观的正确,绝不要去找一条放之四海而皆准的真理。这不是理性的领域,但也不是全然放弃理性的领域,这是存在先于本质的证明;一切人的问题,都在这样的故事里浓缩起来,全面地向你提出。

三十七

我想,在这样的处境中,唯一要做并且可以做到的是诚实。唯诚实,是灵魂的要求,否则不过是肉身之间的旅游,"江南""塞北"而已,然而"小桥流水"和"大漠孤烟"都可能看腻,而灵魂依然昏迷未醒。"第三者"的故事中,最可悲哀、最可指责也是最为荒唐的,就是欺骗——爱情,原是要相互敞开、融合,怎么现在倒陷入加倍的掩蔽和逃离了呢?

通常的情况是 A 和 C 骗着 B。不过这也可能是出于好意——何苦让 B 疯癫,跳楼或者割腕呢?尤其 B 要是真的出了事,A 和 C 都难免一生良心不安。于是欺骗似乎有了正当的理由。可是,被骗者的肉身平安了,他的灵魂呢,二位可曾想过吗?B 至死都处在一个不是由自己选择而是由别人决定的位置上;所有人都笑着他的愚蠢,只他自己笑着自己的幸福。然而,你要是人道的,你总不能就让他去跳楼吧?你要是人道的,你也不能丢弃爱情一辈子守着一个随时可能跳楼的人吧?是呀,甭说那么多好听的,倘这故事真实地发生在你身上,说吧,简单点儿,你怎么办?

三十八

我真的不知道该怎么办。

我的第一个想法是:在这样的故事里我宁愿是 B。不要疯癫,也别跳楼,痛苦到什么程度大约由不得我,但我必须拎着我的痛苦走开。不为别的,为的是不要让真变成假,不要逼着 A 和 C 不得不选择欺骗。痛苦不是丑陋,结束也不是,唯要挟和诅咒可以点金成石,化珍宝为垃圾,使以往的美丽毁于一旦。是呀,这是 B 的责任,也是一个珍视灵魂相遇的恋者的痛苦和信念。"第三者"的故事,通常只把 B 看作受害者而免去了他的责任,免去了对他的灵魂提问。第二个想法是:在这样的故事里,柔弱很可能美于坚强,痛苦很可能美于达观。爱情不是出于大脑的明智,而是出于灵魂的牵挂,不是肉身的捕捉或替换,而是灵魂的漫展和相遇。因而一个犹豫的 A 是美的,一个困惑的 B 是美的,一个隐忍的 C 是美的;所以是美的,因为这里面有灵魂在彷徨,这彷徨看似比不上理智的决断,但这彷徨却通向着爱的辽阔,是爱的折磨,也是命运在为你敲开信仰之门。而果敢与强悍的"自我",多半还是被肉身圈定,为荷尔蒙所胁迫,是想象力的先天不足或灵魂的尚未觉悟。

三十九

爱情,从来与艺术相似,没有什么理性原则可以概括它、指引它。爱情不像婚姻是现实的契约,爱情是站在现实的边缘向着神秘未知的呼唤与祈祷,它根本是一种理想或信仰。有一句诗:我爱你,以我童年的信仰。你说不清它是什么,所以它是非理性的,但你肯定知道它不是什么,所以它绝不是无理性。对于现实,它常常是脆弱的——比如人们常问艺术:这玩意儿能顶饭吃?——明智而强悍的现实很可能会泯灭它。但就灵魂的期待而言,它强大并且坚韧,胜败之事从不属于它,它就像凡·高的天空和原野,燃烧,盛开,动荡着古老的梦愿,所有的现实都因之显得谨小慎微,都将聆听它对生命的解释。因而我在《向日葵》的后面常看见一个赴死的身形,又在《有松树的山坡》上听见亘古回荡的钟声。

四十

　　那回荡的钟声便是灵魂百折不挠的脚步,它曾脱离某一肉身而去,又在那儿无数次降临人世,借无数肉身而万古传扬。生命的消息,就这样永无消损,永无终期。不管科学的发展——比如克隆、基因、纳米——将怎样改变世界的形象,改变道具和布景,甚至改变人的肉身,生命的消息就如这钟声,或这钟声之前荒野上的呼唤,或这呼唤之上的浪浪天风,绝不因某一肉身的枯朽而有些微减弱,或片刻停息。这样看,就不见得是我们走过生命,而是生命走过我们;不见得是肉身承载着灵魂,而是灵魂订制了肉身。就比如,不是音符连接成音乐,而是音乐要求音符的连接。那是固有的天音,如同宇宙的呼吸,存在的浪动,或神的言说,它经过我们然后继续它的脚步,生命于是前赴后继永不息止。为什么要为一个音符的度过而悲伤?为什么要认为生命因此是虚幻的呢?一切物都将枯朽,一切动都不停息,一切动都是流变,一切物再被创生。所以,虚无的悲叹,寻根问底仍是由于肉身的圈定。肉身蒙蔽了灵魂的眼睛,单是看见要回那无中去,却忘了你原是从那无中来。

四十一

　　当然,每一个音符又都不容忽略,原因简单:那正是音乐的要求。这要求于是对音符构成意义,每一个音符都将追随它,每一个音符都将与所有的音符相关联,所有的音符又都牵系和铸造着此一音符的命运。这就是爱的原因,和爱的所以不能够丢弃吧。你既是演奏者,又是欣赏者,既是脚步,又是聆听。孤芳自赏从根本上说是不可能的,单独的音符怎么听也像一声噪响,孤立的段落终不知所归。音符和段落,倘不能领悟和追随音乐的要求,便黄钟大吕也是过眼烟云,虚无的悲叹势在必然。以肉身的不死而求生命的意义,就像以音符的停滞而求音乐的悠扬。无论是今天的克隆,还是古时的炼丹,以及各类自以为是的功法,都不可能使肉身不死。不死的唯有上帝写下的起伏跌宕、苦乐相依的音乐,生命唯在这音乐中获得意义,驱散虚无。而这永恒的音乐,当然是永恒地要求着音符的死生相继,又当然会跳过无爱的噪响,一如既往保持其美丽与和谐。

四十二

爱,即孤立的音符或段落向着那美丽与和谐的皈依,再从那美丽与和谐中互相发现:原来一切都是相依相随。倘若是音符间的相互隔离与排拒,美丽与和谐便要破坏。但上帝的音乐岂容破坏?比如说,地球的美丽是不容破坏的,生态的和谐是不容破坏的,被破坏的只可能是破坏者自己。比如说,上帝之手将借助干旱、沙尘暴、艾滋病、环境污染、臭氧层破洞……删除造成这一切不和谐的赘物。癌症是什么?是和谐整体中的一个失去控制的部分,这差不多是对无限膨胀着的人类欲望的一个警告。艾滋病是什么?是自身免疫系统的失灵,而生态的和谐正是地球的自身免疫系统。上帝是严厉而且温柔的,如果自以为是的人类仍然听不懂这暗示,地球上被删除的终将是什么应该是明显的。

四十三

书架上的书,一本一本几千本,看似各成一体相互孤立,其实全有关联。几千年的消息都在那儿排开、穿插、叠摞,其相互关联的路径更是玄机无限,鬼神莫测。真可谓"横看成岭侧成峰",但其中任何一本都是"不识庐山真面目"。

我猜想,基因谱系也并不是孤立的每人一份,上帝不见得有那样的耐心,上帝写的是大文章,每个人的基因谱系只是其中一个小小的段落,把这些段落连成一气才可能领悟上帝的意图。领悟,而非破解。用陈村的话说,上帝的手艺哪能这么简单?比如,基因谱系中何以会有很多不知所云的段落?不知所云只是对人而言,只是对"岭"和"峰"而言,是整体对部分而言。部分只好是"知不知,尚矣"。这便是命运永远的神秘,便是人要对上帝保持谦恭,要对他说"是",要以爱作为祈祷的缘由。

四十四

听说有个人称"易侠"的人,《易经》研究得透彻,不仅可以推算过去,还能够预测未来。我先是不信,可是说的人多了,有的还是亲身体验,我便将信将疑地有些怕——倘那是真的,岂不是说未来早都安排妥当,那人的努力还有什么用处?再那么认真地试图改变什么岂不是冒傻气?但后来想想,也没什么可怕,未来的已定与未定其实一样,未定得往前走,已定也还是得往前走,前面呢,或一个死字挡道,或一条无限的路途。这就一样了——反正你在过程之外难有所得。

我写过,神之下凡与人之下放异曲同工,都是"在改造客观世界的同时改造主观世界"。很可能"改造客观世界"倒是瞎说,前面终于是死亡或无限,你改造什么?而"改造主观世界"确凿是你躲不开的工作。比如戏剧,演员身历其境,其体会自然与旁观者的不同。下凡或下放大约就是基于这样的考虑:下去吧,亲身经历一回,感受会不一样。倘"易侠"的预测真的准确,就更可以坚定这改造的决心了——是呀,剧本早都写好了,演员的责任就很明确:把戏演好,别的没你什么事。何谓演好?就是在那戏剧的曲折与艰难中体会生命的意义,领悟那飘荡在灯光与道具之上的戏魂,改变你固有的迷执。

四十五

说文学（和艺术）的根本是真实，这话我想了又想还是不同意。真实，必当意味着一种客观的标准，或者说公认的标准，否则就不能是真实，而是真诚。客观或公认的标准，于法律是必要的，于科学大约也是必要的，但于文学就埋藏下一种危险，即取消个人的自由，限定探索的范围。文学，可以反映现实，也可以探问神秘和沉入梦想；比如梦想，你如何判定它的真实与否呢？就算它终于无用，或是彻底瞎掰，谁也不能取消它存在与表达的权利。即便是现实，也会因为观察点的各异，而对真实有不同的确认。一旦要求统一（即客观或公认）的真实，便为霸权开启了方便之门。而不必统一的真实则明显是一句废话。

四十六

不必统一的真实，不如叫做真诚。文学，可以是从无中的创造，就是说它可以虚拟，可以幻想，可以荒诞不经，无中生有，只要能表达你的情思与心愿，其实怎么都行，唯真诚就好。真诚，不像真实那样要求公认，因此它可以保障自由，彻底把霸权关在了门外。

不过，当然，在真诚的标牌下完全有可能瞎说，胡闹，毫无意义地扯淡——他自称是真诚，你有什么话讲？可是，你以为真实的旗帜下就没人扯淡吗？总是有扯淡的，但真诚下的扯淡比真实下的扯淡整整多出了一个自由，这可是多么值得！说到底，文学（和艺术）是一种自由，自由的思想，自由的灵魂。倘不是没有自我约束的自由，那就叫做真诚，或者是谦恭吧。

四十七

不过,我对文学二字宁可敬而远之。一是我确实没什么学问,却又似乎跟文学沾了一点儿关系。二是,我总感到,在各种学(包括文学)之外,仍有一片浩瀚无边的存在;那儿,与我更加亲近,更加难离难弃,更加缠缠绕绕地不能剥离,更是人应该重视却往往忽视了的地方。我愿意把我与那儿的关系叫做:写作。到了那儿就像到了故土,倍觉亲切。到了那儿就像到了异地,倍觉惊奇。到了那儿就像脱离了这个残损而又坚固的躯壳,轻松自由。到了那儿就像漫游于死中,回身看时,一切都有了另外的昭示。

四十八

有位评论家,隔三岔五地就要宣布一回:小说还是得好看!我一直都听不出他到底要说什么。这世界上,可有什么事物是得不好看的吗?要是没有,为什么单单拧着小说的耳朵这样提醒?再说了,你认为谁看着你都好看吗?谁看着你看着好看的东西都好看吗?要是你给他一个自以为好看的东西,他却拧着你的耳朵说:"你最好给我一个好看的东西!"——你是否认为这是一次有益的交流?也许有益:你知道了好看是因人而异的。还有:但愿你也知道了,总是以自己的好看要求别人的好看,这习惯在别人看来真是不好看。

好看,在我理解,只能是指易读。把文章尽量写得易读,这当然好,问题是众生思绪千差万别,怎能都易到同一条水平线上去?最易之读是不读,最易之思是不思,易而又易,终于弄到没有差别时便只剩下了简陋。

四十九

不知自何时起,中国人做事开始提倡"别那么累",于是一切都趋于简陋。比如"文革"中的简易楼,简易到没有上下水,清晨家家都有人端出一个盆来在街上走,里面是尿。比如我坐下的国产轮椅,一辆简似一辆,有效期递减;直到最近又买了一辆进口的,这辆真是做得细致,做得"累",然而坐着却舒服。再比如我家的屋门——八十年代的作品,我无力装修故保留至今——不过是盖房时空出一个方洞,挡之以一块同大的板,再要省事就怕不是人居了。

五十

爱因斯坦说:"凡是涉及实在的数学定律都是不确定的,凡是确定的定律都不涉及实在。"因为,任何实在,都有着比抽象(的定律)更为复杂的牵系。各种科学的路线,都是要从复杂中抽象出简单,视简单为美丽,并希望以此来指引复杂。但与此同时,它也就看见了抽象与实在之间其实有着多么复杂的距离。而文学,命定地是要涉及实在,所以它命定地也就不能信奉简单。人类所以创造了文学,就是因为在诸多科学的路线之外看见了复杂,看见了诸学所"不涉及"的"实在",看见了实在的辽阔、纷繁与威赫。所以,文学有理由站出来,宣布与诸学的背道而驰,即:不是从复杂走向简单,而是由简单进入复杂。因此我常有些很可能是偏颇的念头:在看似已然明朗的地方,开始文学的迷茫路。

五十一

　　简单与复杂，各有其用，只要不独尊某术就好。一旦独尊，就是牢狱。牢狱并不都由他人把守，自觉自愿画地为牢的也很多。牢狱也并不单指有限的空间，有的人满世界走，却只对一种东西有兴趣。比如煽情。有那么几根神经天底下的人都是一样，不动则已，一动而泪下，谙熟了弹拨这几根神经的，每每能收获眼泪。不是说这不可以，是说单凭这几根神经远不能接近人的复杂。看见了复杂的，一般不会去扼杀简单，他知道那也是复杂的一部分。倒是只看见了简单的常常不能容忍复杂，因而愤愤然说那是庸人自扰，是"不打粮食"，是脱离群众，说那"根本就不是文学"，甚至"什么都不是"，这样一来牢狱就有了。话说回来，不是文学又怎么了？什么都不是又怎么了？一种思绪既然已经发生，一种事物既然已经存在，就像一个人已经出生，它怎么可能什么都不是呢？它只不过还没有一个公认的名字罢了。可是文学，以及各种学，都曾有过这样的遭遇啊！

五十二

　　文如其人，这话并不绝对可信。文，有时候是表达，是敞开，有时候是掩盖，是躲避，感人泪下的言词后面未必没有隐藏。我自己就有这样的经验，常在渴望表达的时候却做了很多隐藏，而且心里明白，隐藏的或许比表达的还重要。这是为什么？为什么心里明白却还要隐藏？知道那是重要的却还要躲避？

　　不久前读到陈家琪的一篇文章，使我茅塞顿开。他说："'是人'与'做人'在我们心中是不分的；似乎'是人'的问题是一个不言而喻的事实，要讨论的只是如何做人和做什么样的人。"又说：

"'做人'属于先辈或社会的要求。你就是不想学做人,先辈和社会也会通过教你说话、识字,通过转换知识,通过一种文明化的进程,引导或强迫你去做人。"要你如何做人或标榜自己是如何做人的文学,其社会势力强大,不由得使人怕,使人藏,使人不由得去筹谋一种轻盈并且安全的心情;而另一种文学,恰是要追踪那躲避的,揭开那隐藏的,于是乎走进了复杂。

五十三

那复杂之中才有人的全部啊,才是灵魂的全面朝向。刘小枫说:"人向整体开放的部分只有灵魂,或者说,灵魂是人身上最靠近整体的部分。"又说:"追求整体性知识需要与社会美德有相当程度的隔绝……"要看看隐藏中的人是怎么一回事,不仅复杂而且危险。最大的危险就是要遭遇社会美德的阴沉的脸色。

五十四

我一直相信,人需要写作与人需要爱情是一回事。

人以一个孤独的音符处于一部浩瀚的音乐中,难免恐惧。这恐惧是因为,他知道自己的心愿,却不知道别人的心愿;他知道自己复杂的处境与别人相关,却不知道别人对这复杂的相关取何种态度;他知道自己期待着别人,却没有把握别人是否对他也有着同样的期待;总之,他既听见了那音乐的呼唤,又看见了社会美德的阴沉脸色。这恐惧迫使他先把自己藏起来,藏到甚至连自己也看不到的地方去。但其实这不可能,他既藏了就必然知道藏了什么和藏在了哪儿,只是佯装不知。这,其实不过是一种防御。他藏好了,看看没什么危险了,再去偷看别人。看别人的什么呢?看别人是否也像自己一样藏了和藏了什么。其实,他是要通过偷看别人来偷看自己,通过看见别人之藏而承认自己之藏,通过揭开别人的藏而一步步解救着自己的藏——这从恋人们由相互试探到相互敞开的过程,可得证明。是呀,人,都在一个孤独的位置上期待着别人,都在以一个孤独的音符而追随那浩瀚的音乐,以期生命不再孤独,不再恐惧,由爱的途径重归灵魂的伊甸园。

五十五

奇斯洛夫斯基的《情戒》,就是要为这样的偷看翻案,使这背了千古骂名的行为得到世人的理解,乃至颂扬。影片说的是一个身心初醒的大男孩,爱上了对面楼窗里的一个成熟女人,不分昼夜地用望远镜偷看她,偷看她的美丽与热情、孤独与痛苦。当这女人知道了这件事后,先是以不齿的目光来看他。幸而这是个善良的女人,善良使她看见了大男孩的满心虔诚。但她仍以为这只是性的萌动与饥渴,以为可以用性来解救他。当她真的这样做了,大男孩却痛不欲生,惊慌逃离,以致要割腕自杀。为什么?因为他的期待远不止于性啊!他的期待中,当然,不会没有性。其身心初醒就像刚刚走出了伊甸园,感到了诱惑,感到了孤独,感到了爱——这灵魂全面且巨大的吁求!性只是其一部分啊,部分岂能代替整体?尤其当性仅仅作为性的解救之时,性对那整体而言就更加陌生,甚至构成敌意。大男孩他说不清,但分明是感到了。他的灵魂正渴望着接近那浩瀚的音乐,却有一种筹谋——试图把复杂的沉重解救到简单的轻盈中去的筹谋,破坏了这音乐之全面的交响。

五十六

当然,这大男孩会逐日成熟,就像人出了伊甸园会越走越远。未来,他也许仍会记得灵魂所期待的全面解救,性从而成为爱的仆从,部分将永久地仰望整体。但也许他就会忘记整体,沉湎于部分所摆布的快乐之中;就像那个成熟的女人,以为性即可解救被逐出了伊甸园的人。未来什么都是可能的。但现在,对于这个大男孩,灵魂的吁求正全面扑来,使他绝难满足于部分的快乐。所幸者,在影片的末尾,那成熟的女人似也从这男孩的迷茫与挣扎中受了震动,仿佛重新听见了什么。

五十七

应该为这样的偷看平反昭雪。除了陷害式的偷看,世间还有一种"偷看",比如写作。写作,便是迫于社会美德的围困,去偷看别人和自己的心魂,偷看那被隐藏起来的人之全部。所以,这样的写作必"与社会美德有相当程度的隔绝"。这样的偷看应该受到颂扬,至少应该受到尊重,它提醒着人的孤独,呼唤着人的敞开,并以爱的祈告去承担人的全部。

五十八

所以,别再到那孤独的音符中去寻找灵魂,灵魂不像大脑在肉身中占据着一个有形的位置,灵魂是无形地牵系在那浩瀚的音乐之中的。

据说灵魂是有重量的。有人做过试验,人在死亡的一瞬间体重会减轻多少多少克,据说那就是灵魂的重量。但是,无论人们如何解剖、寻找,"升天入地求之遍",却仍然是"两处茫茫皆不见"。假定灵魂确有重量,这重量就一定是由于某种有形的物质吗?它为什么不可以是由于那浩瀚音乐的无形牵系或干涉呢?

这很像物理学中所说的波粒二象性。物质,"可以同时既是粒子又是波"。"粒子是限制在很小体积中的物体,而波则扩展在大范围的空间中"。它所以又是波,是"因为它产生熟知的干涉现象,干涉现象是与波相联系的"。我猜,人的生命,也是有这类二象性的——大脑限制在很小的体积中,灵魂则扩展得无比辽阔。大脑可以孤立自在,灵魂却牵系在历史、梦想以及人群的相互干涉之中。因此,唯灵魂接近着"整体性知识",而单凭大脑(或荷尔蒙)的操作则只能陷于部分。

五十九

这使我想到文学。文学之一种,是只凭着大脑操作的,唯跟随着某种传统,跟随着那些已经被确定为文学的东西。而另一种文学,则是跟随着灵魂,跟随着灵魂于固有的文学之外所遭遇的迷茫——既是于固有的文学之外,那就不如叫写作吧。前者常会在部分的知识中沾沾自喜。后者呢,原是由于那辽阔的神秘之呼唤与折磨,所以用笔、用思、用悟去寻找存在的真相。但这样的寻找孰料竟然没有尽头,竟然终归"知不知",所以它没理由洋洋自得,其归处唯有谦恭与敬畏,唯有对无边的困境说"是",并以爱的祈祷把灵魂解救出肉身的限定。

六十

这就是"写作的零度"吧?当一个人刚刚来到世界上,就如亚当和夏娃刚刚走出伊甸园,这时他知道什么是国界吗?知道什么是民族吗?知道什么是东西方文化吗?但他却已经感到了孤独,感到了恐惧,感到了善恶之果所造成的人间困境,因而有了一份独具的心绪渴望表达——不管他动没动笔,这应该就是,而且已经就是写作的开端了。写作,曾经就是从这儿出发的,现在仍当从这儿出发,而不是从政治、经济和传统出发,甚至也不是从文学出发。

"零度"当然不是说什么都不涉及,什么都不涉及你可写的什么作!从"零度"出发,必然也要途经人类社会之种种——比如说红灯区和黑社会,但这与从红灯区和黑社会出发自然是不一样。

一个汉人在伊甸园外徘徊、祈祷,一个洋人也在伊甸园外徘徊、祈祷,如果他们相遇并且相爱,如果他们生出一个不汉不洋或亦汉亦洋的孩子,这孩子在哪儿呢?仍是在伊甸园外,在那儿徘徊和祈祷。这似乎有着象征意味。这似乎暗示了人或写作的永恒处境,暗示了人或写作的必然开端。什么国界呀、民族呀、甲方乙方呀,那原是灵魂的阻碍,是伊甸园外的堕落,是爱愿和写作所渴望冲开的牢壁,怎么倒有一种强大的声音总要把这说成是写作的依归呢?

六十一

回到原来的话题吧。从人的"魂(波)脑(粒)二象性"——恕我编造此名,也是一种无知无畏吧——来看,人就不能仅仅是有形的肉身。就是说,生命既是有形的、单独的粒子,又是无形的、呈互相干涉的波。甚至一个人的出生,一个承载着某种意义的生命之诞生,也很像量子理论的描述:"在亚原子水平上,物质并不确定地存在于一定的地方,而是显示出'存在的倾向性';原子事件也不在确定的时间以一定的方式发生,而是显示出'发生的倾向性'。""亚原子粒子并非孤立的实体,而只能被理解为实验条件与随后的测定之间的相互关系,量子论从而揭示了宇宙的一种基本的整体性。"人的生命,或生命的意义,也是这样不能孤立地理解的,还是那句话,它就像浩瀚音乐中的一个音符,一个段落,孤立看他不知所云,唯在整体中才能明了他的意义。什么意义?简单说,就是音符或段落间的相关相系,不离不弃,而这正是爱的昭示啊!

六十二

那么,灵魂与思想的区别又是什么呢?任何思想都是有限的,既是对着有限的事物而言,又是在有限的范围中有效。而灵魂则指向无限的存在,既是无限的追寻,又终归于无限的神秘,还有无限的相互干涉以及无限构成的可能。因此,思想可以依赖理性。灵魂呢,当然不能是无理性,但他超越着理性,而至感悟、祈祷和信心。思想说到底只是工具,它使我们"知"和"知不知"。灵魂则是归宿,它要求着爱和信任爱。思想与灵魂有其相似之处,比如无形的干涉。但是,当自以为是的"知"终于走向"知不知"的谦恭与敬畏之时,思想则必服从乃至化入灵魂和灵魂所要求的祈祷。但也有一种可能,因为理性的狂妄,而背离了整体和对爱的信任,当死神必临之时,孤立的音符或段落必因陷入价值的虚无而惶惶不可终日。

病隙碎笔 6

一

　　一个人对一个人说(碰巧让我听见):"他们提倡爱,可他们挣的钱可不比谁少。""他们"不知是指谁,我听了心里却忽悠悠的一下子没了着落。我知道这问题我心里一直都有,只是敷衍着,回避着,就像小时候听见死,心里黑洞洞的不敢再想。我不能算是穷人,也没打算把财产都捐献出去,可我像"他们"一样,自以为心存爱愿。也许是要为自己辩护,也许不完全是,觉得这问题是得认真想想了。

　　这问题的完整表述是这样:对所有提倡爱并自信怀有爱愿的人来说,当世界上还有很多人比你贫穷,因而生活得比你远为艰难的时候,你的爱愿何以落实?或者说,当他人的贫困与你的相对富足并存之时,你的爱愿是否踏虚蹈空?甚至,你的提倡算不算是一种虚伪?

二

　　这确实是个严峻的问题,不容含糊的问题。但想来,这还会是一个令多数人陷于尴尬的问题。因为你很少可能不是一个相对富足的人,因为贫困之下还有更贫困,更贫困之下还有更更贫困;差别从未在人类历史上消灭过,而且很难想象它终于会消灭。还有一层,贫困的位置其实是谁都不喜欢的,一有机会,这位置很少有人愿意留给自己。这样,依照前述逻辑,还有几个人敢说自己心怀爱愿呢?还有多少爱愿敢说是脚踏实地呢?甚至,爱愿,还剩下多少脚踏实地的机会呢?然而爱愿是要弘扬与实践的,是要蔚然与恒久的呀。可要是依照前述逻辑,爱愿,或爱的信奉,就只少数人够资格享有它了,而且还是在一个随时希望放弃这资格的时间段里。

三

然而,这种注定是少而临时的资格,这种仅以贫富为甄别的爱愿,还是人类亘古期盼的那种爱愿吗?不错,人应当互爱互助,应当平等,为富不仁是要受到谴责的。但是,当受谴责的是"不仁",而非"为富"呀。请稍微冷静些,想一想被溺爱惯坏的孩子吧——爱愿若仅意味着贫富的扯平,它不会成为游手好闲者的倚赖吗?它不会成为好吃懒做者的温床吗?甚至,它不会娇纵出觊觎他人劳动成果的贼目与偷手吗?

于是乎还有一件事也就明白了:在以阶级斗争为纲的年代,爱愿何以越来越稀疏,越狭隘,最后竟弄到荒唐滑稽的地步。比如曾经有过这样的事:公交车上上来一位老人,是否给他让座也要先问问他是贫农还是地主,是工人还是工贼。

四

为贫困者捐资,无疑是爱愿的一种实践,但这就能平定前述那严峻的一问吗?先看看捐资之后怎样了吧。捐资之后,捐资者与受捐者就一样富有了吗?大半不会。大半还会是捐资者比受捐者富有,还会是贫与富并存,贫富之间的差距也不见得就能缩小,因而前述局面并无改观——爱愿依然要面对那严峻的一问,而且依然是不容含糊。除非你捐到一贫如洗。可这样的人有吗?

且慢,这样的人历史中确凿是有几个的!有几位伟人,有几位圣贤,料必也会有几位不为人知的隐者。不过这又怎样呢?事实上他们也只能作为爱愿的引导和爱者的崇尚,不大可能推广。崇尚而不可能推广,这就怪了,这里头有事儿,当然不是咬牙跺脚写血书的事儿。

五

什么事儿呢?比如平均主义。贫富扯平不就是平均主义吗?可平均主义的后果料必一大半中国人都还记得:平均绝难平均到全面富裕,只可能平均到一致的贫穷——就像赛跑,不可能大家跑得一样快,但可以让大家跑得一样慢。但麻烦还不在这儿,麻烦的是,平均主义是要以牺牲自由为代价的。为什么?很简单:既不能平均到全面富裕,便只好把些不听话的削头去足都码码齐,即便是码成一致的贫穷也在所不惜。不听话的——真正的麻烦在这儿!平均必然要以强制为倚靠,强制会导致什么,历史已屡有证明。三十年前我在农村插队,村中就有几个脑筋"跑得快"的,只因想单干,就被推到台上去批斗。另几个不听话的,只为把自家的细粮卖了,换成更经吃的玉米和高粱,便被一绳捆去,以"投机倒把罪"坐了班房。

六

平均不是平等。平等是说人的权利,大家站在同一条起跑线上。平均单讲收获,各位请在终点上排齐。平等,应该为能力低弱或起步艰难的人提供优越条件,但不保证所有的人一齐撞线。平均却可能鼓励了贪懒之徒,反正最后大家都一样。平均其实是物质至上的,并不关涉精神;精神可怎么平均?比如自由和爱情,怎么平均?平均只可能是一个经济概念,均贫富。平等则指向人的一切权利。平等的信念必然呼唤法治,而平均的热情多半酝酿造反。这样的造反当然不会造出法治,只不过再次泄露"宝葫芦的秘密"——分田分地真忙。但这样忙过之后怎样了呢?我曾在陕北插队,那是个特殊的地方,解放得早,先后有过两次土改:第一次均贫富之后不久,又出现了新贫农和新富农,于是又来了一次。这有点儿像孩子玩牌,矫情,一瞧要输就推倒重来。这样的玩法不可再三,再三的结果是大家都变得懒惰、狡猾;突出的事例是,分到田的人先都把田里的树伐作自家的木材,以期重新发牌时不会吃亏。可后来发现这其实白搭,再洗牌时所有的地里都只剩着黄土了。

七

　　崇尚而不能推广,原因就这儿。平均,原也是多么美好的愿望啊,然而不好意思,人性确凿是有些丑陋。人生来就有差别,不可能都自觉自愿去平均;这是事实而非道理,道理出于事实而非相反。当然爱愿并不满足于事实,这是后话。

　　那么,强制平均怎样?可强制本身就不平均——谁来强制,谁被强制呢?或者,以强制来使人自觉自愿?这玩笑就开得大了,多半就要成全了强人篡取神位的图谋。倘人言即是神命,对也是对,错也是对,芸芸众生岂不凶多吉少?

　　人是不可替代神的,否则人性有恃无恐,其残缺与丑陋难免胡作非为。唯神是可以施行强制的——这天,这地,这世界,这并不完美的人性,以及这差别永在、困苦叠生的人之处境,都可理解为神的给定。上帝曾向约伯指明的,就是这个意思:你休想篡改这个给定,你必须接受它。就连耶稣,就连佛祖,也不能篡改它。不能篡改它,而是在它之中来行那宏博的爱愿。

八

必须接受人的罪性。人性并不那么清洁和善美。但幸而,人性中还埋藏着可以开掘的几分明智。这明智并不就是清洁和善美,但因其能够向往清洁和善美,能够看见人的残缺与丑陋,于是能够指望他建立起信仰,以及建立起一种叫做法律的东西,以此弥补人性的残缺,监视和管束人性的丑陋。

法律实出无奈,既是由于人的丑陋,当然也是出于人的爱愿。

贫穷的并不都是因为懒惰,富有的也未必全是靠着勤劳,相反,巧取豪夺也可致富,勤劳本分也有受了穷的。对此爱愿当然不可袖手一旁。但爱愿曾一时糊涂,相信了平均,结果不单事与愿违,反而引狼入室弄出了强制。

九

但法律不是强制吗?不过,此强制与彼强制有些不同。其一:法律是事先商定的规则,由不得谁见机行事,任意修改。比如足球,并非是由裁判说了算,而是由规则说了算,是为法治,故黑哨也逃不脱制裁。其二:法律是由大家商定的,不是由什么人来强制大家商定的,所以大家才自愿受其制约。又比如足球,一切规则都是为了保持足球的魅力,以赢得人们广泛的喜爱,倘只取决于权势的好恶,看台上寥寥然只坐着几门谁家的亲戚,那足球也就完了。

任何规则,都要有众人的理解与拥护才行,否则不过一纸空文。再比如足球,单是裁判和球员知其规则还不行,球迷要是不懂,这球也甭踢。比如说,自家一输球,看台上就起哄,再输,球迷就退场,那还不如甭踢,先就算你们赢了吧。不过,要是裁判有"猫儿腻"呢?当然,误判应当理解,偏袒也要忍耐而后申诉,但若有人以权压众,包庇、怂恿黑哨呢?甚至事先就已排定了比赛的结果呢?球迷们那就给它一大哄吧,然后退场——此乃义举,算得上护法行动。

十

法律不担保均贫富,正如规则不担保比赛结果。要是有谁担保了比赛结果,没问题你把他告上法庭。可要是有人担保了均贫富呢?人们却犹豫,甚至可能拥护他。就算发此誓愿者确无他图,可历史上有谁真正做到过均贫富吗?真正做到,同时又不损害人的自由,可能吗?就比如,有谁能让大家自由奔跑,又保证大家跑得一样快吗?有谁能把这山高谷深日烈风寒的行星改造得"环球同此凉热"吗?

骂一骂富人这很容易,甚至也不都是毫无理由,社会的不公既在,经常也就需要一些敏锐甚至挑剔的眼睛。不过另有一种可能:这愤怒其实比前述的尴尬还不如。尴尬是因为能够反躬自问,而比如说喊着"开'奔驰'的出去"的(听说最近上演着一出话剧,剧终时,剧中人便高亢地向观众这样喊),大约从未反观自己,否则他不难看出还有比他更贫穷的人,那么他出不出去呢?都出去了,只剩一个最穷的人,戏还怎么演呢?

十一

尴尬是一种可贵的能力。因为,反躬自问是一切爱愿和思想的初萌。要是你忽然发现你处在了尴尬的地位,这不值得惊慌,也最好不要逃避,莫如由着它日日夜夜惊扰你的良知,质问你的信仰,激活你的思想;进退维谷之日正可能是别有洞天之时,这差不多能算规律。

比如说,法律,正就是爱愿于尴尬之后的一项思想成果。而且肯定,法律的每一次完善,都是爱愿几经尴尬之后的别开生面。斥骂的畅快,往好里说是童言无忌,但若挺悠久的一种文化总那么孩子气,大半也不是好兆。比如说,那就为诘问备好了麻木,以愤怒代替了思考,尴尬倒是没了,可从此爱闹脾气。反躬自问越少,横眉冷对越多,爱愿消损,思想萎钝,规则一旦荒芜,比如说足球吧,怎么踢呢?很可能就会像一个自闭的儿童,抱了皮球,一脚一脚地朝着墙壁发狠,魔魔道道地自说自话。

十二

但是"朱门酒肉臭,路有冻死骨",这事可怎么说?谁敢说这样的事已经没有?那么法律,对这样的结果也是听之任之吗?规则不是不担保结果吗?

但这不是结果呀,这正是法律或规则的起因。"朱门酒肉臭"先放一放再说,"路有冻死骨"则是在要求着法律的出面与完善。人有生的权利,有种种与生俱来的平等的权利,此乃天之赋予,即神命,是法律的根据。再比如足球,游戏规则是人订的,但游戏——游戏的欲望、游戏的限制、游戏的种种困阻和种种可能性,都是神定。这简直就是人生的比喻,人世的微缩,就像长河大漠就像地久天长就像宇宙无垠就像命运无常,都是神的给定,是神为使一种美丽的精神得以展开而设置的前提。这不是规则的结果,而是对规则的呼唤,是规则由之开始的地方。在这一切给定之后,神说:人生而平等(不是平均)。生,乃人之首要的平等权利。因而,倘有穷到活不下去的人,必是法律或规则出了问题,是完善它的时候,而非废弃它的理由。

十三

可要是这么说,是不是就有点儿可笑?法律既定,一有"冻死骨",你就说这不是结果,这是法律的开始之地,是法律需要完善的时候,那法律还有什么权威?它岂不又是任人打扮的小姑娘了?非也,这不是任人打扮,这是神命难违。法律也不是绝对权威,绝对的权威是神命:人有生的权利!倘这儿出了差错,错的一定是人,唯去检点和完善人订的规则,切不可怀疑那绝对的命令。

可要是一个游手好闲之徒穷得活不下去了呢?也得白白送给他衣食住所吗?是的,也得!穷,但不能让他穷到活不下去,这正是担保平等但不担保平均,担保权利但不担保结果呀。情愿如此潦倒而生的人,也是背弃了神约,背弃了爱愿(他只顾自己),但神不背弃任何人,爱愿依然照顾着他,随时为他备下一个平等的起点。

十四

幸而情愿这样潦倒而生的人并不多。更多的人,更多的时候,是听得见神的要求的。爱愿,不能是等待神迹的宠溺,要紧的一条是对神命的爱戴,以人的尊严,以人的勤劳和勇气,以其向善向美的追求,供奉神约,沐浴神恩。

从报纸上读到一篇文章,说是这世界上的某地,其监狱有如宾馆,狱中的食物稍不新鲜囚犯们也要抗议,文章作者(以及我这读者)于是不解:那么惩罚何以体现?我们被告知:此地的人都是看重自由的,剥夺自由已是最严厉的惩罚。又被告知:不可虐待囚徒,否则会使他们仇视社会。这事令我感动良久。这样的事出于何国何地无需计较,它必是出于严明的法律,而那法律之上,必是神命的照耀。唯对热爱自由、看重尊严的人，惩罚才能有效，就像唯心存爱愿者才可能真有忏悔。否则，或者惩罚无效，或者就复制着仇恨。没有规矩何出方圆？没有神领又何出规矩呢？爱愿必博大而威赫地居于规则之上。

十五

法律或规则既为人订，就别指望它一定没有问题。无法无天的地方已经很少，但穷到活不下去的却大有人在。比如有病没钱治的。比如老了没人养的。比如，设若资本至尊无敌，那连本钱都凑不足的人可怎么起步？比如我，一定要跟刘易斯站在一条起跑线上，不等着做"冻死骨"才怪。所以有了残奥会。残奥会什么意思？那是说：爱愿高于规则，神命高于人订。换言之：规则是要跟随爱愿的，人订是要仰仗神命的。但残奥会也要有规则，其规则仍不担保结果，这再次表明：神命并不宠爱平均，只关爱平等。残奥会的圣火并不由次神点燃，故其一样是始于平等，终于平等。电视上有个定期的智力比赛，这节目曾为残疾人开过一期专场，参赛者有肢残人，有聋哑人，有盲人，并无弱智者，可这一期的赛题不仅明显的容易，而且有更多的求助于他人的机会，结果是全部参赛者都得了满分。我的感受是：次神出面了。次神是人扮的，向爱之心虽在，却又糊涂到家，把平等听成了平均。

十六

很久了，我就想说说尿毒症病人"透析"的事。三年前我双肾失灵，不得不以血液透析维持生命，但透析的费用之高是很少有人能自力承担，幸而我得到了多方支援，否则不堪设想。否则会怎样？一是慢慢憋死（有点儿钱），二是快快憋死（没钱）。但憋死的过程是一样的残酷——身体渐渐地肿胀,呼吸渐渐地艰难,意识怪模怪样地仿佛在别处,四周的一切都仿佛浸泡在毒液里渐渐地僵冷。但这并不是最坏的感觉,最坏的感觉是:你的亲人在一旁眼睁睁地看着你,看着这样的过程,束手无策。但这仍不见得是最坏的感觉,最坏的感觉是:人类已经发明了一种有效的疗法,只要有钱,你就能健康如初,你就能是一个欢跳的儿子,一个漂亮的女儿,一个能干的丈夫或是一个温存的妻子,一个可靠的父亲或是一个慈祥的母亲,但现在你没钱,你就只好撕碎了亲人的心,在几个月的时间里一分一秒地撕,用你日趋衰弱的呼吸撕,用你忍不住的呻吟和盼望活下去的目光撕,最后,再用别人已经康复的事实给他们永久的折磨。谁经得住这样的折磨?是母亲还是父亲?是儿子还是女儿?是亲情还是那宏博的爱愿?

十七

我有过这样的经历,幸而经历到一半时得到了救援。因而我知道剩下的一半是什么。我活过来了,但是有不得不去走那另一半的人呀。我闭上眼睛不去看他们,但你没法也闭上心哪。我见过一个借钱给儿子透析的母亲,她站在透析室门外,空望着对面的墙壁,大夫跟她说什么她好像都已经听不懂了。我听说过一对曾经有点儿钱的父母,一天一天卖尽了家产,还是不能救活他们未满成年的孩子。看见和听见,这多么简单,但那后面,是怎样由希望和焦虑终于积累成的绝望啊!

我听有位护士说过:"看着那些没钱透析的人,觉得真还不如压根儿就没发明这透析呢,干脆要死都死,反正人早晚都得死。"这话不让我害怕,反让我感动。是呀,你走进透析室你才发现(我不是说其他时候就不能发现)最可怕的是什么:人类走到今天,怎么连生的平等权利都有了疑问呢?有钱和没钱,怎么竟成了生与死的界线？这是怎么了？人类出了什么事？

如果你再走进另一些病房，走到植物人床前，走到身患绝症者的床前，你就更觉荒诞：这些我们的亲人，这些曾经潇洒漂亮的人，这些曾经都是多么看重尊严的人，如今浑身插满了各种管子，吃喝拉撒全靠它们，呼吸和心跳也全靠它们，他们或终日痛苦地呻吟，或一无知觉地躺着，或心里祈盼着结束，或任凭病魔的摆布。首先，这能算是人道吗？其次，当社会为此而投入无数资财的同时，却有另一些人得了并不难治的病，却因为付不起医疗费就耽误了。这又是怎么了？人类到底出了什么事？

十八

出了什么事？比如说，高科技在飞速发展，随之，要想使一个身患绝症的人仅仅保持住呼吸和心跳，将越来越不是一件难事了，但它的代价是越来越多的资金投入。一方面，新的医疗手段和设备肯定是昂贵的，其发展的无止境意味着资金投入的无止境。另一方面，人最终都要面对死亡，如果人的生存权利平等，如果仅仅保持住心跳和呼吸也算生存，那么这种高科技、高资金的投入就更是无止境。两个无止境加起来，就会出现这样一种局面：有限的社会财富，将越来越多地用于延长身患绝症者的痛苦，而对其他患者的治疗投入就难免捉襟见肘了。

绝没有反对科学发展的意思。但是，随着高科技的发展，医学必然或者已经提出一些哲学问题了。医学已不再只是一门救死扶伤的技术，而是也要像文学和哲学那样问一下生命的意义了，问一下什么是生？什么是死？生的意义如何？以及，"安乐死"是否正当？

十九

在不久前的《实话实说》节目中,听到一位法律专家陈述他反对"安乐死"的理由,他说得零乱,总结下来大致是两点。其一:"安乐死"从实行(即立法和执法)的角度看,困难很多,因此他认为是不应该的。这可真叫逻辑混乱。一事之应不应该实行,并不取决于其实行是否有困难,而是要取决于其实行是否正当。倘不正当,实行已失前提,还谈什么困不困难?倘其正当,那正是要克服困难的理由(以及正是表明法律专家并不白吃饭的时候),否则倒是默允或纵容了不正当。这样看,无论"安乐死"应不应该实行,都与困难无关,那专家说了半天等于什么都没说。

当然,应不应该,并不等于能不能够。见报纸上有文章说,从中国目前的条件看,"安乐死"还不能够很快实行。这我同意。但这又不等于说,我们不应该从现在就开始探讨它的正当性和可行性。

二十

我住过很多回医院,见过很多身患绝症的人,见过他们对平安归去的祈盼,见过因这祈盼不得回应而给他们带来的折磨,生理的和精神的折磨,分分秒秒不得间歇。我真是想不通这到底是为了什么?似乎只是为了一种貌似人道的习俗。这样的时候,你既看不到人的尊严,也看不到人的爱愿,当然也就看不出任何一点人道;那好像只是一次刑罚——一个堂堂正正的人,被病魔百般戏弄,失尽了尊严和自由,而另一些他的同类呢,要么冷漠地视而不见,要么爱莫能助,唯暗自祈祷着自己的归程万勿这般残忍。这简直是对所有人的一次侮辱,其辱不在死,人人都是要死的;其辱在于,历来自尊的人类在死亡面前竟是如此地慌张和无所作为。刑罚所以比死更可怕,就在于人眼睁睁地丧失了把握命运的能力。我想,创造刑罚的人一定是深谙这一点的。可我们为什么要让那必来的"归去"成为刑罚呢?为什么不能让它成为人生之旅的光明磊落的结束,坦然而且心怀敬意地送走我们所爱的人呢?

当有人(以及每一个人都可能)受此酷刑的折磨与侮辱之时,法律和法律之上的爱愿,只摆出几项改变它必然要遇到的困难,就可以溜之大吉并且心安理得了吗?

二十一

那位法律专家反对"安乐死"的另一个理由是:"人没有死的权利。"但是为什么呢?他未提供有力的说明。他除了说得有些蛮横,还说得有些含糊:"死是自然而然的事。"但自然而然的事就一定正当吗?真若这样,要你法律专家干吗?不过,这一回的问题好像真的不太简单。

人没有死的权利——第一,这话可以翻译成:个人没有死的权利。比如"文革"中,一个终于受不住摧残与屈辱的人,要是自杀了,必落一个"自绝于人民自绝于党"的罪名;凭此罪名,你生前的一切就都被否定,你的亲朋好友就都可能受到株连。这是什么意思?这是说:你必须老老实实忍受屈辱,无权反抗,连以死抗争的权利都没有。当然,你已经自杀了说明你可以自杀,任何罪名对你都已毫无作用,但其实,那罪名是说给生者听的,是对一切生者的威吓,那是要取消所有人抗议邪恶势力的最后权利。还说"人没有死的权利"吗?一个人若连以死抗争的权利都被剥夺,可想而知,他还会有怎样的生的权利。

二十二

人没有死的权利——第二,此言也可作如下想:生的权利既为天赋,人便无权取消它;死既为天命之必然,故只可顺其自然。话说到这儿,真像似有些道理了。

但是未必。且不论生死之界定尚属悬案,只说:真这样顺其自然,医学又是干什么用的?医学,不是在抗拒死亡吗?倘若顺其自然,那么不仅医学,一切学、一切人的作为就都要取消。那样的话可真是顺其自然了——人将跑成一群漫山遍野地寻食、交配、繁衍,然后听天由命的物类了。理想也无,爱愿也无,前途嘛,不过是地平线以内四季的安排。有人说了:这样不好吗?可更多的人说:这样不好!说好的人就这样去好吧。说不好的人就有麻烦:为什么不好?以及怎样才好?

二十三

人热爱自然,但料必没人会说人等同于自然。人既是自然的一部分,又是从自然中升华出来的异质,是异于自然的情感,异于物质的精神,异于其他物种的魂游梦寻,是上帝之另一种美丽的创造。上帝是要"乘物以游心"吧?他在创造了天地万物之后又做了一点手脚(比如抽取了亚当的一条肋骨,比如给了女娲一团泥巴),为的是看看那冷漠的天地间能否开放出一种热情,看看那热情能否张扬得精彩纷呈,再看看那精彩纷呈能否终于皈依他的爱愿。人热爱自然正如人珍重自己的身体,人不能等同于自然正如人要记住上帝的期待,否则自然无思无欲无梦无语,有了大熊猫等等也就足够,人来干吗?

依我浅见——绝非谦虚,我甚至有点儿不敢说但还是说吧:中国文化的兴趣,更多的是对自然之妙构的思问,比如人体是如何包含了天地之全息,比如生死是如何地像四季一样轮回,比如对天地厚德、人性本善的强调。这类思问玄妙高深精彩绝伦,竟令几千年后的现代物理学大为赞叹!所以中国人特别地喜欢顺其自然,淡泊无为,视自然为心性的依归。但那异于自然的情感呢,就比较地抑制;异于自然的精神呢,就比较地枯疏。所以中国人的养身之道特别发达,对生命意义的追问就不大顽固。

二十四

反对"安乐死",看身患绝症者饱受折磨与屈辱而听之任之,大约都是因为不大过问生命的意义。人不是苟活苟死的物类,不是以过程的漫长为自豪,而是以过程的精彩、尊贵和独具爱愿为骄傲的。医学其实终不能抗拒死亡,人到底是要死的这谁都明白,那么医学(以及种种学)到底是干什么用的呢?其实,医学说到底仍只是一份爱愿,是上帝倡导爱愿的一项措施,是由之而对人间爱愿的一次期待。当有人身患绝症,生命唯饱受折磨而无任何意义之时,其他人却以顺其自然为由而袖手一旁,人间爱愿岂非自寻其辱?上帝的期待岂不就要落空?

"安乐死"还是不应该吗?还是要"自然而然"地任那绝症对人暴施折磨和侮辱吗?难道还有谁看不出"安乐死"并不是要取消人之生的权利,而是要解除那残酷的刑罚,是在那疑难的一刻仍要信奉神命、行其爱愿吗?神命难违,神不单给了人生的权利,还给了人自由的权利和追求幸福的权利。

二十五

神命不可违。可我心里一直都有个疑问:神是谁?神在哪儿?

其实,哪一份神命不由人传?哪一种神性不由人来认信?哪一位先知或布道者不是人呢?如此,神还有什么超凡独具?还有什么绝对权威?谁不能造一个乃至若干个神出来,然后挟神以令众生?神岂不又是任人打扮了吗?

除非神亲临做证。除非神迹昭然——比如刹那间使饥饿的流民获得食品,转眼间使病残者康复如初。除非神于此刻亲宣其命,众目皆见,众耳皆闻。但是第一,真正见过神迹的人很少,通常都是人传,你可以信也可以不信。第二,因上述神迹而皈依信仰者,信的未必是神命,多半是看重了神的馈赠,这就难免又发展成对实利的膜拜,和对爱愿的淡忘。

那么,可有并非人传,而是众目皆见众耳皆闻的神迹吗?有啊,有啊!我们头上脚下的这个气象万千的星球不是吗?约伯终于对之说"是"的一切,不是吗?为什么把一根木棍变成蛇算得神迹,沧海桑田、日走星移倒不算?为什么点石成泉算得神迹,时时处处的"山重水复"和"柳暗花明"倒不算?为什么天地之种种慷慨的馈赠算,而世间之种种严酷的困阻就不算?

二十六

神命不可违,神命就得是一种绝对的价值要求,只可被人领悟,不能由人设定。故,那样的价值要求必得是始于(而非终于)天赋的事实(比如说"第一推动"),是人智不能篡改而非不许篡改的。不许,仍是人智所为,不能,才为人力不逮。那是什么呢?那正是神迹呀!这天之深远,地之辽阔,万物之生生不息,人之寻求不止的欲望和人之终于有限的智力,从中人看见了困境的永恒,听见了神命的绝对,领悟了:唯宏博的爱愿是人可以期求的拯救。

为什么单单是爱愿呢?恨不可以吗?以及独享福乐,不可以吗?恨与享乐,不过是顺从着人之并不清洁善美的本性,那是任何物种都有的自然倾向,因而那仍不过是顺其自然,并未看见人智之有限,并未听懂那天深地远之中的无声天启。那样的话,仍是只要有着大熊猫等等就够了,这冷漠的世界仍难升华出美丽的精神。所以,终于(而非出于)自然的拯救算不上拯救;断灭一切欲望以达无苦无忧的极乐之地,那是人的臆想,既非天赋事实,又非天启智慧,那才是出于人之妄念,终于人之无明吧。

二十七

我想,哪种文化也不是"第一推动",哪种宗教也都不是"绝对的开端",它们都是后果,或闻天启而从神命,或视人性本善为其圭臬。"第一推动"或"绝对的开端",只能是你与生俱来的、躲不开也逃不脱的面对。唯在此后(无论是对于个人,还是对于人类)才有了生命的艰难,精神的迷惘,才有了文化和信仰,理性和启示,或也才有了妄念与无明。倘不是从这根本的处境出发,只从寺庙或教堂开始,料必听到的只是人传。

这又让我想到了文学,想到了"写作的零度"。只从经济、政治出发则类似数典忘祖,只从某种传统出发则近乎原地踏步,文学的初衷原是在那永不息止的"推动"与"开端"中找到心魂的位置。所以,文学料必在文学之外,论文料必在论文之外,神命料必在理性之外,人的跟随料必在现实之外。

二十八

比如说"己所不欲,勿施于人",此语虽是人言,却既暗示了人不能篡改的天赋事实,又暗示了人要超越其自然本性的方向。己所不欲,意味着人之有欲,且欲之无限——这是天赋事实。人欲无限,则可能损及别人(他者),而为别人(他者)所不欲——这也是天赋事实。人在人群,每个人就都是自己也都是他人,人类是万灵万物之网的一脉,个人又是人类整体之一局部——这是人之独闻的天启,人于是恍然而悟:原来如此,唯整体的音乐可使单独的音符连接出意义,唯宏博的爱愿是人性升华的路径。所以爱愿不是人的自然本性,而是人超越大熊猫等等而独具的智慧,是见自然绝地而有的精神追寻,是闻神命而有的觉醒。

二十九

神,当然不是理性推导出来的,但却是理性看到了理性的无能才听见的启示。我不大相信理性走入绝地之前的神,那样的神多半是信徒期求优待——今生不可那就来世——所推举的偶像;优待哪有个完呢?弄来弄去便与贪官纵容自己的亲朋同流,结果是爱愿枯萎,人间唯多出几个乱收费的假庙。

理性走入绝地,有限的人智看见了无限的困阻,人才会变得谦恭,条条计策终见迷茫,人才在服从与祈祷中听见神命。但我还是不大相信这时就可以弃绝理性,因为那绝地之上等着人的除了倡导爱愿的神还有别样的神,比如还有道破人生苦短、号召及时行乐的神。价值相对主义可能会说:诸神平等,怎么都行。但怎么都行不等于怎么都好,保护大熊猫不等于人也要做大熊猫。或有人说:大熊猫怎么了?人还不如大熊猫呢!那人也不如耗子吗?就算也不如,那圣雄甘地如不如希特勒呢?还是不如?那好,大家提防着你就是。所以还得提防着价值相对主义。

人居各地,习俗不一,人在人群,孤独无二,魂拘人身,根本的困境与救路都是一样的。受贿的神受不同的贿,指引爱愿的神却并不因时因地而有改变。

三十

物质至上,并非一国一地之歧途,而是全人类的迷失。你看一切政府的共同目标是什么?你看全球各地的斗志昂扬都基于什么?无不是国民生产总值的增长,以及消费指数的增长;增长增长再增长,似乎人类的前途、生命的意义全系于物质占有和消费水平的可持续增长。这样的竞赛之下,谁还顾得上地球?谁顾得上生态?相互的警告与斥责,不过是五十步恨百步,或百步对五十步的先期防范,讨价还价中哪还有什么爱愿和理性?完全像贪婪的子孙在争夺父母(地球)的遗产。本来嘛,做买卖的谁不想赚?非要让先赚的让着后赚的,一百步等着五十步,实在也是不通事理。可是话说回来,五十步恨百步也未必是恨其掠夺地球,也未必是恨那消费模式腐蚀着人类灵魂,更可能是恨着自己的手慢,好东西先都让别人拿了去。如此这般地增长了再增长,赚了又赚,五十望一百,一百望一千一万,结果无非是地球日益枯萎,人间恨怨飙升。而这未必只是政治、经济问题(把这仅仅看作政治、经济问题,我疑心那还是中着物欲的魔法,还是像五十望一百而不成时的心理不平衡),多半是信仰出了毛病,是如林语堂所说:近二千年来人已经听不懂了神的声音。岂止听不懂,是干脆不要听,是如陈嘉映所说:"生活真容易变得有趣,所以没有人思考。"诗意地栖居吗?就怕诗人早也认同了饭局中的操作与推销。

三十一

有位一向自诩关怀生命意义的老友,忽一日自信看透了人生,说:"咳,什么意义不意义、道德不道德的,你说是不是?"不小心我说了"不是"。场面于是有些沉闷,大家对坐无言,然后避开这话题胡乱说些别的。但我知道他心里在说什么——"虚伪!"我也知道这一句谴责后面的理由——"老实说,你不看重名利?"我还知道支持这理由的所谓看透——"什么信仰呀爱愿呀,这个呀那个呀,说说罢了,人生实实在在,不过死前的一次性消费,唱高调的不是傻瓜就是装蒜。"

虚伪,这两个字厉害,把它射向诚实,效果多佳。比如黄色小说的自卫反击:"各位的做爱难道不是这样?为何不从实招来?"想想也是,诚实于是犹豫。黄色见状,嘴上或心里必是脆脆的一声:"虚伪!"诚实容易被这一声断喝吓糊涂,其实呢,黄色只见了性爱之形同,而难识心魂之异彩——本来嘛,爱情之要,原是黄色的盲区。不过"虚伪"二字真是厉害,它所以百发百中,皆因人非圣贤,谁心里没有一些阴暗和隐藏?但这些可能是污浊的品质,恰是人应当忏悔和道德不可或缺的缘由,怎能借坦荡与实在之名视其为正当?这差不多是个悖论:你说他虚伪,是因其知污浊而隐藏,你说那隐藏的并不污浊,甚至美妙到可供炫耀,那虚伪岂不要换成谦逊了?

上述的虚伪固然不是美德,但毕竟留了一份美好的畏惧在头上,而上述的坦荡和实在,则无所畏惧到彻底不识了好歹。好与歹,岂可由实在引出?好与歹根本是心魂的询问。难怪价值相对主义说怎么都好,它是执实在而不思不悟,助人欲以坦然胡行。有了美好的畏惧在,虚伪则可望迷途知返,人便有了忏悔的可能。我有时设想,最不可救药的虚伪什么样儿?比如说,有一天忏悔也不是因为看见了自己的污浊,而是追随着时髦,受洗也不是为了信守神约,而是看它为一枚高雅的徽标,信仰呀爱愿呀都跟把黑发染黄一样成了美容店的业务,那才真叫麻烦。

三十二

但爱愿都是什么呢？如何才算是爱愿呢？爱愿既然高于规则，它就不能再是规则。爱愿既然是天启，它就不能又是人说。比如，爱愿之紧要的一条是爱他人，这分寸如何把握？就算"己所不欲，勿施于人"是一种可能的把握，但它也只说出了问题的一面，另一面——己之所欲，怎样呢？务施于人吗？你欲丰衣足食，务使别人也丰衣足食，你欲安居乐业，务使别人也安居乐业，这当然好。但是，你欲欺世盗名，也务使别人偷梁换柱吗？你欲做伪证，也务使别人知法犯法吗？显见是不行，那是教人作恶呀。那么，你欲捐资扶贫，你欲安贫乐道，你欲杀身成仁，这总不是恶了吧？那么，别人也都得这样吗？你说不必。你甚至说，强迫捐资岂非掠夺？强使乐道，道将非道；强逼成仁，仁安在哉？如此说来，自扫门前雪吧，不如少管别人的事。人欲乘凉，我独种树，人欲出人头地，我看平常是真，相安莫扰各行其是，岂不天下都乐？可是有个别人叫希特勒，他要打仗，还有几个别人叫"四人帮"，他们要焚书坑儒，怎么办？你可能会说：这已经跑题了——倘其自己跟自己打，自己烧自己的书，请便，但你把仗打到别人头上，那就违背了"己所不欲，勿施于人"的圣训，故此一条圣训已经把话说全。就算是这样吧，那么"勿施于人"要不要务施于人呢？要，是"勿施"之否定；不要，是否定了"勿施"。你说：还是独善其身的好。但这是绕圈子，希特勒打来了，"四人帮"烧来了！你说：那正是因为是他们违背了圣训呀？倘人人尊此训而独善，岂不众生皆善，哪还会有这些乱七八糟的事？但他们要是压根儿就不信你那圣训呢？好了，不管你是指责他们的违背，还是遗憾于他们的不信，都说明这圣训压根儿就有务施于人的倾向。

三十三

怎么回事？哪儿出了毛病？"务施"者,难免为他人所不欲,故当"勿施";"勿施"者,又难免误失了圣训,故又当"务施"。那么,"勿施"与"务施"的分寸谁来把握？鱼和熊掌可否兼得？水与火,怎样和谐共处,相得益彰？

但这是能由人说的吗？人一说就是"务施",就是"勿施",或就是"误失",就又要掉进那个逻辑陷阱。

这事必由神说。人,必要从那不可更改的天赋事实（第一推动,或绝对开端）之中,从寂静之中,大音无声之中,谛听天启。

可是先生,你这就不是绕圈子吗？你说你听见了此般天启,我还说我听见了彼般天启呢！这像不像把猴子扮成人,等他说人话？像不像把人扮成神,由他行天道？

三十四

这怎么办？

这怎么办？

这怎么办？

要把这一节写满:这怎么办？

或要用一生来问:这怎么办？

人将听见,那无穷之在莫不是:这怎么办,和这怎么办？

三十五

在逻辑的盲区,或人智的绝地,勿期圆满。但你的问,是你的路。你的问,是有限铺向无限的路,是神之无限对人之有限的召唤,是人之有限对神之无限的皈依。尼采有诗:"自从我放弃了寻找,我就学会了找到。"我的意见是:自从我学会了寻找,我就已经找到。

叹息找不到而放弃寻找的,必都是想得到时空中的一处福地,但终于能够满足的是大熊猫和竹子,永远不能不满足的是人和人的精神;精神之路恰是在寻找之中呀。寻找着就是找到着,放弃了,就是没找到。就比如,活着就是耗损,就是麻烦,彻底的节约和省事你说是什么?但死也未必救得了这麻烦。宇宙本是一团无穷动啊,你逃得了和尚逃得了庙?天行健,生命的消息不息不止,那不是无穷动吗?人在此动之中,人即此动之一环,你省得了什么事?于人而言,无穷动岂不就是无穷地寻找?

问吧,勿以为问是虚幻,是虚误。人是以语言的探问为生长,以语言的构筑为存在的。从这样不息的询问之中才能听见神说,从这样代代流传的言说之中,才能时时提醒着人回首生命的初始之地,回望那天赋事实(第一推动或绝对开端)所给定的人智绝地。或者说,回到写作的零度。神说既是从那儿发出,必只能从那儿听到。

记忆与印象

记忆与印象·一

　　关于往日,我能写的,只是我的记忆和印象。我无意追踪史实。我不知道追踪到哪儿才能终于追踪到史实;追踪所及,无不是记忆和印象。有位大物理学家说过:"物理学不告诉我们世界是什么,而是告诉我们关于世界我们能够谈论什么。"这话给了我胆量。

1. 轻轻地走与轻轻地来

现在我常有这样的感觉：死神就坐在门外的过道里，坐在幽暗处，凡人看不到的地方，一夜一夜耐心地等我。不知什么时候它就会站起来，对我说：嘿，走吧。我想那必是不由分说。但不管是什么时候，我想我大概仍会觉得有些仓促，但不会犹豫，不会拖延。

"轻轻地我走了，正如我轻轻地来"——我说过，徐志摩这句诗未必牵涉生死，但在我看，却是对生死最恰当的态度，作为墓志铭真是再好也没有。

死，从来不是一次性完成的。陈村有一回对我说：人是一点一点死去的，先是这儿，再是那儿，一步一步终于完成。他说得很平静，我漫不经心地附和，我们都已经活得不那么在意死了。

这就是说，我正在轻轻地走，灵魂正在离开这个残损不堪的躯壳，一步步告别着这个世界。这样的时候，不知别人会怎样想，我则尤其想起轻轻地来的神秘。比如想起清晨、晌午和傍晚变幻的阳光，想起一方蓝天，一个安静的小院，一团扑面而来的柔和的风，风中仿佛从来就有母亲和奶奶轻声的呼唤……不知道别人是否也会像我一样，由衷地惊讶：往日呢？往日的一切都到哪儿去了？

生命的开端最是玄妙，完全的无中生有。好没影儿的忽然你就进入了一种情况，一种情况引出另一种情况，顺理成章天衣无缝，一来二去便连接出一个现实世界。真的很像电影，虚无的银幕上,比如说忽然就有了一个蹲在草丛里玩耍的孩子,太阳照耀着他,照耀着远山、近树和草丛中的一条小路。然后孩子玩腻了,沿小路蹒跚地往回走,于是又引出小路尽头的一座房子,门前正在张望他的母亲,埋头于烟斗或报纸的父亲,引出一个家,随后引出一个世界。孩子只是跟随这一系列情况走,有些一闪即逝,有些便成为不可更改的历史,以及不可更改的历史的原因。这样,终于有一天孩子会想起开端的玄妙:无缘无故,正如先哲所言——人是被抛到这个世界上来的。

其实,说"好没影儿的忽然你就进入了一种情况"和"人是被抛到这个世界上来的",这两句话都有毛病,在"进入情况"之前并没有你,在"被抛到这世界上来"之前也无所谓人——不过这应该是哲学家的题目。

对我而言,开端,是北京的一个普通四合院。我站在炕上,扶着窗台,透过玻璃看它。屋里有些昏暗,窗外阳光明媚。近处是一排绿油油的榆树矮墙,越过榆树矮墙远处有两棵大枣树,枣树枯黑的枝条镶嵌进蓝天,枣树下是四周静静的窗廊——与世界最初的相见就是这样,简单,但印象深刻。复杂的世界尚在远方,或者,它就蹲在那安恬的时间四周窃笑,看一个幼稚的生命慢慢睁开眼睛,萌生着欲望。

奶奶和母亲都说过:你就出生在那儿。

其实是出生在离那儿不远的一家医院。生我的时候天降大雪。一天一宿罕见的大雪,路都埋了,奶奶抱着为我准备的铺盖蹚着雪走到医院,走到产房的窗檐下,在那儿站了半宿,天快亮时才听见我轻轻地来了。母亲稍后才看见我来了。奶奶说,母亲为生了那么个丑东西伤心了好久,那时候母亲年轻又漂亮。这件事母亲后来闭口不谈,只说我来的时候"一层黑皮包着骨头",她这样说的时候已经流露着欣慰,看我渐渐长得像回事了。但这一切都是真的吗？

我蹒跚地走出屋门，走进院子，一个真实的世界才开始提供凭证。太阳晒热的花草的气味，太阳晒热的砖石的气味，阳光在风中舞蹈、流动。青砖铺成的十字甬道连接起四面的房屋，把院子隔成四块均等的土地，两块上面各有一棵枣树，另两块种满了西番莲。西番莲顾自开着硕大的花朵，蜜蜂在层叠的花瓣中间钻进钻出，嗡嗡地开采。蝴蝶悠闲飘逸，飞来飞去，悄无声息仿佛幻影。枣树下落满移动的树影，落满细碎的枣花。青黄的枣花像一层粉，覆盖着地上的青苔，很滑，踩上去要小心。天上，或者是云彩里，有些声音，有些缥缈不知所在的声音——风声？铃声？还是歌声？说不清。很久我都不知道那到底是什么声音，但我一走到那块蓝天下面就听见了它，甚至在襁褓中就已经听见它了。那声音清朗，欢欣，悠悠扬扬，不紧不慢，仿佛是生命固有的召唤，执意要你去注意他，去寻找他、看望他，甚或去投奔他。

我迈过高高的门槛，艰难地走出院门，眼前是一条安静的小街，细长、规整，两三个陌生的身影走过，走向东边的朝阳，走进西边的落日。东边和西边都不知通向哪里，都不知连接着什么，唯那美妙的声音不惊不懈，如风如流……

我永远都看见那条小街，看见一个孩子站在门前的台阶上眺望。朝阳或是落日弄花了他的眼睛，浮起一群黑色的斑点，他闭上眼睛，有点儿怕，不知所措，很久，再睁开眼睛，啊好了，世界又是一片光明……有两个黑衣的僧人在沿街的房檐下悄然走过……几只蜻蜓平稳地盘桓，翅膀上闪动着光芒……鸽哨声时隐时现，平缓，悠长，渐渐地近了，扑噜噜飞过头顶，又渐渐远了，在天边像一团飞舞的纸屑……这是件奇怪的事，我既看见我的眺望，又看见我在眺望。

那些情景如今都到哪儿去了？那时刻，那孩子，那样的心情，惊奇和痴迷的目光，一切往日情景，都到哪儿去了？它们飘进了宇宙，是呀，飘去五十年了。但这是不是说，它们只不过飘离了此时此地，其实它们依然存在？

梦是什么？回忆，是怎么一回事？

倘若在五十光年之外有一架倍数足够大的望远镜，有一个观察点，料必那些情景便依然如故，那条小街，小街上空的鸽群，两个无名的僧人，蜻蜓翅膀上的闪光和那个痴迷的孩子，还有天空中美妙的声音，便一如既往。如果那望远镜以光的速度继续跟随，那个孩子便永远都站在那条小街上，痴迷地眺望。要是那望远镜停下来，停在五十光年之外的某个地方，我的一生就会依次重现，五十年的历史便将从头上演。

真是神奇。很可能，生和死都不过取决于观察，取决于观察的远与近。比如，当一颗距离我们数十万光年的星星实际早已熄灭，它却正在我们的视野里度着它的青年时光。

时间限制了我们，习惯限制了我们，谣言般的舆论让我们陷于实际，让我们在白昼的魔法中闭目塞听不敢妄为。白昼是一种魔法，一种符咒，让僵死的规则畅行无阻，让实际消磨掉神奇。所有的人都在白昼的魔法之下扮演着紧张、呆板的角色，一切言谈举止，一切思绪与梦想，都仿佛被预设的程序所圈定。

因而我盼望夜晚，盼望黑夜，盼望寂静中自由的到来。

甚至盼望站到死中，去看生。

我的躯体早已被固定在床上，固定在轮椅中，但我的心魂常在黑夜出行，脱离开残废的躯壳，脱离白昼的魔法，脱离实际，在尘嚣稍息的夜的世界里游逛，听所有的梦者诉说，看所有放弃了尘世角色的游魂在夜的天空和旷野中揭开另一种戏剧。风，四处游走，串联起夜的消息,从沉睡的窗口到沉睡的窗口,去探望被白昼忽略了的心情。另一种世界,蓬蓬勃勃,夜的声音无比辽阔。是呀,那才是写作啊。至于文学,我说过我跟它好像不大沾边儿,我一心向往的只是这自由的夜行,去到一切心魂的由衷的所在。

2. 消逝的钟声

站在台阶上张望那条小街的时候,我大约两岁多。

我记事早。我记事早的一个标记,是斯大林的死。有一天父亲把一个黑色镜框挂在墙上,奶奶抱着我走近看,说:斯大林死了。镜框中是一个陌生的老头儿,突出的特点是胡子都集中在上唇。在奶奶的涿州口音中,"斯"读三声。我心想,既如此还有什么好说,这个"大林"当然是死的呀!我不断重复奶奶的话,把"斯"读成三声,觉得有趣,觉得别人竟然都没有发现这一点,可真是奇怪。多年以后我才知道,那是一九五三年,那年我两岁。

终于有一天奶奶领我走下台阶,走向小街的东端。我一直猜想那儿就是地的尽头,世界将在那儿陷落、消失——因为太阳从那儿爬上来的时候,它的背后好像什么也没有。谁料,那儿更像是一个喧闹的世界的开端。那儿交叉着另一条小街,那街上有酒馆,有杂货铺,有油坊、粮店和小吃摊。因为有小吃摊,那儿成为我多年之中最向往的去处。那儿还有从城外走来的骆驼队。"什么呀,奶奶?""啊,骆驼。""干吗呢,它们?""驮煤。""驮到哪儿去呀?""驮进城里。"驼铃一路丁零当啷丁零当啷地响,骆驼的大脚蹚起尘土,昂首挺胸目空一切,七八头骆驼不紧不慢招摇过市,行人和车马都给它让路。

我望着骆驼来的方向问:"那儿是哪儿?"

奶奶说:"再往北就出城啦。"

"出城了是哪儿呀?"

"是城外。"

"城外什么样儿?"

"行了,别问啦!"

我很想去看看城外,可奶奶领我朝另一个方向走。我说"不,我想去城外",我说"奶奶我想去城外看看",我不走了,蹲在地上不起来。奶奶拉起我往前走,我就哭。"奶奶带你去个更好玩儿的地方不好吗?那儿有好些小朋友……"我不听,一路哭。

越走越有些荒疏了,房屋零乱,住户也渐渐稀少。沿一道灰色的砖墙走了好一会儿,进了一个大门。啊,大门里豁然开朗完全是另一番景象:大片大片寂静的树林,碎石小路蜿蜒其间。满地的败叶在风中滚动,踩上去吱吱作响。麻雀和灰喜鹊在林中草地上蹦蹦跳跳,坦然觅食。我止住哭声。我平生第一次看见了教堂,细密如烟的树枝后面,夕阳正染红了它的尖顶。

我跟着奶奶进了一座拱门,穿过长廊,走进一间宽大的房子。那儿有很多孩子,他们坐在高大的桌子后面,只能露出脸。他们在唱歌。一个穿长袍的大胡子老头儿弹响风琴,琴声飘荡,满屋子里的阳光好像也随之飞扬起来。奶奶拉我退出去,退到门口。唱歌的孩子里面有我的堂兄,他看见了我们,但不走过来,唯努力地唱歌。那样的琴声和歌声我从未听过,宁静又欢欣,一排排古旧的桌椅、沉暗的墙壁、高阔的屋顶也似都活泼起来,与窗外的晴空和树林连成一气。那一刻的感受我终生难忘,仿佛有一股温柔又强劲的风吹透了我的身体,一下子钻进我的心中。后来奶奶常对别人说:"琴声一响,这孩子就傻了似的不哭也不闹了。"我多么羡慕我的堂兄,羡慕所有那些孩子,羡慕那一刻的光线与声音,有形与无形。我呆呆地站着,徒然地睁大眼睛,其实不能听也不能看了,有个懵懂的东西第一次被惊动了——那也许就是灵魂吧。后来的事都记不大清了,好像那个大胡子的老头儿走过来摸了摸我的头,然后光线就暗下去,屋子里的孩子都没有了,再后来我和奶奶又走在那片树林里了,还有我的堂兄。堂兄把一个纸袋撕开,掏出一个彩蛋和几颗糖果,说是幼儿园给的圣诞礼物。

这时候,晚祷的钟声敲响了——唔,就是这声音,就是它!这就是我曾听到过的那种缥缥缈缈响在天空里的声音啊!

"它在哪儿呀,奶奶?"

"什么,你说什么?"

"这声音啊,奶奶,这声音我听见过。"

"钟声吗?啊,就在那钟楼的尖顶下面。"

这时我才知道,我一来到世上就听到的那种声音就是这教堂的钟声,就是从那尖顶下发出的。暮色浓重了,钟楼的尖顶上已经没有了阳光。风过树林,带走了麻雀和灰喜鹊的欢叫。钟声沉稳、悠扬、飘飘荡荡,连接起晚霞与初月,扩展到天的深处,或地的尽头……

不知奶奶那天为什么要带我到那儿去,以及后来为什么再也没去过。

不知何时,天空中的钟声已经停止,并且在这块土地上长久地消逝了。

多年以后我才知道,那教堂和幼儿园在我们去过之后不久便都拆除。我想,奶奶当年带我到那儿去,必是想在那幼儿园也给我报个名,但未如愿。

再次听见那样的钟声是在四十年以后了。那年,我和妻子坐了八九个小时飞机,到了地球另一面,到了一座美丽的城市。一走进那座城市我就听见了它,在清洁的空气里,在透彻的阳光中和涌动的海浪上面,在安静的小街,在那座城市的所有地方,随时都听见它在自由地飘荡。我和妻子在那钟声中慢慢地走,认真地听它,我好像一下子回到了童年,整个世界都好像回到了童年。对于故乡,我忽然有了新的理解:人的故乡,并不止于一块特定的土地,而是一种辽阔无比的心情,不受空间和时间的限制;这心情一经唤起,就是你已经回到了故乡。

3. 我的幼儿园

五岁,或者六岁,我上了幼儿园。有一天母亲跟奶奶说:"这孩子还是得上幼儿园,要不将来上小学会不适应。"说罢她就跑出去打听,看看哪个幼儿园还招生。用奶奶的话说,她从来就这样,想起一出是一出。很快母亲就打听到了一所幼儿园,刚开办不久,离家也近。母亲跟奶奶说时,有句话让我纳闷儿:那是两个老姑娘办的。

母亲带我去报名时天色已晚,幼儿园的大门已闭。母亲敲门时,我从门缝朝里望:一个安静的院子,某一处屋檐下放着两只崭新的木马。两只木马令我心花怒放。母亲问我:"想不想来?"我坚定地点头。开门的是个老太太,她把我们引进一间小屋,小屋里还有一个老太太正在做晚饭。小屋里除两张床之外只放得下一张桌子和一个火炉。母亲让我管胖些并且戴眼镜的那个叫孙老师,管另一个瘦些的叫苏老师。

我很久都弄不懂,为什么单要把这两个老太太叫老姑娘。我问母亲:"奶奶为什么不是老姑娘?"母亲说:"没结过婚的女人才是老姑娘,奶奶结过婚。"可我心里并不接受这样的解释。结婚嘛,不过发几块糖给众人吃吃,就能有什么特别的作用吗?在我想来,女人年轻时都是姑娘,老了就都是老太太,怎么会有"老姑娘"这不伦不类的称呼? 我又问母亲:"你给大伙儿买过糖了吗?"母亲说:"为什么? 我为什么要给大伙儿买糖?""那你结过婚吗?"母亲大笑,揪揪我的耳朵:"我没结过婚就敢有你了吗?"我更糊涂了,怎么又扯上我了呢?

　　这幼儿园远不如我的期待。四间北屋甚至还住着一户人家,是房东。南屋空着。只东西两面是教室,教室里除去一块黑板连桌椅也没有,孩子们每天来时都要自带小板凳。小板凳高高低低,二十几个孩子也是高高低低,大的七岁,小的三岁。上课时大的喊小的哭,老师呵斥了这个哄那个,基本乱套。上课则永远是讲故事。"上回讲到哪儿啦?"孩子们齐声回答:"大——灰——狼——要——吃——小——山——羊——啦!"通常此刻必有人举手,憋不住尿了,或者其实已经尿完。一个故事断断续续要讲上好几天。"上回讲到哪儿啦?""不——听——话——的——小——山——羊——被——吃——掉——啦!"

　　下了课一窝蜂都去抢那两只木马,你推我搡,没有谁能真正骑上去。大些的孩子于是发明出另一种游戏,"骑马打仗":一个背上一个,冲呀杀呀喊声震天,人仰马翻者为败。两个老太太——还是按我的理解叫她们吧——心惊胆战满院子里追着喊:"不兴这样,可不兴这样啊,看摔坏了!看把刘奶奶的花踩了!"刘奶奶,即房东,想不懂她怎么能容忍在自家院子里办幼儿园。但"骑马打仗"正是热火朝天,这边战火方歇,那边烽烟又起。这本来很好玩,可不知怎么一来,又有了惩罚战俘的规则。落马者仅被视为败军之将岂不太便宜了?所以还要被敲脑崩儿,或者连人带马归顺敌方。这样就又有了叛徒,以及对叛徒的更为严厉的惩罚。叛徒一旦被捉回,就由两个人押着,倒背双手"游街示众",一路被人揪头发、拧耳朵。天知道为什么这惩罚竟比"骑马打仗"本身更具诱惑了,到后来,无需"骑马打仗",直接就玩起这惩罚的游戏。可谁是被惩罚者呢?便涌现出一两个头领,由他们说了算,他们说谁是叛徒谁就是叛徒,谁是叛徒谁当然就要受到惩罚。于是,人性,在那时就已暴露:为了免遭惩罚,大家纷纷去效忠那一两个头领,阿谀,谄媚,唯比成年人来得直率。可是!可是这游戏要玩下去总是得有被惩罚者呀。可怕的日子终于到了。可怕的日子就像增长着的年龄一样,必然来临。

做叛徒要比做俘虏可怕多了。俘虏尚可表现忠勇,希望未来;叛徒则是彻底无望,忽然间大家都把你抛弃了。五岁或者六岁,我已经见到了人间这一种最无助的处境。这时你唯一的祈祷就是那两个老太太快来吧,快来结束这荒唐的游戏吧。但你终会发现,这惩罚并不随着她们的制止而结束,这惩罚扩散进所有的时间,扩散到所有孩子的脸上和心里。轻轻的然而是严酷的拒斥,像一种季风,细密无声从白昼吹入夜梦,无从逃脱,无处诉告,且不知其由来,直到它忽然转向。如同莫测的天气,莫测的命运,忽然放开你,调头去捉弄另一个孩子。

我不再想去幼儿园。我害怕早晨,盼望傍晚。我开始装病,开始想尽办法留在家里跟着奶奶,想出种种理由不去幼儿园。直到现在,我一看见那些哭喊着不要去幼儿园的孩子,心里就发抖,设想他们的幼儿园里也有那样可怕的游戏,响晴白日也觉有鬼魅徘徊。

幼儿园实在没给我留下什么美好印象。倒是那两个老太太一直在我的记忆里,一个胖些,一个瘦些,都那么慈祥,都那么忙碌、慌张。她们怕哪个孩子摔了碰了,怕弄坏了房东刘奶奶的花,总是吊着一颗心。但除了这样的怕,我总觉得,在她们心底,在不易觉察的慌张后面,还有另外的怕。另外的怕是什么呢?说不清,但一定更沉重。

长大以后我有时猜想她们的身世。她们可能是表姐妹,也可能只是自幼的好友。她们一定都受过良好的教育——她们都弹得一手好风琴,似可证明。我刚到那幼儿园的时候,就总听她们向孩子们许愿:"咱们就要买一架风琴了,幼儿园很快就会有一架风琴了,慢慢儿地幼儿园还会添置很多玩具呢,小朋友们高不高兴呀?""高——兴!"就在我离开那儿之前不久,风琴果然买回来了。两个老太太视之如珍宝,把它轻轻抬进院门,把它上上下下擦得锃亮,把它安放在教室中最醒目的地方,孩子们围在四周屏住呼吸,然后苏老师和孙老师互相推让,然后孩子们等不及了开始喊喊嚓嚓地乱说,然后孙老师在风琴前庄重地坐下,孩子们的包围圈越收越紧,然后琴声响了孩子们欢呼起来,苏老师微笑着举起一个手指:"嘘——嘘——"满屋子里就又都静下来,孩子们忍住惊叹可是忍不住眼睛里的激动……那天不再讲故事,光是听苏老师和孙老师轮流着弹琴,唱歌。那时我才发觉她们与一般的老太太确有不同,脸上的每一条皱纹里都涌现着天真。那琴声我现在还能听见。现在,每遇天真纯洁的事物,那琴声便似一缕缕飘来,在我眼前,在我心里,幻现出一片阳光,像那琴键一样地跳动。我想她们必是生长在一个很有文化的家庭。我想她们的父母一定温文尔雅善解人意。她们就在那样的琴声中长大,虽偶有轻风细雨,但总归晴天朗照。这样的女人,年轻时不可能不对爱情抱着神圣的期待,甚至难免极端,不入时俗。她们窃窃描画未来,相互说些脸红心跳的话。所谓未来,主要是一个即将不知从哪儿向她们走来的男人。这个人已在书中显露端倪,在装帧精良的文学名著里面若隐若现。不会是言情小说中的公子哥,可能会是,比如说托尔斯泰笔下的人物,但绝不是渥伦斯基或卡列宁一类。然而,对未来的描画总不能清晰,不断地描画年复一年耗损着她们的青春。用"革命人民"的话说:她们真正是"小布尔乔亚"之极,在那风起云涌的年代里做着与世隔绝的小资产阶级温情梦。大概会是这样。也许就是这样。假定是这样吧。但是忽然!忽然间社会天翻地覆地变化了。那变化具体是怎样侵扰到她们的生活的,很难想象,但估计也不会有什么过于特别的地方,像所有衰败的中产阶级家庭一样,小姐们唯惊恐万状、睁大了眼睛发现必须要过另一种日子了。颠沛流离,投亲靠友,节衣缩食,随波逐流,像在失去了方向的大海上体会着沉浮与炎凉……然后,有一天时局似乎稳定了,不过未来明显已不能再像以往那样任性地描画。以往的描画如同一沓精心保存的旧钞,虽已无用,但一时还舍不得扔掉,独身主义大约就是在那时从无奈走向了坚定。她们都还收藏着一点儿值钱的东西,但全部集中起来也并不很多,算来算去也算不出什么万全之策,唯知未来的生活全系于此。就这样,现实的严峻联合起往日的浪漫,终于灵机一动:办一所幼儿园吧。天真烂漫的孩子就是鼓舞,就是信心和欢乐。幼儿园吗?对,幼儿园!与世无争,安贫乐命,倾余生之全力浇灌并不属于我们的未来,是吗?两个老姑娘仿佛终于找回了家园,云遮雾障半个多世纪,她们终于听见了命运慷慨的应许。然后她们租了一处房子,简单粉刷一下,买了两块黑板和一对木马,其余的东西都等以后再说吧,当然是钱的问题……

小学快毕业的时候,我回那幼儿园去看过一回。果然,转椅、滑梯、攀登架都有了,教室里桌椅齐备,孩子也比以前多出几倍。房东刘奶奶家已经迁走。一个年轻女老师在北屋的廊下弹着风琴,孩子们在院子里随着琴声排练节目。一间南屋改作厨房,孩子们可以在幼儿园用餐了。那个年轻女老师问我:"你找谁?"我说:"苏老师和孙老师呢?""她们呀?已经退休了。"我回家告诉母亲,母亲说哪是什么退休呀,是她们的出身和阶级成分不适合教育工作。后来"文革"开始了,又听说她们都被遣送回原籍。

"文革"进行到无可奈何之时,有一天我在街上碰见孙老师。她的头发有些乱,直着眼睛走路,仍然匆忙、慌张。我叫了她一声,她站住,茫然地看我。我说出我的名字:"您不记得我了?"她脸上死了一样,好半天,忽然活过来:"啊,是你呀!哎呀哎呀,那回可真是把你给冤枉了呀。"我故作惊讶状:"冤枉了?我?"其实我已经知道她指的是什么。"可事后你就不来了。苏老师跟我说,这可真是把那孩子的心伤重了吧?"

  那是我临上小学前不久的事。在东屋教室门前,一群孩子往里冲,另一群孩子顶住门不让进,并不为什么,只是一种游戏。我在要冲进来的一群中,使劲推门,忽然门缝把我的手指夹住了,疼极之下我用力一脚把门踹开,不料把一个女孩儿撞得仰面朝天。女孩儿鼻子流血,头上起了个包,不停地哭。苏老师过来哄她,同时罚我的站。我站在窗前看别的孩子们上课,心里委屈,就用蜡笔在糊了白纸的窗棂上乱画,画一个老太太,在旁边注明一个"苏"字。待苏老师发现时,雪白的窗棂已布满一个个老太太和一个个"苏"。苏老师颤抖着嘴唇,只说得出一句话:"那可是我和孙老师俩人糊了好几天的呀……"此后我就告别了幼儿园,理由是马上就要上小学了。其实呢,我是不敢再见那窗棂。

  孙老师并没有太大变化,唯头发白了些,往日的慈祥也都并入慌张。我问:"苏老师呢,她好吗?"孙老师抬眼看我的头顶,揣测我的年龄,然后以对一个成年人的语气轻声对我说:"我们都结了婚,各人忙各人的家呢。"我以为以我的年龄不合适再问下去,但从此心里常想,那会是怎样的男人和怎样的家呢?譬如说,与她们早年的期待是否相符?与那阳光似的琴声能否和谐?

4. 二姥姥

由于幼儿园里的那两个老太太,我总想起另一个女人。不不,她们之间从无来往,她与孙老师和苏老师素不相识。但是在我的印象里,她总是与她们一起出现,仿佛彼此的影子。

这女人,我管她叫"二姥姥"。不知怎么,我一直想写写她。

可是,真要写了,才发现,关于二姥姥我其实知道得很少。她不过在我的童年中一闪而过。我甚至不知道她的名字,母亲在世时我应该问过,但早已忘记。母亲去世后,那个名字就永远地熄灭了;那个名字之下的历史,那个名字之下的愿望,都已消散得无影无踪,如同从不存在。我问过父亲:"我叫二姥姥的那个人,叫什么名字?"父亲想了又想,眼睛盯在半空,总好像马上就要找到了,但终于还是没有。我又问舅舅,舅舅忘得同样彻底。舅舅唯影影绰绰地听说过,她死于"文革"期间。舅舅惊讶地看着我:"你还能记得她?"

这确实有些奇怪。我与她见面,总共也不会超过十次。我甚至记不得她跟我说过什么,记不得她的声音。她是无声的,黑白的,像一道影子。她穿一件素色旗袍,从幽暗中走出来,迈过一道斜阳,走近我,然后摸摸我的头,理一理我的头发,纤细的手指在我的发间穿插,轻轻地颤抖。仅此而已,其余都已经模糊。直到现在,直到我真要写她了,其实我还不清楚为什么要写她,以及写她的什么。

她不会记得我。我是说,如果她还活着,她肯定也早就把我的名字忘了。但她一定会记得我的母亲。她还可能会记得,我的母亲那时已经有了一个男孩。

母亲带我去看二姥姥,肯定都是我六岁以前的事,或者更早,因为上幼儿园之后我就再没见过她。她很漂亮吗?算不上很,但还是漂亮,举止娴静,从头到脚一尘不染。她住在北京的哪儿我也记不得了,印象里是个简陋的小院,简陋但是清静,什么地方有棵石榴树,飘落着鲜红的花瓣,她住在院子拐角处的一间小屋。唯近傍晚,阳光才艰难地转进那间小屋,投下一道浅淡的斜阳。她就从那斜阳后面的幽暗中出来,迎着我们。母亲于是说:"叫二姥姥,叫呀!"我叫:"二姥姥。"她便走到我跟前,摸摸我的头。我看不到她的脸,但我知道她脸上是微笑,微笑后面是惶恐。那惶恐并不是因为我们的到来,从她手上冰凉而沉缓的颤抖中我明白,那惶恐是在更为深隐的地方,或是由于更为悠远的领域。那种颤抖,精致到不能用理智去分辨,唯凭孩子混沌的心可以洞察。

也许,就是这颤抖,让我记住她。也许,关于她,我能够写的也只有这颤抖。这颤抖是一种诉说,如同一个寓言可以伸展进所有幽深的地方,出其不意地令人震撼。这颤抖是一种最为辽阔的声音,譬如夜的流动,毫不停歇。这颤抖,随时间之流拓开着一个孩子混沌的心灵,连接起别人的故事,缠绕进丰富的历史,漫漶成种种可能的命运。恐怕就是这样。所以我记住她。未来,在很多令人颤抖的命运旁边,她的影像总是出现,仿佛由众多无声的灵魂所凝聚,由所有被湮灭的心愿所举荐。于是那纤细的手指历经沧桑总在我的发间穿插、颤动,问我这世间的故事都是什么,故事里面都有谁?

二姥姥比母亲大不了几岁。她叫母亲时,叫名字。母亲从不叫她,什么也不叫,说话就说话,避开称谓。母亲不停地跟她说这说那,她简单地应答。母亲走来走去搅乱着那道斜阳,二姥姥仿佛静止在幽暗里,素色的旗袍与幽暗浑成一体,唯苍白的脸表明她在。一动一静,我以此来分辨她们俩。母亲或向她讨教裁剪的技巧,把一块布料在身上比来比去,或在许多彩色的丝线中挑拣,在她的指点下绣花、绣枕头和手帕。有时候她们像在讲什么秘密,目光警惕着我,我走近时她们的声音就小下去。

好像只有这些。对于二姥姥,我能够描述的就只有这些。她的内心,除了母亲,不大可能还有另外的人知道。但母亲,曾经并不对谁说。

很多年中,我从未想过二姥姥是谁,是我们家的怎样一门亲戚。有一天,毫无缘由地(也可能是我想到,有好几年母亲没带我去看二姥姥了),我忽然问母亲:"二姥姥,她是你的什么人?"母亲似乎猝不及防,一时嗫嚅。我和母亲的目光在离母亲更近的地方碰了一下,我于是看出,我问中了一件非同寻常的事。母亲于是也明白,有些事,不能再躲藏了。

"啊,她是……嗯……"

我不说话,不打断她。

"是你姥爷的……姨太太。你知道,过去……这样的事是有的。"

我和母亲的目光又轻轻地碰了一下,这一回是在离我更近的地方。唔,这就是母亲不再带我去看她的原因吧。

"现在,她呢?"我问。

"不知道。"母亲轻轻地摇头,叹气。

"也许她不愿意我们再去看她,"母亲说,"不过这也好。"

母亲又说:"她应该嫁人了。"

我听不出"应该"二字是指必要,还是指可能。我听不出母亲这句话是宽慰还是忧虑。

"文革"中的一天,母亲从外面回来,对父亲说她在公共汽车上好像看见了二姥姥。

"你肯定没看错?"

母亲不回答。母亲洗菜,做饭,不时停下来呆想,说:"是她,没错儿是她。她肯定也看见我了,可她躲开了。"

父亲沉吟了一会儿,安慰母亲:"她是好意,怕连累咱们。"

母亲叹息道:"唉,到底谁连累谁呢……"

那么就是说,这之后不久二姥姥就死了。

5. 一个人形空白

我没见过我应该叫他"姥爷"的那个人。他死于我出生前的一次"镇反"之中。

小时候我偶尔听见他,听见"姥爷"这个词,觉得这个词后面相应地应该有一个人。"他在哪儿?""他已经死了。"这个词于是相应地有了一个人形的空白。时至今日,这空白中仍填画不出具体的音容举止。因此我听说他就像听说非洲,就像听说海底或宇宙黑洞,甚至就像听说死;他只是一个概念,一团无从接近的虚缈的飘动。

但这虚缈并不是无。就像风,风是什么样子?是树的摇动,云的变幻,帽子被刮跑了,或者眼睛让尘沙迷住……因而,姥爷一直都在。任何事物都因言说而在,不过言说也可以是沉默。那人形的空白中常常就是母亲的沉默,是她躲闪的目光和言谈中的警惕,是奶奶救援似的打岔,或者无奈中父亲的谎言。那人形的空白里必定藏着危险,否则为什么它一出现大家就都变得犹豫、沉闷,甚至惊慌?那危险,莫名但是确凿,童年也已感到了它的威胁。所以我从不多问,听凭童年在那样一种风中长大成中国人的成熟。

但当有一天,母亲郑重地对我讲了姥爷的事,那风还是显得突然与猛烈。

那是我刚刚迈进十五岁的时候,早春的一个午后,母亲说:"太阳多好呀,咱们干吗不出去走走?有件事我想得跟你说了。"母亲这么说的时候我已经猜到,那危险终于要露面了。满天的杨花垂垂挂挂,随风摇荡,果然,在那明媚的阳光中传来了那一声枪响。那枪声沉闷之极。整个谈话的过程中,"姥爷"一词从不出现,母亲只说"他",不用解释我听得懂那是指谁。我不问,只是听。或者其实连听也没听,那枪声隐匿多年终于传进这个下午,懵懵懂懂我知道了童年已不可挽留。童年,在这一时刻漂流进一种叫作"历史"的东西里去了,永不复返。

母亲艰难地讲着,我唯默默地走路。母亲一定大感意外:这孩子怎么会这么镇静?我知道她必是这样想,她的目光在我脸上小心地摸索。我们走过几里长的郊区公路,车马稀疏,人声遥远,满天都是杨花,满地都是杨花的尸体。那时候别的花都还没开,田野一片旷然。

随后的若干年里,这个人,偶尔从亲戚们谨慎的叹息之中跳出来,在那空白里幽灵似的闪现,犹犹豫豫期期艾艾,更加云遮雾罩面目难清——

他死的时候还不到五十岁吧?别说他没想到,老家的人谁也没想到……

那年他让日本人抓了去,打得死去活来,这下大伙儿才知道他是个抗日的呀……

后来听说有人把他救了出去。没人知道去了哪儿。日本投降那年,有人说又看见他了,说他领着队伍进了城。我们跑到街上去看,可不是吗?他骑着高头大马跟几个军官走在队伍前头……

老人们早都说过,从小就看他是个人才,上学的时候门门儿功课都第一……可惜啦,他参加的是国民党,这国民党可把他给害了……

这个人呀,那可真叫是先知先觉!听说过他在村儿里办幼儿园的事吗?自己筹款弄了几间房,办幼儿园,办夜校,挨家挨户去请人家来上课,孩子们都去学唱歌,大人都得去识字,我还让他叫去给夜校讲过课呢……

有个算命的说过,这人就是忒能了,刚愎自用,惹下好些人,就怕日后要遭小人算计……

快解放时他的大儿子从外头回来,劝他快走,先到别的地方躲躲,躲过这阵子再说,他不听嘛……他说我又没贪赃枉法欺压百姓,共产党顺天意得民心那好嘛,我让位就是,可是你们记住,谁来了我也不跑。我为什么要跑?

后来其实没他什么事了,他去了北京,想着是弃政从商踏踏实实做生意去。可是,据说是他当年的一个属下,给他编造了好些个没影儿的事。唉,做人呀,什么时候也不能太得罪了人……

其实,只要躲过了那几天,他不会有什么大事,怎么说也不能有死罪……直到大祸临头他也没想到过他能有死罪……抓他的时候他说:行啊,我有什么罪就服什么刑去。

…………

这里面必定隐匿着一个故事,悲惨的,或者竟是滑稽的故事。但我没有兴致去考证。我不想去调查、去搜集他的行迹。从小我就不敢问这个故事,现在还是不敢——不敢让它成为一个故事。故事有时候是必要的,有时候让人怀疑。故事难免为故事的要求所迫:动人心弦,感人泪下,起伏跌宕,总之它要的是引人入胜。结果呢,它仅仅是一个故事了。一些人真实的困苦变成了另一些人编织的愉快,一个时代的绝望与祈告变成了另一个时代的潇洒的文字调遣。不能说这不正当,但其间总似拉开着一个巨大的空当,从中走漏了更要紧的东西。

不是更要紧的情节,也不是更要紧的道理,是更要紧的心情。

因此,不敢问,是这个隐匿的故事的要点。

"姥爷"这个词,留下来的不是故事,而是一个隐匿的故事,是我从童年到少年一直到青年的所有惧怕。我记得我从小就蹲在那片虚渺、飘动的人形空白下面，不敢抬头张望。所有童年的游戏里面都有它的阴影，所有的睡梦里都有它的嚣叫。我记得我一懂事便走在它的恐怖之中，所有少年的期待里面都有它在闪动，所有的憧憬之中都有它黑色的翅膀在扑打。阳光里总似潜伏着凄哀，晚风中总似飘荡着它的沉郁，飘荡着姥姥的心惊胆战、母亲的噤若寒蝉、奶奶和父亲的顾左右而言他、二姥姥不知所归的颤抖，乃至幼儿园里那两个老太太的慌张……因此，我不敢让它成为一个故事。我怕它一旦成为故事就永远只是一个故事了。而那片虚渺的飘动未必是要求着一个具体的形象，未必是要求着情节，多么悲惨和荒诞的情节都不会有什么新意，它在要求祈祷。多少代人的迷茫与寻觅，仇恨与歧途，年轻与衰老，最终所能要求的都是：祈祷。

有一年我从电视中看见，一个懂得忏悔的人，走到被纳粹杀害的犹太人墓前，双腿下跪，我于是知道忏悔不应当只是一代人的心情。有一年，我又从电视中看见，一个懂得祈祷的人走到"二战"德国阵亡士兵的墓前默立哀悼，我于是看见了祈祷的全部方向。

姥姥给我留下的记忆很少。姥姥不识字，脚比奶奶的还要小，她一直住在乡下，住在涿州老家。我小的时候母亲偶尔把她接来，她来了便盘腿坐在床上，整天整天地纳鞋底，上鞋帮，缝棉衣和棉被，一边重复着机械的动作一边给我讲些妖魔鬼怪的故事。母亲听见她讲那些故事，便来制止："哎呀，别老讲那些迷信的玩意儿行不行？"姥姥惭愧地笑笑，然后郑重地对我说："你妈说得对，要好好念书，念好书将来做大官。"母亲哭笑不得："哎呀哎呀，我这么说了吗？"姥姥再次抱歉地笑，抬头看四周，看玻璃上的夕阳，看院子里满树盛开的海棠花，再低下头去看手中的针线，把笑和笑中的迷茫都咽回肚里去……

现在我常想,姥姥知不知道二姥姥的存在呢?照理说她应该知道,可在我的记忆里她对此好像没有任何态度,笑骂也无,恨怨也无。也许这正是她的德性,或者正是她的无奈。姥姥的婚姻完全由父母包办,姥爷对她真正是一个空白的人形;她见到姥爷之前姥爷是个不确定的人形;见到姥爷之后,那人形已不可更改。那个空白的人形,有二姥姥可以使之嬉笑怒骂声色俱全。姥姥呢,她的快乐和盼望在哪儿?针针线线她从一个小姑娘长成了女人,吹吹打打那个人形来了,张灯结彩他们拜了堂成了亲,那个人形把她娶下并使她生养了几个孩子,然后呢,却连那人形也不常见,依然是针针线线度着时光。也不知道那人形在外面都干了些什么,忽然一声枪响,她一向空白的世界里唯活生生地跳出了恐怖和屈辱,至死难逃……

母亲呢,则因此没上成大学。那声枪响之后母亲生下了我,其时父亲大学尚未毕业,为了生计母亲去读了一个会计速成学校。母亲的愿望其实很多。我双腿瘫痪后悄悄地学写作,母亲知道了,跟我说,她年轻时的理想也是写作。这样说时,我见她脸上的笑与姥姥当年的一模一样,也是那样惭愧地张望四周,看窗上的夕阳,看院中的老海棠树。但老海棠树已经枯死,枝干上爬满豆蔓,开着单薄的豆花。

母亲说,她中学时的作文总是被老师当作范文给全班同学朗读。母亲说,班上还有个作文写得好的,是个男同学。"前些天咱们看的那个电影,编剧可能就是他。""可能?为什么?""反正那编剧的姓名跟他一字不差。"有一天家里来了个客人,偏巧认识那个编剧,母亲便细细询问:性别、年龄、民族,都对;身材相貌也不与当年那个少年可能的发展相悖。母亲就又急慌慌地问:"他的老家呢,是不是涿州?"这一回客人含笑摇头。母亲说:"那您有机会给问问……"我喊起来:"问什么问!"母亲的意思是想给我找个老师,我的意思是滚他妈的什么老师吧!——那时我刚坐进轮椅,一副受压迫者的病态心理。

有一年作协开会,我从"与会作家名录"上知道了那个人的籍贯:河北涿州。其时母亲已经去世。忽然一个念头撞进我心里:母亲单是想给我找个老师吗?

母亲漂亮,且天性浪漫,那声枪响之后她的很多梦想都随之消散了。然而那枪声却一直都不消散。"文化革命"如火如荼之时,有一天我去找她,办公室里只她一个人在埋头扒拉算盘。"怎么就您一个?""都去造反了。""不让您去?""别瞎说,是我自己要干的。有人抓革命,也得有人促生产呀?"很久以后我才听懂,这是那声枪响磨砺出的明智——凭母亲的出身,万勿沾惹政治才是平安之策。那天我跟母亲说我要走了,大串联去。"去哪儿?""全国,管他哪儿。"我满腔豪情满怀诗意。母亲给了我十五块钱——十块整的一针一线给我缝在内衣上,五块零钱(一个两元、两个一元和十张一角的)分放在外衣的几个衣兜里。"那我就走了。"我说。母亲抓住我,看着我的眼睛:"有些事,我是说咱自己家里的事,懂吗?不一定要跟别人说。"我点点头,豪情和诗意消散大半。母亲仍不放手:"记住,跟谁也别说,跟你最要好的同学也别说。倒不是要隐瞒什么,只不过……只不过是没那个必要……"

又过了很多年,有人从老家带来一份县志,上面竟有几篇对姥爷的颂扬文字,使那空白的人形有了一点儿确定的形象。文中说到他的抗日功劳,说到他的教育成就,余者不提。那时姥姥和母亲早都不在人间,奶奶和父亲也已去世。那时,大舅从几十年杳无音信之中忽然回来,一头白发,满面沧桑。大舅捧着那县志,半天不说话,唯手和脸簌簌地抖。

6. 叛逆者

姥爷还在国民党中做官的时候,大舅已离家出走参加了解放军。不过我猜想,这父子俩除去主义不同,政见各异,彼此肯定是看重的。所以我从未听说过姥爷对大舅的叛逆有多么愤怒。所以,解放前夕大舅也曾跑回老家,劝姥爷出去避一避风头。

姥爷死后,大舅再没回过老家。我记得姥姥坐在床上纳鞋底时常常念叨他,夸他聪明、英俊,性情仁义。母亲也是这样说。母亲说,她和大舅从小就最谈得来。

四五岁时我见过一次大舅。有一天我正在院子里玩,院门外大步流星走来了一个青年军官。他走到我跟前,弯下腰来仔细看我:"嘿,你是谁呀?"现在我可以说,他那样子真可谓光彩照人,但当时我找不出这样的形容,唯被他的勃勃英气惊呆在那儿。呆愣了一会儿,我往屋里跑,身后响起他爽朗的大笑。母亲迎出门来,母亲看着他也愣了一会儿,然后就被他搂进臂弯,我记得那一刻母亲忽然变得像个小姑娘了……然后他们一起走进屋里……然后他送给母亲一个漂亮的皮包,米色的,真皮的,母亲喜欢得不得了,以后的几十年里只在最庄重的场合母亲才背上它……再然后是一个星期天,我们一起到中山公园去,在老柏树摇动的浓荫里,大舅和母亲没完没了地走呀,走呀,没完没了地说。我追在他们身后跑,满头大汗,又累又无聊。午饭时我坐在他俩中间,我听见他们在说姥姥,说老家,说着一些往事。最后,母亲说:"你就不想回老家去看看?"母亲望着大舅,目光里有些严厉又有些凄哀。大舅不回答。大舅跟我说着笑话,对母亲的问题哼哼哈哈不置可否。我说过我记事早。我记得那天春风和煦,柳絮飞扬;我记得那顿午饭空前丰盛,从未见过的美味佳肴,我埋头大吃;我记得,我一直担心着那个空白的人形会闯进来危及这美妙时光,但还好,那天他们没有说起"他"。

那天以后大舅即告消失,几十年音信全无。

一年又一年,母亲越来越多地念起他:"也不知道他现在在哪儿?"听得出,母亲已经不再那么怪他了。母亲说他做的是保密工作,研究武器的,身不由己。母亲偶尔回老家去从不带着我,想必也是怕我挨近那片危险——这不会不使她体谅了大舅。为了当年对大舅的严厉,想必母亲是有些后悔。"这么多年,他怎么也不给我来封信呢?"母亲为此黯然神伤。

大舅早年的离家出走,据说很有些逃婚的因素,他的婚姻也是由家里包办的。"我姥爷包办的?""不,是你太姥爷的意思。"大舅是长孙,他的婚事太姥爷要亲自安排,这关系到此一家族的辽阔土地能否有一个可靠的未来。这件事谁也别插嘴,姥爷也不行——别看你当着个破官;土地!懂吗?在太姥爷眼里那才是真东西。

太姥爷,一个典型的中国地主。中国的地主并非都像"黄世仁"。在我浅淡的记忆里,太姥爷须发全白,枯瘦,步履蹒跚,衣着破旧而且邋遢。因为那时他已是一无所有了吧?也不是。母亲说:"他从来就那样,有几千亩地的时候也是那样。出门赶集,见路边的一泡牛粪他也要兜在衣襟里捡回来,抖落到自家地里。"他只看重一种东西:地。"周扒皮"那样的地主一定会让他笑话,你把长工都得罪了就不怕人家糟蹋你的地?就不怕你的地里长不出好庄稼?太姥爷比"周扒皮"有远见,对长工们从不怠慢。既不敢怠慢,又舍不得给人家吃好的,于是长工们吃什么他也就跟着一起吃什么,甚至长工们剩下的东西他也要再利用一遍,以自家之肠胃将其酿成自家地里的肥。"同吃同住同劳动"一类的倡导看来并不是什么新发明。太姥爷守望着他的地,盼望年年都能收获很多粮食。很多粮食卖出很多钱,很多钱再买下很多地,很多地里再长出很多粮食……如此循环再循环,到底为了什么他不问。他梦想着有更多的土地姓他的姓,但是为什么呢?天经地义,他从未想过这里面还会有个"为什么"。而他自己呢?最风光的时候,也不过是一个坐在自己的土地中央的邋里邋遢的瘦老头。

这才是中国地主的典型形象吧。我的爷爷,太爷,老太爷,乃至老老太爷都是地主,据说无一例外莫不如此,一脑袋高粱花子,中着土地的魔。但再往上数,到老老老太爷,到老老老老……太爷,总归有一站曾经是穷人,穷得叮当响,从什么什么地方逃荒到了此地,然后如何如何克勤克俭,慢慢富足起来——这也是中国地主所常有的、牢记于心的家史。

不过,在我的记忆里,这瘦老头对我倒是格外亲切。我的要求他一概满足,我的一切非分之想他都容忍,甚至我的一蹦一跳都让他牵心挂肚。每逢年节,他从老家来北京看我(母亲说过,他主要是想看看我),带来乡下的土产,带来一些小饰物给我挂在脖子上,带来特意在城里买的点心,一点儿一点儿地掰着给我吃……他双臂颤巍巍地围拢我,不敢抱紧又不敢放松,好像一不留神我就会化作一缕青烟飞散。料必是因为他的长子已然夭折,他的长孙又远走他乡,而他的晚辈中我是唯一还不懂得与他划清界限的男人。而这个小男人,以其孩子特有的敏锐早已觉察到,他可以对这个老头颐指气使为所欲为。我在他怀中又踢又打胡作非为,要是母亲来制止,我只需加倍喊叫,母亲就只好躲到一边去忍气吞声。我要是高兴捋捋这老头的胡须,或漫不经心地叫他一声"太姥爷",他便会眉开眼笑得到最大的满足。但是我不能满足他总想亲亲我的企图——他那么瘦,又那么邋遢。

大舅抗婚不成,便住到学校去不回家。暑假到了,不得不回家了,据说大舅回到家就一个人抱着铺盖睡到屋顶上去。我想姥爷一定是同情他的,但爱莫能助。我想大舅母一定只有悄然落泪,或许比她的婆婆多了一些觉醒,果真这样也就比她的婆婆更多了一层折磨。太姥爷呢,必定是大发雷霆。我想象不出,那样一个瘦老头何以会有如此威严,竟至姥爷和大舅也都只好俯首听命。大舅必定是忍无可忍,于是下决心离家出走,与这个封建之家一刀两断……

　　那大约已是四十年代中期的事,共产主义的烽火正以燎原之势遍及全国。

　　天下大同,那其实是人类最为悠久的梦想,唯于其时其地这梦想已不满足于仅仅是梦想,从祈祷变为实际(另一种说法是"由空想变成科学"),风展红旗如画,统一思想统一步伐奔向被许诺为必将实现的人间天堂。

　　四十多年过去,大舅回来了,出现在我面前的是一个白发驼背的老人。记得第一次见到他时他弯下腰来问我:"嘿,你是谁?"那时我刚来到人间不久。现在轮到我问他了:你是谁?我确实在心里这样问着:你就是那个光彩照人的青年军官吗?我慢慢看他,寻找当年的踪影。但是,那个大步流星的大舅已随时间走失,换成一个步履迟缓的陌生人回来了。我们互相通报了身份,然后一起吃饭,喝茶,在陌生中寻找往日的亲情。我说起那个春天,说起在中山公园的那顿午餐,他睁大眼睛问我:"那时有你吗?"我说:"我跟在你们后头跑,只记得到处飘着柳絮,是哪一年可记不清了。"终于,不可避免地我们说到了母亲,大舅的泪水夺眶而出,泣不成声。他要我把母亲的照片拿给他,这愿望想必已在他心里存了很久,只不敢轻易触动。他捧着母亲的照片,对我的表妹说:"看看姑姑有多漂亮,我没瞎说吧?"

这么多年他都在哪儿？都是怎么过来的？母亲若在世，一定是要这样问的。我想我还是不问吧。他也只说了一句，但这一句却是我怎么也没料到的——"这些年，在外边，我尽受欺负了。"是呀是呀，真正是回家的感觉，但这里面必有很多为猜想所不及的、由分分秒秒所构筑的实际内容。

那四十多年，要是我愿意我是可以去问个究竟的，他现在住得离我并不太远。但我宁愿保留住猜想。这也许是因为，描摹实际并不是写作的根本期冀。

他早已退休，现在整天都在家里，从早到晚伺候着患老年痴呆症的舅母。还是当年的那个舅母，那个为他流泪多年的人。他离家时不过二十出头吧，走了很多年，走了很多地方，想必也走过了很多情感。很多的希望与失望都不知留在了哪儿，最后，就像命中注定，他还是回到了这个舅母身边。回来时两个人都已是暮年，回来时舅母的神志已渐渐离开这个世界，执意越走越远，不再醒来。他守候在她身边，伺候她饮食起居，伺候她沐浴更衣，搀扶她去散步，但舅母呆滞的目光里再也没有春秋寒暑，再也没有忧喜悲欢，太阳在那儿升起又在那儿降落，那双眼睛看一切都是寻常，仿佛什么也不想再说。大舅昼夜伴其左右，寸步不离，她含混的言语只有他能听懂……

这或可写成一个感人泪下的浪漫故事。但只有在他们真确的心魂之外，才可能制作"感人"与"浪漫"。否则便不会浪漫。否则仍然没有浪漫，仍然是分分秒秒构筑的实际。而浪漫，或曾有过，但最终仍归于沉默。

我有一种希望，希望那四十多年中大舅曾经浪漫，曾经有过哪怕是短暂的浪漫时光。我希望那样的时光并未被时间磨尽，并未被现实湮灭，并未被"不可能"夺其美丽。我不知道是谁曾使他夜不能寐,曾使他朝思暮想心醉神痴,使他接近过他离家出走时的向往,使那个风流倜傥的青年军官梦想成真,哪怕只在片刻之间……我希望他曾经这样。我希望不管现实如何或实际怎样,梦想,仍然还在这个人的心里。"不可能"唯消损着实际,并不能泯灭人的另一种存在。我愿意在舅母沉睡之时,他独自去拒马河寂静的长堤上漫步,心里不仅祈祷着现实,而因那美丽的浪漫并未死去,也祈祷着未来,祈祷着永远。

7. 老家

常要在各种表格上填写籍贯,有时候我写北京,有时候写河北涿州,完全即兴。写北京,因为我生在北京长在北京,大约死也不会死到别处去了。写涿州,则因为我从小被告知那是我的老家,我的父母及祖上若干辈人都曾在那儿生活。查词典,"籍贯"一词的解释是:祖居地或个人出生地——我的即兴碰巧不错。

可是这个被称为老家的地方,我是直到四十六岁的春天才第一次见到它。此前只是不断地听见它。从奶奶的叹息中,从父母对它的思念和恐惧中,从姥姥和一些亲戚偶尔带来的消息里面,以及从对一条梦幻般的河流——拒马河——的想象之中,听见它。但从未见过它,连照片也没有。奶奶说,曾有过几张在老家的照片,可惜都在我懂事之前就销毁了。

四十六岁的春天,我去亲眼证实了它的存在;我跟父亲、伯父和叔叔一起,坐了几小时汽车到了老家。涿州——我有点儿不敢这样叫它。涿州太具体,太实际,因而太陌生。而老家在我的印象里一向虚虚幻幻,更多的是一种情绪,一种声音,甚或一种光线,一种气息,与一个实际的地点相距太远。我想我不妨就叫它 Z 州吧,一个非地理意义的所在更适合连接起一个延续了四十六年的传说。

然而它果真是一个实实在在的地方,有残断的城墙,有一对接近坍圮的古塔,市中心一堆蒿草丛生的黄土据说是当年钟鼓楼的遗址。当然也有崭新的酒店、餐馆、商厦,满街的人群,满街的阳光、尘土和叫卖。城区的格局与旧北京城近似,只是缩小些,简单些。中心大街的路口耸立着一座仿古牌楼(也许确凿是个古迹,唯因旅游事业而修葺一新),匾额上五个大字:天下第一州。中国的天下第一着实不少,这一回又不知是以什么为序。

我们几乎走遍了城中所有的街巷。父亲、伯父和叔叔一路指指点点感慨万千:这儿是什么,那儿是什么,此一家商号过去是什么样子,彼一座宅院曾经属于一户怎样的人家,某一座寺庙当年如何如何香火旺盛,庙会上卖风筝、卖兔爷、卖莲蓬、卖糖人儿、面茶、老豆腐……庙后那条小街曾经多么僻静呀,风传有鬼魅出没,天黑了一个人不敢去走……城北的大石桥呢?哦,还在还在,倒还是老样子,小时候上学放学他们天天都要从那桥上过,桥旁垂柳依依,桥下流水潺潺,当初可是 Z 州一处著名的景观啊……咱们的小学校呢?在哪儿?那座大楼吗?哎哎,真可是今非昔比啦……

我听见老家在慢慢地扩展,向着尘封的记忆深入,不断推新出陈。往日,像个昏睡的老人慢慢苏醒,唏嘘叹惋之间渐渐生气勃勃起来。历史因此令人怀疑。循着不同的情感,历史原来并不确定。

一路上我想,那么文学所求的真实是什么呢?历史难免是一部御制经典,文学要弥补它,所以看重的是那些沉默的心魂。历史惯以时间为序,勾画空间中的真实。艺术不满足这样的简化,所以去看这人间戏剧深处的复杂,在被普遍所遗漏的地方去询问独具的心流。我于是想起西川的诗:

> 我打开一本书／一个灵魂就苏醒／…………／我阅读一个家族的预言／我看到的痛苦并不比痛苦更多／历史仅记录少数人的丰功伟绩／其他人说话汇合为沉默

我的老家便是这样。Z州,一向都在沉默中。但沉默的深处悲欢俱在,无比生动。那是因为,沉默着的并不就是普遍,而独具的心流恰是被一个普遍读本简化成了沉默。

汽车缓缓行驶,接近史家旧居时,父亲、伯父和叔叔一声不响,唯睁大眼睛望着窗外。史家的旧宅错错落落几乎铺开一条街,但都久失修整,残破不堪。"这儿是六叔家。""这儿是二姑家。""这儿是七爷爷和七奶奶。""那边呢?""噢,五舅曾在那儿住过。"……简短的低语,轻得像是怕惊动了什么,以致那一座座院落也似毫无生气,一片死寂。

汽车终于停下,停在了"我们家"的门口。

但他们都不下车,只坐在车里看,看斑驳的院门,看门两边的石墩,看屋檐上摇动的枯草,看屋脊上露出的树梢……伯父首先声明他不想进去:"这样看看,我说就行了。"父亲于是附和:"我说也是,看看就走吧。"我说:"大老远来了,就为看看这房檐上的草吗?"伯父说:"你知道这儿现在住的谁?""管他住的谁!""你知道人家会怎么想?人家要是问咱们来干吗,咱们怎么说?""胡汉三又回来了呗!"我说。他们笑笑,笑得依然谨慎。伯父和父亲执意留在汽车上,叔叔推着我进了院门。院子里没人,屋门也都锁着,两棵枣树尚未发芽,疙疙瘩瘩的枝条与屋檐碰撞发出轻响。叔叔指着两间耳房对我说:"你爸和你妈,当年就在这两间屋里结的婚。""你看见的?""当然我看见的。那天史家的人去接你妈,我跟着去了。那时我十三四岁,你妈坐上花轿,我就跟在后头一路跑,直跑回家……"我仔细打量那两间老屋,心想,说不定,我就是从这儿进入人间的。

从那院子里出来,见父亲和伯父在街上来来回回地走,向一个个院门里望,紧张,又似抱着期待。街上没人,处处都安静得近乎怪诞。"走吗?""走吧。"虽是这样说,但他们仍四处张望。"要不就再歇会儿?""不啦,走吧。"这时候街的那边出现一个人,慢慢朝这边走。他们便都往路旁靠一靠,看着那个人,看他一步步走近,看他走过面前,又看着他一步步走远。不认识。这个人他们不认识。这个人太年轻了他们不可能认识,也许这个人的父亲或者爷爷他们认识。起风了,风吹动屋檐上的荒草,吹动屋檐下的三顶白发。已经走远的那个人还在回头张望,他必是想:这几个老人站在那儿等什么?

离开Z州城,仿佛离开了一个牵魂索命的地方,父亲和伯父都似吐了一口气:想见它,又怕见它。唉,Z州啊!老家,只是为了这样的想念和这样的恐惧吗?

汽车断断续续地挨着拒马河走,气氛轻松些了。父亲说:"顺着这条河走,就到你母亲的家了。"叔叔说:"这条河也通着你奶奶的家。"伯父说:"唉,你奶奶呀,一辈子就是羡慕别人能出去上学、读书。不是你奶奶一再坚持,我们几个能上得了大学?"几个人都点头,又都沉默。似乎这老家,永远是要为她沉默的。我在《奶奶的星星》里写过,我小时候,奶奶每晚都在灯下念着一本扫盲课本,总是把《国歌》一课中的"吼声"错念成"孔声"。我记得,奶奶总是羡慕母亲,说她赶上了新时代,又上过学,又能到外面去工作……

拒马河在太阳下面闪闪发光。他们说这河以前要宽阔得多,水也比现在深,浪也比现在大。他们说,以前,这一块平原差不多都靠着这条河。他们说,那时候,在河湾水浅的地方,随时你都能摸上一条大鲤鱼来。他们说,那时候这河里有的是鱼虾、螃蟹、莲藕、鸡头米,苇子长得比人高,密不透风,五月节包粽子,米泡好了再去劈粽叶也来得及……

母亲的家在Z州城外的张村。那村子真是大,汽车从村东到村西开了差不多一刻钟。拒马河从村边流过,我们挨近一座石桥停下。这情景让我想起小时候读过的一课书:拒马河,靠山坡,弯弯曲曲绕村过……

父亲说:"就是这桥。"我们走上桥,父亲说:"看看吧,那就是你母亲以前住过的房子。"

高高的土坡上,一排陈旧的瓦房,围了一圈简陋的黄土矮墙,夕阳下尤其显得寂寞,黯然,甚至颓唐。那矮墙,父亲说原先没有,原先可不是这样,原先是一道青砖的围墙,原先还有一座漂亮的门楼,门前有两棵老槐树,母亲经常就坐在那槐树下读书……

这回我们一起走进那院子。院子里堆着柴草,堆着木料、灰沙,大约这老房是想换换模样了。主人不在家,只一群鸡"咯咯"地叫。

叔叔说:"就是这间屋。你爸就是从这儿把你妈娶走的。"

"真的?"

"问他呀。"

父亲避开我的目光,不说话,满脸通红,转身走开。我不敢再说什么。我知道那不是因为别的,是因为不能忘记的痛苦。母亲去世十年后的那个清明节,我和妹妹曾跟随父亲一起去给母亲扫墓,但是母亲的墓已经不见。那时父亲就是这样的表情,满脸通红,一言不发,东一头西一头地疾走,满山遍野地找寻着一棵红枫树,母亲就葬在那棵树旁。我曾写过:母亲离开得太突然,且只有四十九岁。那时我们三个都被这突来的厄运吓傻了,十年中谁也不敢提起母亲一个字,不敢说她,不敢想她,连她的照片也收起来不敢看……直到十年后,那个清明节,我们不约而同地说起该去看看母亲的坟了;不约而同——可见谁也没有忘记,一刻都没有忘记……

我看着母亲出嫁前住的那间小屋,不由得有一个问题:那时候我在哪儿?那时候是不是已经注定,四十多年之后她的儿子才会来看望这间小屋,来这儿想象母亲当年出嫁的情景?一九四八年,母亲十九岁,未来其实都已经写好了,站在我四十六岁的地方看,母亲的一生已在那一阵喜庆的唢呐声中一字一句地写好了,不可更改。那唢呐声,沿着时间,沿着阳光和季节,一路风尘雨雪,传到今天才听出它的哀婉和苍凉。可是,十九岁的母亲听见了什么?十九岁的新娘有着怎样的梦想?十九岁的少女走出这个院子的时候历史与她何干?她提着婚礼服的裙裾,走出屋门,有没有再看看这个院落?她小心或者急切地走出这间小屋,走过这条甬道,转过这个墙角,迈过这道门槛,然后驻足,抬眼望去,她看见了什么?啊,拒马河!拒马河上绿柳如烟,雾霭飘荡,未来就藏在那一片浩渺的苍茫之中……我循着母亲出嫁的路,走出院子,走向河岸,拒马河悲喜不惊,必像四十多年前一样,翻动着浪花,平稳浩荡奔其前程……

我坐在河边,想着母亲曾经就在这儿玩耍,就在这儿长大,也许她就攀过那棵树,也许她就戏过那片水,也许她就躺在这片草丛中想象未来,然后,她离开了这儿,走进了那个喧嚣的北京城,走进了一团说不清的历史。我转动轮椅,在河边慢慢走,想着:从那个坐在老槐树下读书的少女,到她的儿子终于来看望这座残破的宅院,这中间发生了多少事呀。我望着这条两端不见头的河,想:那顶花轿顺着这河岸走,锣鼓声渐渐远了,唢呐声或许伴母亲一路,那一段漫长的时间里她是怎样的心情?一个人,离开故土,离开童年和少年的梦境,大约都是一样——就像我去串联、去插队的时候一样,顾不上别的,单被前途的神秘所吸引,在那神秘中描画幸福与浪漫……

如今我常猜想母亲的感情经历。父亲憨厚老实到完全缺乏浪漫,母亲可是天生的多情多梦。她有没有过另外的想法?从那绿柳如烟的河岸上走来的第一个男人,是不是父亲?在那雾霭苍茫的河岸上执意不去的最后一个男人,是不是父亲?甚至,在那绵长的唢呐声中,有没有一个立于河岸一直眺望着母亲的花轿渐行渐杳的男人?还有,随后的若干年中,她对她的爱情是否满意?我所能做的唯一见证是:母亲对父亲的缺乏浪漫常常哭笑不得,甚至叹气连声,但这个男人的诚实、厚道,让她信赖终生。

母亲去世时,我坐在轮椅里连一条谋生的路也还没找到,妹妹才十三岁,父亲一个人担起了这个家。二十年,这二十年母亲在天国一定什么都看见了。二十年后一切都好了,那个冬天,一夜之间,父亲就离开了我们。他仿佛终于完成了母亲的托付,终于熬过了他不能不熬的痛苦、操劳和孤独,然后急着去找母亲了——既然她在这尘世间连坟墓都没有留下。

老家,Z 州,张村,拒马河……这一片传说或这一片梦境,常让我想:倘那河岸上第一个走来的男人,或那河岸上执意不去的最后一个男人,都不是我的父亲,倘那个立于河岸一直眺望着母亲的花轿渐行渐杳的男人成了我的父亲,我还是我吗?当然,我只能是我,但却是另一个我了。这样看,我的由来是否过于偶然?任何人的由来是否都太偶然?都偶然,还有什么偶然可言?我必然是这一个。每个人都必然是这一个。所有的人都是一样,从老家久远的历史中抽取一个点,一条线索,作为开端。这开端,就像那绵绵不断的唢呐,难免会引出母亲一样的坎坷与苦难,但必须到达父亲一样的煎熬与责任,这正是命运要你接受的"想念与恐惧"吧。

8. 庙的回忆

据说,过去北京城内的每一条胡同都有庙,或大或小总有一座。这或许有夸张成分。但慢慢回想,我住过以及我熟悉的胡同里,确实都有庙或庙的遗迹。

在我出生的那条胡同里,与我家院门斜对着,曾经就是一座小庙。我见到它时它已改作油坊,庙门、庙院尚无大变,唯走了僧人。常有马车运来大包大包的花生、芝麻,院子里终日磨声隆隆,呛人的油脂味经久不散。推磨的驴们轮换着在门前的空地上休息,打滚儿,大惊小怪地喊叫。

从那条胡同一直往东的另一条胡同中,有一座大些的庙,香火犹存。或者是庵,记不得名字了,只记得奶奶说过那里面没有男人。那是奶奶常领我去的地方,庙院很大,松柏森然。夏天的傍晚不管多么燠热难熬,一走进那庙院立刻就觉清凉,我和奶奶并排坐在庙堂的石阶上,享受晚风和月光,看星星一个一个亮起来。僧尼们并不驱赶俗众,更不收门票,见了我们唯颔首微笑,然后静静地不知走到哪里去了,有如晚风掀动松柏的脂香似有若无。庙堂中常有法事,钟鼓声、铙钹声、木鱼声、噌噌吰吰,那音乐让人心中犹豫。诵经声如无字的伴歌,好像黑夜的愁叹,好像被灼烤了一白天的土地终于得以舒展便油然飘缭起的雾霭。奶奶一动不动地听,但鼓励我去看看。我迟疑着走近门边,只向门缝中望了一眼,立刻跑开。那一眼印象极为深刻。现在想,大约任何声音、光线、形状、姿态,乃至温度和气息,都在人的心底有着先天的响应,因而很多事可以不懂但能够知道,说不清楚,却永远记住。那大约就是形式的力量。气氛或者情绪,整体地袭来,它们大于言说,它们进入了言不可及之域,以致一个五六岁的孩子本能地审视而不单是看见。我跑回到奶奶身旁,出于本能我知道了那是另一种地方,或是通向着另一种地方;比如说树林中穿流的雾霭,全是游魂。奶奶听得入神,摇撼她她也不觉,她正从那音乐和诵唱中回想生命,眺望那另一种地方吧。我的年龄无可回想,无以眺望,另一种地方对一个初来的生命是严重的威胁。我钻进奶奶的怀里不敢看,不敢听也不敢想,唯觉幽冥之气弥漫,月光也似冷暗了。这个孩子生而怯懦,禀性愚顽,想必正是他要来这人间的缘由。

上小学的那一年,我们搬了家,原因是若干条街道联合起来成立了人民公社,公社机关看中了我们原来住的那个院子以及相邻的两个院子,于是他们搬进来我们搬出去。我记得这件事进行得十分匆忙,上午通知下午就搬,街道干部打电话把各家的主要劳力都从单位里叫回家,从中午一直搬到深夜。这事很让我兴奋,所有要搬走的孩子都很兴奋,不用去上学了,很可能明天和后天也不用上学了,而且我们一齐搬走,搬走之后仍然住在一起。我们跳上运家具的卡车奔赴新家,觉得正有一些动人的事情在发生,有些新鲜的东西正等着我们。可惜路程不远,完全谈不上什么经历新家就到了。不过微微的失望转瞬即逝,我们冲进院子,在所有的屋子里都风似的刮一遍,以主人的身份接管了它们。从未来的角度看,这院子远不如我们原来的院子,但新鲜是主要的,新鲜与孩子天生有缘,新鲜在那样的季节里统统都被推崇,我们才不管院子是否比原来的小或房子是否比原来的破,立刻在横倒竖卧的家具中间捉迷藏,疯跑疯叫,把所有的房门都打开然后关上,把所有的电灯都关上然后打开,爬到树上去然后跳下来,被忙乱的人群撞倒然后自己爬起来,为每一个新发现激动不已,然后看看其实也没什么……最后集体在某一个角落里睡熟,睡得不省人事,叫也叫不应。那时母亲正在外地出差,来不及通知她,几天后她回来时发现家已经变成了公社机关。她在那门前站了很久才有人来向她解释,大意是:不要紧放心吧,搬走的都是好同志,住在哪儿和不住在哪儿都一样是革命需要。

新家所在之地叫"观音寺胡同",顾名思义那儿也有一座庙。那庙不能算小,但早已破败,久失看管。庙门不翼而飞,院子里枯藤老树荒草藏人。侧殿空空。正殿里尚存几尊泥像,彩饰斑驳,站立两旁的护法天神怒目圆睁但已赤手空拳,兵器早不知被谁夺下扔在地上。我和几个同龄的孩子便捡起那兵器,挥舞着,在大殿中跳上跳下杀进杀出,模仿俗世的战争,朝残妃的泥胎劈砍,向草丛中冲锋,披荆斩棘草叶横飞,大有堂吉诃德之神彩,然后给寂寞的老树"施肥",擦屁股纸贴在墙上……做尽亵渎神灵的恶事然后鸟儿一样在夕光中回家。很长一段时期那儿都是我们的乐园,放了学不回家先要到那儿去。那儿有发现不完的秘密,草丛中有死猫,老树上有鸟窝,幽暗的殿顶上据说有蛇和黄鼬,但始终未得一见。有时是为了一本小人书,租期紧,大家轮不过来,就一齐跑到那庙里去看,一个人捧着,大家围在四周,大家都说看好了才翻页。谁看得慢了,大家就骂他笨,其实都还识不得几个字,主要是看画,看画自然也有笨与不笨之分。或者是为了抄作业,有几个笨主儿作业老是不会,就抄别人的,庙里安全,老师和家长都看不见。佛嘛,心中无佛什么事都敢干。抄者撅着屁股在菩萨眼皮底下紧抄,被抄者则乘机大肆炫耀其优越感,说一句"我的时间不多你要抄就快点儿",然后故意放大轻松与快乐,去捉蚂蚱、逮蜻蜓,大喊大叫地弹球儿、扇三角。急得抄者流汗,撅起的屁股有节奏地颠,嘴中念念有词,不时扭起头来喊一句:"等我会儿嘿!"其实谁也知道,没法等。还有一回专门是为了比赛胆儿大。"晚上谁敢到那庙里去?""这有什么,嗾!""有什么? 有鬼,你敢去吗?""废话! 我早都去过了。""牛×!""嘿,你要不信嘿……今儿晚上就去你敢不敢?""去就去有什么呀,嗾!""行,谁不去谁孙子! 敢不敢?""行,几点?""九点。""就怕那会儿我妈不让我出来。""哎哟喂,不敢就说不敢!""行,九点就九点!"那天晚上我们真的到那庙里去了一回,有人拿了个手电筒,还有人带了把水果刀好歹算一件武器。我们走进庙门时还是满天星斗,不一会儿天却阴上来,而且起了风。我们在侧殿的台阶上蹲着,挤成一堆儿,不敢动也不敢大声说话。荒草摇摇,老树沙沙,月亮在云中一跳一跳地走。有人说想回家去撒泡尿。有人说撒尿你就到那边撒去呗。有人说别的倒也不怕,就怕是要下雨了。有人说下雨也不怕,就怕一下雨家里人该着急了。有人说一下雨蛇先出来,然后指不定还有什么呢。那个想撒尿的开始发抖,说不光想撒尿这会儿又想屙屎,可惜没带纸。这样,大家渐渐都有了便意,说憋屎憋尿是要生病的,有个人老是憋屎憋尿后来就变成了罗锅儿。大家惊诧道:"是吗? 那就不如都回家上厕所吧。"可是第二天,那个最先要上厕所的成了唯一要上厕所的,大家都埋怨他,说要不是他我们还会在那儿待很久,说不定就能捉到蛇,甚至可能看见鬼。

有一天,那庙院里忽然出现了很多暗红色的粉末,一堆堆像小山似的,不知道是什么,也想不通到底何用。那粉末又干又轻,一脚踩上去噗的一声到处飞扬,而且从此鞋就变成暗红色再也别想洗干净。又过了几天,庙里来了一些人,整天在那暗红色的粉末里折腾,于是一个个都变成暗红色不说,庙墙和台阶也都变成暗红色,荒草和老树也都变成暗红色,那粉末随风而走或顺水而流,不久,半条胡同都变成了暗红色。随后,庙门前挂出了一块招牌:有色金属加工厂。从此游戏的地方没有了,蛇和鬼不知迁徙何方,荒草被锄净,老树被伐倒,只剩下一团暗红色漫天漫地逐日壮大。再后来,庙堂也拆了,庙墙也拆了,盖起了一座轰轰烈烈的大厂房。

那条胡同也改了名字，以后出生的人会以为那儿从来就没有过庙。

我的小学，校园本也是一座庙，准确说是一座大庙的一部分。大庙叫柏林寺，里面有很多合抱粗的柏树。有风的时候，老柏树浓密而深沉的响声一浪一浪，传遍校园，传进教室，使吵闹的孩子也不由得安静下来，使琅琅的读书声时而飞扬时而沉落，使得上课和下课的铃声飘忽而悠扬。

摇铃的老头，据说曾经就是这庙中的和尚，庙既改作学校，他便还俗做了这儿的看门人，看门兼而摇铃。老头极和蔼，随你怎样摸他的红鼻头和光脑袋他都不恼，看见你不快活他甚至会低下头来给你，说：想摸摸吗？孩子们都愿意到传达室去玩，挤在他的床上，挤得密不透风，没大没小地跟他说笑。上课或下课的时间到了，他摇起铜铃，不紧不慢地在所有的窗廊下走过，目不旁顾，一路都不改变姿势。叮当叮当——叮当叮当——铃声在风中飘摇，在校园里回荡，在阳光里漫散开去，在所有孩子的心中留下难以磨灭的记忆。那铃声，上课时摇得紧张，下课时摇得舒畅，但无论紧张还是舒畅都比后来的电铃有味道，浪漫，多情，仿佛知道你的惧怕和盼望。

但有一天那铃声忽然消失，摇铃的老人也不见了，听说是回他的农村老家去了。为什么呢？据说是因为他仍在悄悄地烧香念佛，而一个崭新的时代应该是无神的时代。孩子们再走进校门时，看见那铜铃还在窗前，但物是人非，传达室里端坐着一名严厉的老太太。老太太可不让孩子们在她的办公重地胡闹。上课和下课，老太太只在按钮上轻轻一点，电铃于是"哇——哇——"地叫，不分青红皂白，把整个校园都吓得要昏过去。在那近乎残酷的声音里，孩子们懂得了怀念：以往的铃声，它到哪儿去了？唯有一点是确定的，它随着记忆走进了未来。在它飘逝多年之后，在梦中，我常常又听见它，听见它的飘忽与悠扬，看见那摇铃老人沉着的步伐,在他一无改变的面容中惊醒。那铃声中是否早已埋藏下未来,早已知道了以后的事情呢?

多年以后,我二十一岁,插队回来,找不到工作,等了很久还是找不到,就进了一个街道生产组。我在另外的文章里写过,几间老屋尘灰满面,我在那儿一干七年,在仿古的家具上画些花鸟鱼虫、山水人物,每月所得可以糊口。那生产组就在柏林寺的南墙外。其时,柏林寺已改作北京图书馆的一处书库。我和几个同是待业的小兄弟常常就在那面红墙下干活儿。老屋里昏暗而且无聊,我们就到外面去,一边干活一边观望街景,看来来往往的各色人等,时间似乎就轻快了许多。早晨,上班去的人们骑着车,车后架上夹着饭盒,一路吹着口哨,按响车铃,单那姿态就令人羡慕。上班的人流过后,零零散散地有一些人向柏林寺的大门走来,多半提个皮包,进门时亮一亮证件,也不管守门人看不看得清楚便大步朝里面去,那气派更是让人不由得仰望了。并非什么人都可以到那儿去借书和查阅资料的,小D说得是教授或者局级才行。"你知道?""废话!"小D重感觉不重证据。小D比我小几岁,因为小儿麻痹症一条腿比另一条腿短了三公分,中学一毕业就到了这个生产组;很多招工单位也是重感觉不重证据,小D其实什么都能干。我们从早到晚坐在那面庙墙下,眼观六路耳听八方,不用看表也不用看太阳便知此刻何时。一辆串街的杂货车,"油盐酱醋花椒大料洗衣粉"一路喊过来,是上午九点。收买废品的三轮车来时,大约十点。磨剪子磨刀的老头总是星期三到,瞄准生产组旁边的一家小饭馆:"磨剪子来嘿——抢菜刀——"声音十分洪亮。大家都说他真是糟蹋了,干吗不去唱戏?下午三点,必有一群幼儿园的孩子出现,一个牵定另一个的衣襟,咿咿呀呀地唱着,以为不经意走进的这个人间将会多么美好,鲜艳的衣裳彩虹一样地闪烁,再彩虹一样地消失。四五点钟,常有一辆囚车从我们面前开过,离柏林寺不远有一座著名的监狱,据说专门收容小偷。有个叫小德子的,十七八岁没爹没妈,跟我们一起在生产组干过。这小子能吃,有一回生产组不知惹了什么麻烦要请人吃饭,吃客们走后,折箩足足一脸盆,小德子买了一瓶啤酒,坐在火炉前稀里呼噜只用了半小时脸盆就见了底。但是有一天小德子忽然失踪,生产组的大妈大婶们四处打听,才知那小子在外面行窃被逮住了。以后的很多天,我们加倍地注意天黑前那辆囚车,看看里面有没有他;囚车呼啸而过,大家一齐喊:"小德子!小德子!"小德子还有一个月工资未及领取。

那时,我仍然没头没脑地相信,最好还是要有一份正式工作,倘能进一家全民所有制单位,一生便有了倚靠。母亲陪我一起去劳动局申请。我记得那地方廊回路转的,庭院深深,大约曾经也是一座庙。什么申请呀简直就像去赔礼道歉,一进门母亲先就满脸堆笑,战战兢兢,然后不管抓住一个什么人,就把她的儿子介绍一遍,保证说这一个坐在轮椅上的孩子其实仍可胜任很多种工作。那些人自然是满口官腔,母亲跑了前院跑后院,从这屋被支使到那屋。我那时年轻气盛,没那么多好听的话献给他们。最后出来一位负责同志,有理有据地给了我们回答:"慢慢再等一等吧,全须儿全尾儿的我们这还分配不过来呢!"此后我不再去找他们了。再也不去。但是母亲,直到她去世之前还在一趟一趟地往那儿跑,去之前什么都不说,疲惫地回来时再向她愤怒的儿子赔不是。我便也不再说什么,但我知道她还会去的,她会在两个星期内重新积累起足够的希望。

我在一篇名为《合欢树》的散文中写过,母亲就是在去为我找工作的路上,在一棵大树下,挖回了一棵含羞草;以为是含羞草,越长越大,其实是一棵合欢树。

大约一九七九年夏天,某一日,我们正坐在那庙墙下吃午饭,不知从哪儿忽然走来了两个缁衣落发的和尚,一老一少仿佛飘然而至。"哟?"大家停止吞咽,目光一齐追随他们。他们边走边谈,眉目清朗,步履轻捷,謦笑之间好像周围的一切都变得空阔甚至是虚拟了。或许是我们的紧张被他们发现,走过我们面前时他们特意地颔首微笑。这一下,让我想起了久违的童年。然后,仍然是那样,他们悄然地走远,像多年以前一样不知走到哪里去了。

"不是柏林寺要恢复了吧?"

"没听说呀?"

"不会。那得多大动静呀咱能不知道?"

"八成是北边的净土寺,那儿的房子早就翻修呢。"

"没错儿,净土寺!"小 D 说,"前天我瞧见那儿的庙门油漆一新我还说这是要干吗呢。"

大家愣愣地朝北边望。侧耳听时,也并没有什么特殊的声音传来。这时我才忽然想到,庙,已经消失了这么多年了。消失了,或者封闭了,连同那可以眺望的另一种地方。

在我的印象里,就是从那一刻起,一个时代结束了。

傍晚,我独自摇着轮椅去找那小庙。我并不明确为什么要去找它,也许只是为了找回童年的某种感觉?总之,我忽然想念起庙,想念起庙堂的屋檐、石阶、门廊,月夜下庙院的幽静与空荒,香烟细细地飘升,然后破碎。我想念起庙的形式。我由衷地想念那令人犹豫的音乐,也许是那样的犹豫,终于符合了我的已经不太年轻的生命。然而,其实,我并不是多么喜欢那样的音乐。那音乐,想一想也依然令人压抑、惶恐、胆战心惊。但以我已经走过的岁月,我不由得回想,不由得眺望,不由得从那音乐的压力之中听见另一种存在了。我并不喜欢它,譬如不能像喜欢生一样地喜欢死。但是要有它。人的心中,先天就埋藏了对它的响应。响应,什么样的响应呢?在我,(这个生性愚顽的孩子!)那永远不会是成就圆满的欣喜,恰恰相反,是残缺明确地显露。眺望越是美好,越是看见自己的丑弱;越是无边,越看到限制。神在何处?以我的愚顽,怎么也想象不出一个无苦无忧的极乐之地。设若确有那样的极乐之地,设若有福的人果真到了那里,然后呢?我总是这样想:然后再往哪儿去呢?心如死水还是再有什么心愿?无论再往哪儿去吧,都说明此地并非圆满。丑弱的人和圆满的神之间,是信者永远的路。这样,我听见,那犹豫的音乐是提醒着一件事:此岸永远是残缺的,否则彼岸就要坍塌。这大约就是佛之慈悲的那一个"悲"字吧。慈呢,便是在这一条无尽无休的路上行走,所要有的持念。

没有了庙的时代结束了。紧跟着,另一个时代到来了,风风火火。北京城内外的一些有名的寺庙相继修葺一新,重新开放。但那更像是寺庙变成公园的开始,人们到那儿去多是游览,于是要收门票,票价不菲。香火重新旺盛起来,但是有些异样。人们大把大把地烧香,整簇整簇的香投入香炉,火光熊熊,烟气熏蒸,人们衷心地跪拜,祈求升迁,祈求福寿,消灾避难,财运亨通……倘今生难为,可于来世兑现,总之祈求佛祖全面的优待。庙,消失多年,回来时已经是一个极为现实的地方了,再没有什么犹豫。

一九九六年春天,我坐了八九个小时飞机,到了很远的地方,地球另一面,一座美丽的城市。一天傍晚,会议结束,我和妻子在街上走,一阵钟声把我们引进了一座小教堂(庙)。那儿有很多教堂,清澈的阳光里总能听见飘扬的钟声。那钟声让我想起小时候我家附近有一座教堂,我站在院子里,最多两岁,刚刚从虚无中睁开眼睛,尚未见到外面的世界先就听见了它的声音,清朗、悠远、沉稳,仿佛响自天上。此钟声是否彼钟声?当然,我知道,中间隔了八千公里并四十几年。我和妻子走进那小教堂,在那儿拍照,大声说笑,东张西望,毫不吝惜地按动快门……这时,我看见一个中年女人独自坐在一个角落,默默地望着前方耶稣的雕像。(后来,在洗印出来的照片中,在我和妻子身后,我又看见了她。)她的眉间似有些愁苦,但双手放松地摊开在膝头,心情又似非常宁静,对我们的喧哗一无觉察,或者是我们的喧哗一点儿也不能搅扰她吧。我心里忽然颤抖——那一瞬间,我以为我看见了我的母亲。

　　我一直有着一个凄苦的梦,隔一段时间就会在我的黑夜里重复一回:母亲,她并没有死,她只是深深地失望了,对我,或者尤其对这个世界,完全地失望了,困苦的灵魂无处诉告,无以支持,因而她走了,离开我们到很远的地方去了,不再回来。在梦中,我绝望地哭喊,心里怨她:"我理解你的失望,我理解你的离开,但你总要捎个信儿来呀,你不知道我们会牵挂你,不知道我们是多么想念你吗?"但就连这样的话也无从说给她,只知道她在很远的地方,并不知道她到底在哪儿。这个梦一再地走进我的黑夜,驱之不去,我便在醒来时、在白日的梦里为它作一个续:母亲,她的灵魂并未消散,她在幽冥之中注视我并保佑了我多年,直等到我的眺望已在幽冥中与她汇合,她才放了心,重新投生别处,投生在一个灵魂有所诉告的地方了。

　　我希望,我把这个梦写出来,我的黑夜从此也有了皈依了。

9. 九层大楼

四十多年前,在北京城的东北角,挨近城墙拐弯的地方,建起了一座红色的九层大楼。如今城墙都没了,那座大楼倒是还在。九层,早已不足为奇,几十层的公寓、饭店现在也比比皆是。崇山峻岭般的楼群中间,真是岁月无情,那座大楼已经显得单薄、丑陋、老态龙钟,很难想象它也曾雄踞傲视、辉煌一时。我记得是一九五九年,我正上小学二年级,它就像一片朝霞轰然升起在天边,矗立在四周黑压压望不到边的矮房之中,明朗、灿烂、神采飞扬。

在它尚未破土动工之时,老师就在课堂上给我们描画它了:那里面真正是"楼上楼下电灯电话",有煤气,有暖气,有电梯;住进那里的人,都不用自己做饭了,下了班就到食堂去,想吃什么吃什么;那儿有俱乐部,休息的时候人们可以去下棋、打牌、锻炼身体;还有放映厅,天天晚上有电影,随便看;还有图书馆、公共浴室、医疗站、小卖部……总之,那楼里就是一个社会,一个理想社会的缩影或者样板,那儿的人们不分彼此,同是一个大家庭,可以说他们差不多已经进入了共产主义。慢慢地,那儿的人连钱都不要挣了。为什么?没用了呗。你们想想看,饿了你就到食堂去吃,冷了自有人给你做好了衣裳送来,所有的生活用品也都是这样——你需要是吗?那好,伸伸手,拿就是了。甭担心谁会多拿。请问你多拿了干吗用?卖去?拿还拿不过来呢,哪个傻瓜肯买你的?到那时候,每个人只要做好自己的一份工作就行了,别的事您就甭操心了,国家都给你想到了,比你自己想得还周到呢。你们想想,钱还有什么用？擦屁股都嫌硬！是呀是呀，咱们都生在了好时代，咱们都要住进那样的大楼里去。从现在起，那样的大楼就会一座接一座不停地盖起来，而且更高、更大、更加雄伟壮丽。对我们这些幸运的人来说，那样的生活已经不远了，那样的日子就在眼前……老师眉飞色舞地讲，多余的唾沫堆积在嘴角。我们则瞪圆了眼睛听，精彩处不由得鼓掌，由衷地庆贺，心说我们怎么来得这么是时候？

我和几个同学便常爬到城墙上去看，朝即将竖立起那座大楼的方向张望。

城墙残破不堪，有时塌方，听说塌下来的城砖和黄土砸死过人，家长坚决禁止我们到那儿去。可我们还是偷偷地去，不光是想早点看看那座大楼，主要是去玩。城墙千疮百孔，不知是人挖的还是雨水冲的，有好些洞，有的洞挺大，钻进去，黑咕隆咚地爬，一会儿竟然到了城墙顶，到了一些意想不到的地方。那儿荒草没人，洞口自然十分隐蔽，大家于是都想起了地道战，说日本鬼子要是再来，把丫的引到这儿，"乒！乒乒——"怎么样？

九层大楼的工地上，发动机日夜轰鸣，塔吊的长臂徐徐转动，指挥的哨声"嘟嘟"地响个不停。我们坐在草丛边看，猜想哪儿是俱乐部，哪儿是图书馆，哪儿是餐厅……记不得是谁说起了公共浴室，说在那儿洗澡，男的和女的一块儿洗。"别神了你！谁说的？""废话，公共浴室你懂不懂？""公共浴室怎么了，公共浴室就是澡堂子，你丫去没去过澡堂子？""哎哟哎哟你懂啊？公共浴室是公共浴室，澡堂子是澡堂子！""我不比你懂？澡堂子就是公共浴室！""那干吗不叫澡堂子，偏要叫公共浴室？"这一问令对方发蒙。大家也都沉思一会儿，想象着，真要是那样不分男女一块儿洗会是怎样一种场面。想了一会儿，想不出什么名堂，大家就又趴进草丛，看那工地上的推土机很像鬼子的坦克，便"乒乒乒乒"地朝那儿开枪。开了好一阵子，煞是无聊，便有人说那些"坦克"其实早他娘的完蛋了,兄弟们冲啊!于是冲锋,呐喊着冲下城墙,冲向那片工地。

在工地前沿,看守工地的老头把我们拦住:"嘿嘿!哪儿来的这么一群倒霉孩子?都他妈给我站住!"只好都站住。地道战和日本鬼子之类都撇在脑后,这下我们可得问问那座大楼了:它什么时候建成啊?里面真的有俱乐部有放映厅吗?真的看电影不花钱?在公共浴室,真是男的女的一块儿洗澡吗?那老头大笑:"美得你!"怎么是"美得你"?为什么是"美得你"?这问题尚不清楚,又有人问了:那,到了食堂,是想吃什么就吃什么吗?顿顿吃炖肉行吗?吃好多好多也没人说?老头道:"就怕吃死你!"所有的孩子都笑,相信这大概不会假了。至于吃死嘛——别逗了!

但是我从没进过那座大楼。那样的大楼只建了一座即告结束。到现在我也不知道那楼里是什么样儿,到底有没有俱乐部和放映厅,不知道那种天堂一样的生活是否真的存在过。

那座九层大楼建成不久,所谓的"三年困难时期"就到了。说不定是"老吃炖肉"这句话给说坏了,结果老也吃不上炖肉了。肉怎么忽然之间就没了呢?鱼也没了,油也没了,粮食也越来越少,然后所有的衣食用物都要凭票供应了。每个月,有一个固定的日子,在一个固定的地点,人们谨慎又庄严地排好队,领取各种票证:红的、绿的、黄的,一张张如邮票大小的薄纸。领到的人都再细数一遍,小心地掖进怀里,嘴里念叨着,这个月又多了一点儿什么,或是又少了一点儿什么。都有什么,以及都是多少,已经记不清了,但是我开始知道饿是怎么回事了。饿就是肚子里总在叫,而脑子里不断涌现出好吃的东西。饿就是晚上早早地睡觉,把所有好吃的东西都带到梦里去。饿,还是早晨天不亮就起来,跟着奶奶到商场门口去等着,看看能不能撞上好运气买一点儿既不要票而又能吃的东西回来;或者是到肉铺门前去排队,把一两张彩色的肉票换成确凿无疑的一点儿肥肉或者大油。倘那珍贵的肉票仅仅换来一小条瘦肉加猪皮,那简直就是一次人格的失败,所有的目光都给你送来哀怜。要是能买到大油情况就不一样了,你托着一块大油你就好像高人一等,所有的路人都向你注目,当然是先看那块大油然后才看你。目光在大油上滞留良久,然后挪向你。这时候你要清醒,倘得赞许,多半是由于那块大油;倘见疑虑,你务必要检点自己。当然,油不如人的时候也有,倘那大油是一块并不怎么样的大油,油的主人却慈眉善目或仪表堂堂,对此人们也会公正地表示遗憾,眉宇间的惋惜如同对待一个大牌明星偶尔的失误。而要是一个蒙昧未开的孩子竟然托着一块极品大油呢,人们或猜他有些来历,或者就要关照他说:"拿好了快回家吧!"意思是:知道你拿的什么不?

    实在说,那几年我基本上还能吃到八成饱,可母亲和奶奶都饿得浮肿,腿上、手上一摁一个坑。那时我还不知道中国发生了什么,不知道农村已经饿死了很多人。但我在我家门前见过两兄弟,夏天,他们都穿着棉衣,坐在太阳底下数黄豆。他们已经几天没吃饭了,终于得到一把黄豆便你一个我一个地分,准备回去煮了吃。我还见过我们班上的一个同学,上课时他趴在桌上睡,老师把他叫站起来,他一站起来就倒下去。过后才知道,他的父母不会计划,一个月的粮食半个月就差不多吃光,剩下的日子顿顿喝米汤。
    我的奶奶很会计划,每顿饭下多少米她都用碗量,量好了再抓出一小撮放进一个小罐,以备不时之需。小罐里的米渐渐多起来,奶奶就买回两只小鸡,偶尔喂它们一点儿米,希望终于能够得到蛋。"您肯定它们是母鸡?""错不了。"两只小鸡慢慢长大了些,浑身雪白,我把它们放在晾衣绳上,使劲摇,悠悠荡荡悠悠荡荡我希望它们能就势展翅高飞。然而它们却前仰后合,一惊一乍地叫,瞅个机会"扑啦啦"飞下地,惊魂久久不定。奶奶说:"那不是鸽子那是鸡!老这么着你还想不想吃鸡蛋?"

两只鸡越长越大,果然都是母的,奶奶说得给它们砌个窝了。我和父亲便去城墙下挖黄土,起城砖,准备砌鸡窝。城墙边,挖土起砖的人络绎不绝,一问,都是要砌鸡窝,便互相交流经验。城墙于是更加残破,化整为零都变成了鸡窝。有些地方城砖已被起光,只剩一道黄土岗,起风时黄尘满天。黄尘中,九层大楼依然巍峨地矗立在不远处,灿烂如一道晚霞。挖土的人们累了,直直腰,擦擦汗,那一片灿烂必进入视野,躲也躲不开。

想不到的是,就在那九层大楼的另一侧,在它的辉煌雄伟的遮掩之下,我又见到了那座教堂的钟楼,孤零零的,黯然无光。它的脚下是个院子,院子里有几排房,拥拥挤挤地住了很多人家。但其中的一排与众不同,门锁着,窗上挂着白色的纱帘,整洁又宁静。

我的一个小学同学就住在那院子里,是他带我去他家玩,不期而遇我又见到了那座钟楼。它肯定是我当年看到的那座吗?如果那儿从来只有一座,便是了。我不敢说一定。周围的景物已经大变,晾晒的衣裳挂得纵横交错,家家门前烟熏火燎,窗台上一律排放着蜂窝煤和大白菜。收音机里正播放着长篇小说《小城春秋》。董行佶那低沉郁悒的声音极具特色,以至那小说讲的都是什么我已忘记,唯记住了一座烟雨迷蒙的小城,以及城中郁郁寡欢的居民。

我并不知道那排与众不同的房子是怎么回事,但它的整洁宁静吸引了我。我那同学说:"别去,我爸和我妈不让我去。"但我还是走近它,战战兢兢地走上台阶,战战兢兢地从窗帘的缝隙间往里看。里面像是个会议室,一条长桌,两排高背椅,正面墙上有个大镜框,一道斜阳刚好投射在上面,镜框中是一个女人抱着一个婴儿。再没有别的什么了。

"这儿是干吗的?"

"不知道。我爸和我妈从来都不让我问。"

"唔,我知道了。"

可是我知道了。镜框中的女人无比安详,慈善的目光中又似有一缕凄哀。不,那时我还不知道她是谁,但她的眼神、她的姿态、她的沉静,加上四周白色的纱帘和那一缕淡淡的夕阳,我心中的懵懂又一次被惊动了,虽不如第一次那般强烈,但却有久别重逢的喜悦。我仿佛又听见了那钟声,那歌唱,脚踩落叶的轻响,以及风过树林那一片辽阔的沙沙声……

"你知道什么了?"

"我也不知道。"

"那你说你知道了?"

"我就是知道了。不信拉倒。"

2001 年 3 月 15 日完成
2004 年 2 月 24 日修订

记忆与印象·二

　　历史的每一瞬间,都有无数的历史蔓展,都有无限的时间延伸。我们生来孤单,无数的历史和无限的时间因破碎而成片断。互相埋没的心流,在孤单中祈祷,在破碎处眺望,或可指望在梦中团圆。记忆,所以是一个牢笼。印象是牢笼以外的天空。

1. 重病之时

重病之时,有几行诗样的文字清晰地走进过我的昏睡:

> 最后的练习是沿悬崖行走
> 梦里我听见,灵魂
> 像一只飞虻
> 在窗户那儿嗡嗡作响
> 在颤动的阳光里,边舞边唱
> 眺望就是回想。

重病之时整天是梦。梦见熟悉的人、熟悉的往事,也梦见陌生的人和完全陌生的景物。偶尔醒来,窗外是无边的暗夜,是恍惚的晴空,是心里的怀疑:

> 谁说我没有死过?
> 出生以前,太阳
> 已无数次起落
> 悠久的时光被悠久的虚无吞并
> 又以我生日的名义
> 卷土重来。

重病之时,寒冷的冬天里有过一个奇迹——我在梦中学会了一支歌。梦中,一群男孩和女孩齐声地唱:生生露生雪,生生雪生水,我们友谊,幸福长存。莫名其妙的歌词,闻所未闻的曲调,醒来竟还会唱,现在也还会。那些孩子,有我认识的,也有的我从未见过,他们就站在我儿时的那个院子里,轻轻地唱,轻轻地摇,四周虚暗,瑞雪霏霏。

这奇妙的歌,不知是何征兆。

懂些医道的人说好——"生生",是说你还要活下去;"生水"嘛,肾主水,你不是肾坏了吗?那是说你的生命之水枯而未竭,或可再度丰沛。

是吗?不有些牵强?

不过,我更满意后两句:我们友谊,幸福长存。

那群如真似幻的孩子,在我昏黑的梦里翩然不去。那清明畅朗的童歌,确如生命之水,在我僵冷的身体里悠然荡漾。

妻子没日没夜地守护着我;任何时候睁开眼,都见她在我身旁。我看她,也像那群孩子中的一个。

我说:"这一回,恐怕真是要结束了。"

她说:"不会。"

我真的又活过来。太阳重又真实。昼夜更迭,重又确凿。我把梦里的情景告诉妻子,她反倒脆弱起来,待我把那支歌唱给她听,她已是泪水涟涟。

我又能摇着轮椅出去了,走上阳台,走到院子里,在早春的午后,把那几行梦中的诗句补全:

> 午后,如果阳光静寂
> 你是否能听出
> 往日已归去哪里?
> 在光的前端,或思之极处
> 在时间被忽略的存在之中
> 生死同一。

2. 八子

童年的伙伴，最让我不能忘怀的是八子。几十年来，不止一次，我在梦中又穿过那条细长的小巷去找八子。巷子窄到两个人不能并行，两侧高墙绵延，巷中只一户人家。过了那户人家，出了小巷东口，眼前豁然开朗，一片宽阔的空地上有一棵枯死了半边的老槐树，有一处公用的自来水，有一座山似的煤堆。八子家就在那儿。梦中我看见八子还在那片空地上疯跑，领一群孩子呐喊着向那山似的煤堆上冲锋，再从煤堆爬上院墙，爬上房顶，偷摘邻居院子里的桑椹。八子穿的还是他姐姐穿剩下的那条碎花裤子。

八子兄弟姐妹一共十个。一般情况，新衣裳总是一、三、五、七、九先穿，穿小了，由排双数的继承。老七是个姐，故继承一事常让八子烦恼。好在那时无论男女，衣装多是灰蓝二色，八子所以还能坦然。只那一条碎花裤子让他倍感羞辱。那裤子紫地白花，七子一向珍爱，还有点儿舍不得给。八子心说谢天谢地最好还是你自个儿留着穿，可是母亲不依，冲七子喊："你穿着小了，不八子穿谁穿？"七、八于是齐声叹气。八子把那裤子穿到学校，同学们都笑他，笑那是女人穿的，是娘们儿穿的，是"臭美妞儿才穿的呢"！八子羞愧得无地自容，以致蹲在地上用肥大的衣襟盖住双腿，半天不敢起来，光是笑。八子的笑毫无杂质，完全是承认的表情，完全是接受的态度，意思是：没错儿，换了别人我也会笑他，可惜这回是我。

大伙儿笑一回也就完了，唯一个可怕的孩子不依不饶。（这孩子,姑且叫他 K 吧;我在《务虚笔记》里写过,他矮小枯瘦但所有的孩子都怕他。他有一种天赋本领,能够准确区分孩子们的性格强弱,并据此经常地给他们排一排座次——我第一跟谁好,第二跟谁好……以及我不跟谁好——于是,孩子们便都屈服在他的威势之下。)K 平时最怵八子,八子身后有四个如狼似虎的哥;K 因此常把八子排在"我第一跟你好"的位置。然而八子特立独行,对 K 的威势从不在意,对 K 的拉拢也不领情。如今想来,K 一定是对八子记恨在心,但苦于无计可施。这下机会来了——因为那条花裤子,K 敏觉到降服八子的时机到了。K 最具这方面才能,看见谁的弱点立刻即知怎样利用。拉拢不成就要打击,K 生来就懂。比如上体育课时,老师说:"男生站左排,女生站右排。"K 就喊:"八子也站右排吧?"引得哄堂大笑,所有的目光一齐射向八子。再比如一群孩子正跟八子玩得火热,K 踅步旁观,冷不丁拣其中最懦弱的一个说:"你干吗不也穿条花裤子呀?"最懦弱的一个发一下蒙,便困窘地退到一旁。K 再转向次懦弱的一个:"嘿,你早就想跟臭美妞儿一块玩儿了是不是?"次懦弱的一个便也犹犹豫豫地离开了八子。我说过我生性懦弱,我不是那个最,就是那个次。我惶惶然离开八子,向 K 靠拢,心中竟跳出一个卑鄙的希望:也许,K 因此可以把"跟我好"的位置往前排一排。

　　K 就是这样孤立对手的,拉拢或打击,天生的本事,八子身后再有多少哥也是白搭。你甚至说不清道不白就已败在 K 的手下。八子所以不曾请他的哥哥们来帮忙,我想,未必是他没有过这念头,而是因为 K 的手段高超,甚至让你都不知何以申诉。你不得不佩服 K。你不得不承认那也是一种天才。那个矮小枯瘦的 K,当时才只有十一二岁!他如今在哪儿? 这个我童年的惧怕,这个我一生的迷惑,如今在哪儿? 时至今日我也还是弄不大懂,他那恶毒的能力是从哪儿来的? 如今我已年过半百,所经之处仍然常能见到 K 的影子,所以我在《务虚笔记》中说过:那个可怕的孩子已经长大,长大得到处都在。

我投靠在K一边,心却追随着八子。所有的孩子也都一样,向K靠拢,但目光却羡慕地投向八子——八子仍在树上快乐地攀爬,在房顶上自由地蹦跳,在那片开阔的空地上风似的飞跑,独自玩得投入。我记得,这时K的脸上全是嫉恨,转而恼怒。终于他又喊了:"花裤子!臭美妞儿!"怯懦的孩子们(我也是一个)于是跟着喊:"花裤子!臭美妞儿!花裤子!臭美妞儿!"八子站在高高的煤堆上,脸上的羞惭已不那么纯粹,似乎也有了畏怯、疑虑,或是忧哀。

因为那条花裤子,我记得,八子也几乎被那个可怕的孩子打倒。

八子要求母亲把那条裤子染蓝。母亲说:"染什么染?再穿一季,我就拿它做鞋底儿了。"八子说:"这裤子还是让我姐穿吧。"母亲说:"那你呢,光眼子?"八子说:"我穿我六哥那条黑的。"母亲说:"那你六哥呢?"八子说:"您给他做条新的。"母亲说:"嘿这孩子,什么时候挑起穿戴来了?边儿去!"

一个礼拜日,我避开K,避开所有别的孩子,去找八子。我觉着有愧于八子。穿过那条细长的小巷,绕过那座山似的煤堆,站在那片空地上我喊:"八子!八子——""谁呀?"不知八子在哪儿答应。"是我!八子,你在哪儿呢?""抬头,这儿!"八子悠然地坐在房顶上,随即扔下来一把桑椹:"吃吧,不算甜,好的这会儿都没了。"我暗自庆幸,看来他早把那些不愉快的事给忘了。

我说:"你下来。"

八子说:"干吗?"

是呀,干吗呢?灵机一动我说:"看电影,去不去?"

八子回答得干脆:"看个屁,没钱!"

我心里忽然一片光明。我想起我兜里正好有一毛钱。

"我有,够咱俩的。"

八子立刻猫似的从树上下来。我把一毛钱展开给他看。

"就一毛呀?"八子有些失望。

我说:"今天礼拜日,说不定有儿童专场,五分一张。"

八子高兴起来:"那得找张报纸瞅瞅。"

我说:"那你想看什么?"

"我? 随便。"但他忽然又有点儿犹豫,"这行吗?"意思是:花你的钱?

我说:"这钱是我自己攒的,没人知道。"

走进他家院门时,八子又拽住我:"可别跟我妈说,听见没有?"

"那你妈要是问呢?"

八子想了想:"你就说是学校有事。"

"什么事?"

"你丫编一个不得了? 你是中队长,我妈信你。"

好在他妈什么也没问。他妈和他哥、他姐都在案前埋头印花(即在空白的床单、桌布或枕套上印出各种花卉的轮廓,以便随后由别人补上花朵和枝叶)。我记得,除了八子和他的两个弟弟——九儿和石头,当然还有他父亲,他们全家都干这活儿,没早没晚地干,油彩染绿了每个人的手指,染绿了条案,甚至墙和地。

报纸也找到了,场次也选定了,可意外的事发生了。九儿首先看穿了我们的秘密。八子冲他挥挥拳头:"滚!"可随后石头也明白了:"什么,你们看电影去? 我也去!"八子再向石头挥拳头,但已无力。石头说:"我告妈去!"八子说:"你告什么?""你花人家的钱!"八子垂头丧气。石头不好惹,石头是爹妈的心尖子,石头一哭,从一到九全有罪。

"可总共就一毛钱!"八子冲石头嚷。

"那不管,反正你去我也去。"石头抱住八子的腰。

"行,那就都甭去!"八子拉着我走开。

但是九儿和石头寸步不离。

八子说:"我们上学校!"

九儿和石头说:"我们也上学校。"

八子笑石头:"你?是我们学校的吗你?"

石头说:"是!妈说明年我也上你们学校。"

八子拉着我坐在路边。九儿拉着石头跟我们面对面坐下。

八子几乎是央求了:"我们上学校真是有事!"

九儿说:"谁知道你们有什么事?"

石头说:"没事怎么了,就不能上学校?"

八子焦急地看着太阳。九儿和石头耐心地盯着八子。

看看时候不早了,八子说:"行,一块儿去!"

我说:"可我真的就一毛钱呀!"

"到那儿再说。"八子冲我使眼色,意思是:瞅机会把他们甩了还不容易?

横一条胡同,竖一条胡同,八子领着我们犄里拐弯地走。九儿说:"别蒙我们八子,咱这是上哪儿呀?"八子说:"去不去?不去你回家。"石头问我:"你到底有几毛钱?"八子说:"少废话,要不你甭去。"犄里拐弯,犄里拐弯,我看出我们绕了个圈子差不多又回来了。九儿站住了:"我看不对,咱八成真是走错了。"八子不吭声,拉着石头一个劲儿往前走。石头说:"咱抄近道走,是不是八子?"九儿说:"近个屁,没准儿更远了。"八子忽然和蔼起来:"九儿,知道这是哪儿吗?"九儿说:"这不还是北新桥吗?"八子说:"石头,从这儿,你知道怎么回家吗?"石头说:"再往那边不就是你们学校了吗?我都去过好几回了。""行!"八子夸石头,并且胡噜胡噜他的头发。九儿说:"八子,你想干吗?"八子吓了一跳,赶紧说:"不干吗,考考你们。"这下八子放心了,若无其事地再往前走。

变化只在一瞬间。在一个拐弯处,说时迟那时快,八子一把拽起我钻进了路边的一家院门。我们藏在门背后,紧贴墙,大气不出,听着九儿和石头的脚步声走过门前,听着他们在那儿徘徊了一会儿,然后向前追去。八子探出头瞧瞧,说一声"快",我们跳出那院门,转身向电影院飞跑。

但还是晚了,那个儿童专场已经开演半天了。下一场呢?下一场是成人场,最便宜的也得两毛一位了。我和八子站在售票口前发呆,真想把时钟倒拨,真想把价目牌上的两角改成五分,真想忽然从兜里又摸出几毛钱。

"要不,就看这场?"

"那多亏呀?都演过一半了。"

"那,买明天的?"

我和八子再到价目牌前仰望:明天,上午没有儿童场,下午呢?还是没有。"干脆就看这场吧?""行,半场就半场。"但是卖票的老头说:"钱烧的呀你们俩?这场说话就散啦!"

八子沮丧地倒在电影院前的台阶上,不知从哪儿捡了张报纸,盖住脸。

我说:"嘿八子,你怎么了?"

八子说:"没劲!"

我说:"这一毛钱我肯定不花,留着咱俩看电影。"

八子说:"九儿和石头这会儿肯定告我妈了。"

"告什么?"

"花别人的钱看电影呗。"

"咱不是没看吗?"

八子不说话,唯呼吸使脸上的报纸起伏掀动。

我说:"过几天,没准儿我还能再攒一毛呢,让九儿和石头也看。"

有那么一会儿,八子脸上的报纸也不动了,一丝都不动。

我推推他:"嘿,八子?"

八子掀开报纸说:"就这么不出气儿,你能憋多会儿?"

我便也就地躺下。八子说"开始",我们就一齐憋气。憋了一回,八子比我憋得长。又憋了一回,还是八子憋得长。憋了好几回,就一回我比八子憋得长。八子高兴了,坐起来。

我说:"八成是你那张报纸管用。"

"报纸?那行,我也不用。"八子把报纸甩掉。

我说:"甭了,我都快憋死了。"

八子看看太阳,站起来:"走,回家。"

我坐着没动。

八子说:"走哇?"

我还是没动。

八子说:"怎么了你?"

我说:"八子你真的怕 K 吗?"

八子说:"操,我还想问你呢。"

我说:"你怕他吗?"

八子说:"你呢?"

我不知怎样回答,或者是不敢。

八子说:"我瞧那小子,顶他妈不是东西!"

"没错儿,丫老说你的裤子。"

"真要是打架,我怕他?"

"那你怕他什么?"

"不知道。你呢?"

"我也不知道。"

现在想来,那天我和八子真有点儿当年张学良和杨虎城的意思。

终于八子挑明了。八子说:"都赖你们,一个个全怕他。"

我赶紧说:"其实,我一点儿都不想跟他好。"

八子说:"操,那小子有什么可怕的?"

"可是,那么多人,都想跟他好。"

"你管他们干吗?"

"反正,反正他要是再说你的裤子,我肯定不说。"

"他不就是不跟咱玩吗?咱自己玩,你敢吗?"

"咱俩?行!"

"到时候你又不敢。"

"敢,这回我敢了。可那得,咱俩谁也不能不跟谁好。"

"那当然。"

"拉钩,你干不干?"

"拉钩上吊,一百年不许变!拉钩上吊,一百年不许变——"

"他要不跟你好,我跟你好。"

"我也是,我老跟你好。"

"拉钩上吊,一百年不许变!拉钩上吊,一百年不许变——"

轰的一声,电影院的门开了,人流如涌,鱼贯而出,大人喊孩子叫。

我和八子拉起手,随着熙攘的人流回家。现在想起来,我那天的行为是否有点儿狡猾?甚至丑恶?那算不算是拉拢,像K一样?不过,那肯定算得上是一次阴谋造反!但是那一天,那一天和这件事,忽然让我不再觉得孤单,想起明天也不再觉得惶恐、忧哀,想起小学校的那座庙院也不再觉得那么阴郁和荒凉。

我和八子手拉着手,过大街,走小巷,又到了北新桥。忽然,一阵炸灌肠的香味儿飘来。我说:"嘿,真香!"八子也说:"嗯,香!"四顾之时,见一家小吃摊就在近前。我们不由得走过去,站在摊前看。大铁铛上"嗞啦嗞啦"地冒着油烟,一盘盘粉红色的灌肠盛上来,再浇上蒜汁,晶莹剔透煞是诱人。摊主不失时机地吆喝:"热灌肠啊!不贵啦!一毛钱一盘的热灌肠呀!"我想那时我一定是两眼发直,唾液盈口,不由得便去兜里摸那一毛钱了。

"八子,要不咱先吃了灌肠再说吧?"

八子不示赞成,也不反对,意思是:钱是你的。

一盘灌肠我们俩人吃,面对面,鼻子几乎碰着鼻子。八子脸上又是愧然地笑了,笑得毫无杂质,意思是:等我有了钱吧,现在可让我说什么呢?

那灌肠真是香啊,人一生很少有机会吃到那么香的东西。

3. 看电影

我和八子一起去的那家影院,叫交道口影院。小时候,我家附近,方圆五六里内,只这一家影院。此生我看过的电影,多半是在那儿看的。

"上哪儿呀您?""交道口。"或者:"您这是干吗去?""交道口。"在我家那一带,这样的问答已经足够了,不单问者已经明白,听见的人便都知道,被问者是去看电影的。所以,在我童年一度的印象里,"交道口"和"电影院"是同义的。记得有一回在街上,一个人问我:"小孩儿,交道口怎么走?"我指给他:"往前再往右,一座灰楼。""灰楼?"那人不解。我说:"写着呢,老远就能看见——交道口影院。"那人笑了:"影院干吗?我去交道口!交道口,知道不?"这下轮到我发蒙了。那人着急:"好吧好吧,交道口影院,怎么走?"我再给他指一遍;心说这不结了,你知道还是我知道?但也就在这时,我忽然醒悟:那电影院是因地处交道口而得名。

八十年代末这家电影院拆了。这差不多能算一个时代的结束,从此我很少看电影了,一是票价忽然昂贵,二是有了录像和光盘,动听的说法是"家庭影院"。

但我还是怀念"交道口",那是我的电影启蒙地。我平生看过的第一部电影是《神秘的旅伴》,片名是后来母亲告诉我的。我只记得一个漂亮的女人总在银幕上颠簸,神色慌张,其身形时而非常之大,以至大出银幕,时而又非常之小,小到看不清她的脸。此外就只是些破碎的光影,几张晃动的、丑陋的脸。我仰头看得劳累,大约是太近银幕之故。散场时母亲见我还睁着眼,抱起我,竟有骄傲的表情流露。回到家,她跟奶奶说:"这孩子会看电影了,一点儿都没睡。"我却深以为憾:那儿也能睡吗,怎不早说?奶奶问我:"都看见什么了?"我转而问母亲:"有人要抓那女的?"母亲大喜过望:"对呀!坏人要害小黎英。"我说:"小黎英长得真好看。"奶奶抚掌大笑道:"就怕这孩子长大了没别的出息。"

通往交道口的路,永远是一条快乐的路。那时的北京蓝天白云,细长的小街上一半是灰暗错落的屋影,一半是安闲明澈的阳光。一票在手有如节日,几个伙伴相约一路,可以玩弹球儿,可以玩"骑马打仗"。还可在沿途的老墙和院门上用粉笔画一条连续的波浪,碰上院门开着,便站到门旁的石墩上去,踮着脚尖让那波浪越过门楣,务使其毫不间断。倘若敞开的院门里均无怒吼和随后的追捕,这波浪便可一直能画到影院的台阶上。

坐在台阶上,等候影院开门,钱多的更可以买一根冰棍骄傲地嘬。大家瞪着眼看他和他的冰棍,看那冰棍迅速地小下去,必有人忍无可忍,说:"喂,开咱一口。"开者嘬也,你就要给他嘬上一口。继续又有人说了:"也开咱一口。"你当然还要给,快乐的日子里做人不能太小气。大家在灿烂的阳光下坐成一排,舒心地等候,小心地嘬——这样的时刻似乎人人都有责任感,谁也不忍一口嘬去太多。

有部反特片,《徐秋影案件》,甚是难忘。那是我头一回看露天电影,就在我们小学的操场上。票价二分,故所有的孩子都得到了家长的赞助。晚霞未落,孩子们便一群一伙地出发了,扛个小板凳,或沿途捡两块砖头,希望早早去占个好位置。天黑时,白色的银幕升起来,就挂在操场中央,月亮下面。幕前幕后都坐满了人。

有一首流行歌曲怀念过这样的情景,其中一句大意是:如今再也看不到银幕背后的电影了。

那个电影着实阴森可怖,音乐一惊一乍地令人毛骨悚然,黑白的光影里总好像暗伏杀机。尤其是一个漂亮女人(后来才知是特务),举止温文尔雅,却怎么一颦一笑总显得犹疑,警惕?影片演到一半,夜风忽起,银幕飘飘抖抖更让人难料凶吉。我身上一阵阵地冷,想看又怕看,怕看但还是看着。四周树影沙沙,幕边云移月走,剧中的危惧融入夜空,仿佛满天都是凶险,风中处处阴谋。

好不容易挨到散场,八子又有建议:"咱玩抓特务吧。"我想回家,八子说不行,人少了怎么玩?月光清清亮亮,操场上只剩了几个放电影的人在收起银幕。谁当特务呢?白天会抢着当的,这会儿没人争取。特务必须独往独来,天黑得透,一个人还是怕。耗子最先有了主意:"瞧,那老头!"八子顺着她的手指看:"那老头?行,就是他!"小不点儿说:"没错儿,我早注意他了,电影完了他干吗还不走?"那无辜的老头蹲在小树林边的暗影里抽烟,面目不清,烟火时明时暗。虎子说:"老东西正发暗号呢!"八子压低声音:"瞧瞧去,接暗号的是什么人?"一队人马便潜入小树林。八子说:"这哪儿行?散开!"于是散开,有的贴着墙根走,有的在地上匍匐,有的隐蔽在树后;吹一声口哨或学一声蛐蛐叫,保持联络。四处灯光不少,难说哪一盏与老头有关,如此看来就先包围了他再说吧。四面合围,一齐收紧,逼近那"老东西"。小不点儿眼尖,最先哧哧地笑起来:"虎子,那是你爷爷!"

几十年后我偶然在报纸上读到,《徐秋影案件》是根据了一个真实故事,但"徐秋影"跟虎子他爷爷那夜的遭遇一样,是个冤案。

模仿电影里的行动,是一切童年必有的乐事。比如现在的电影,多有拳争武斗,孩子们一招一式地学来,个个都像一方帮主。几十年前的电影呢,无非是打仗的、反特的、潜入敌营去侦察的;枪林弹雨,出生入死,严刑拷打,宁死不屈,最后必是胜利大反攻,咱的炮火愤怒而且猛烈,歼敌无数。因而,曾有一代少年由衷地向往那样的烽火硝烟。("首长,让我们上前线吧,都快把人憋死了!""怎么,着急了?放心,有你们的仗打。")是呀,打死敌人你就是英雄,被敌人打死你就还是英雄,这可是多么值得!故而冲锋号一响,银幕上炮火横飞——一批年轻人撂倒了另一批年轻人,一些被怀念的恋人消灭了另一些被怀念的恋人——场内立刻一片欢腾。是嘛,少男少女们花钱买票是为什么来的?开心,兴奋,自由欢叫,激情涌泄。这让我想通了如今的"追星族"。少年狂热古今无异,给他个偶像他就发烧,终于烧到哪儿去就不好说。比如我们这一代,忽然间就烧进了"文化大革命"。

"文化大革命"了,造反了,大批判了,电影是没的看了,电影院全关张了,电影统统地有问题了。电影厂也不再神秘,敞开大门,有请各位帮忙造反。有一回去北影看大字报,发现昔日的偶像都成了"黑帮",看来看去心里怪怪的。"黄世仁"和"穆仁智"一类倒也罢了,可"洪常青"和"许云峰"等等怎么回事?一旦弯在台上挨斗,可还是那般大义凛然?明白明白,要把演员和角色择开,但是明白归明白,心里还是怪怪的。

电影院关张了几年,忽有好消息传来:要演《列宁在十月》了,要演《列宁在一九一八》了。阿芙乐尔号的炮声又响了,这一回给咱送来了什么?人们一遍遍地看(否则看啥),一遍遍复习里面的台词(久疏幽默),一遍遍欣赏其中的芭蕾舞片断(多短的裙子和多美的其他),一遍遍凝神屏气看瓦西里夫妇亲吻(这两口子胆儿可真大)。在我的印象里,就从这时,国人的审美立场发生着动摇,竭力在炮火狼烟中拾捡温情,在一个执意不肯忘记仇恨的年代里思慕着爱恋。

《艳阳天》是停顿了若干后中国的第一部国产片。该片上演时我已坐上轮椅，而且正打算写点儿什么。票很难买，电影院门前彻夜有人排队。托了人，总算买到一张票，我记得清楚，是早场五点多的，其他场次要有更强大的"后门"。

　　还是交道口，还是那条路，沿途的老墙上仍有粉笔画的波浪，真可谓代代相传。一夜大雪未停，事先已探知手摇车不准入场，母亲便推着那辆自制的轮椅送我去。那是我的第一辆轮椅，是父亲淘换了几根钢管回来求人给焊的，结构不很合理，前轮总不大灵活。雪花纷纷地还在飞舞，在昏黄的路灯下仿佛一群飞蛾。路上的雪冻成了一道道冰棱子，母亲推得沉重，但母亲心里快乐。（因为那是一条永远快乐的路吗？）母亲知道我正打算写点儿什么，又知道我跟长影的一位导演有着通信，所以她觉得推我去看这电影是非常必要的，是一件大事。怎样的大事呢？我们一起在那条快乐的雪路上跋涉时，谁也没有把握，唯朦胧地都怀着希望。她把我推进电影院，安顿好，然后回家。谢天谢地她不必在外面等我，命运总算有怜恤她的时候——交道口离我家不远，她只需送我来，只需再接我回去。

　　再过几年，有了所谓"内部电影"。据说这类电影"四人帮"时就有，唯内部得更为严格。现在略有松动。初时百姓不知，见夜色中开来些大小轿车，纷纷在剧场前就位，跳出来的人们神态庄重，黑压压地步入剧场，百姓还以为是开什么要紧的会。内部者，即级别够高、立场够稳、批判能力够强，为各种颜色都难毒倒的一类。再就是内部的内部，比如老婆，又比如好友。影片嘛，东洋西洋的都有，据说运气好还能撞上半裸或全裸的女人。据说又有洁版和全版之分，这要视内部的级别高低而定。然而没有不透风的墙呀——检票员不得已而是外部，放映员没办法也得是外部，可外部难免也有其内部，比如老婆，又比如好友。如此一算，全国人民就都有机会当一两回内部,消息于是不胫而走。再有这类放映时,剧场前就比较沸腾,比较火暴,也不知从哪儿涌出来这么多的内部和外部!广大青年们尤其想:裸体!难道不是我们看了比你们看了更有作用?有那么一段不太长久的时期,一张内部电影票,便是身份或者本领的证明。

"内部电影"风风火火了一阵子之后,有人也送了我一张票。"啥名儿?""没准儿,反正是内部的。"无风的夏夜,树叶不动,我摇了轮椅去看平生的第一回内部电影。从雍和宫到那个内部礼堂,摇了一个多钟头,沿街都是乘凉的人群。那时我身体真好,再摇个把钟头也行。然而那礼堂的台阶却高,十好几层,我喘吁吁地停车阶下,仰望阶上,心知凶多吉少。但既然来了,便硬着头皮喊那个检票人——请他从台阶上下来,求他帮忙想想办法让我进去。检票人听了半天,跑回去叫来一个领导。领导看看我:"下不来?"我说是。领导转身就走,甩下一句话:"公安局有规定,任何车辆不准入内。"倒是那个检票人不时向我投来抱歉的目光。我没做太多争取。我不想多做争辩。这样的事已不止十回,智力正常如我者早有预料。只不过碰碰运气。若非内部电影,我也不会跑这么远来碰运气。不过呢,来一趟也好,家里更是闷热难熬。况且还能看看内部电影之盛况,以往只是听说。这算不算体验生活?算不算深入实际?我退到路边,买根冰棍坐在树影里嚼。于是想念起交道口,那儿的人都认识我了,见我来了就打开太平门任我驱车直入——太平门前没有台阶。可惜那儿也没有内部电影,那儿是外部。那儿新来了个小伙子,姓项,那儿的人都叫他小项。奇怪小项怎么头一回见我就说:"嘿哥们儿,也写部电影吧,咱们瞧瞧。"

小项不知现在何方。

小项猜对了。小项那样说的时候,我正在写一个电影剧本。那完全是因为柳青的鼓励。柳青,就是长影那个导演。第一次她来看我就对我说:"干吗你不写点儿什么?"她说中了我的心思,但是电影,谁都能写吗?以后柳青常来看我,三番五次地总对我说:"小说,或者电影,我看你真的应该写点儿什么。"既然一位专业人士对我有如此信心,我便悄悄地开始写了。既然对我有如此信心的是一位导演,我便从电影剧本开始。尤其那时,我正在一场不可能成功的恋爱中投注着全部热情,我想我必得做一个有为的青年。尤其我曾爱恋着的人,也对我抱着同样的信心——"真的,你一定行"——我便没日没夜地满脑子都是剧本了。那时母亲已经不在,通往交道口的路上,经常就有一对暂时的恋人并步而行(其实是脚步与车轮)。暂时,是明确的,而暂时的原因,有必要深藏不露——不告诉别人,也避免告诉自己。但是暂时,只说明时间,不说明品质,在阳光灿烂的那条快乐的路上,在雨雪之中的那家影院的门廊下,爱恋,因其暂时而更珍贵。在幽暗的剧场里他们挨得很紧,看那辉煌的银幕时,他们复习着一致的梦想:有一天,在那儿,银幕上,"编剧"二字之后,"是你的名字"——她说;"是呀但愿"——我想。

然而,终于这一天到来之时,时间已经远远地超过了暂时。我独自看那"编剧"后面的三个字,早已懂得:有为,与爱情,原是风马牛不相及的两个领域。但暂时,亦可在心中长久,而写作,却永远地不能与爱情无关。

4. 珊珊

那些天珊珊一直在跳舞。那是暑假的末尾,她说一开学就要表演这个节目。

晌午,院子里很静。各家各户上班的人都走了,不上班的人在屋里伴着自己的鼾声。珊珊换上那件白色的连衣裙,"吱呀"一声推开她家屋门,走到老海棠树下,摆一个姿势,然后轻轻起舞。

"吱呀"一声我也从屋里溜出来。

"干什么你?"珊珊停下舞步。

"不干什么。"

我煞有介事地在院子里看一圈,然后在南房的阴凉里坐下。

海棠树下,西番莲开得正旺,草茉莉和夜来香无奈地等候着傍晚。蝉声很远,近处是"嗡嗡"的蜂鸣,是盛夏的热浪,是珊珊的喘息。她一会儿跳进阳光,白色的衣裙灿烂耀眼,一会儿跳进树影,纷乱的图案在她身上漂移、游动;舞步轻盈,丝毫也不惊动海棠树上入睡的蜻蜓。我知道她高兴我看她跳,跳到满意时她瞥我一眼,说:"去——"既高兴我看她,又说"去",女孩子真是搞不清楚。

我仰头去看树上的蜻蜓,一只又一只,翅膀微垂,睡态安详。其中一只通体乌黑,是难得的"老膏药"。我正想着怎么去捉它,珊珊喘吁吁地冲我喊:"嘿快,快看哪你,就要到了。"

她开始旋转,旋转进明亮,又旋转得满身树影纷乱,闭上眼睛仿佛享受,或者期待,她知道接下来的动作会赢得喝彩。她转得越来越快,连衣裙像降落伞一样张开,飞旋飘舞,紧跟着一蹲,裙裾铺开在海棠树下,圆圆的一大片雪白,一大片闪烁的图案。

"嘿,芭蕾舞!"我说。

"笨死你!"她说,"这是芭蕾舞呀?"

无论如何我相信这就是芭蕾舞,而且我听得出珊珊其实喜欢我这样说。在一个九岁的男孩看来,芭蕾并非一个舞种,芭蕾就是这样一种动作——旋转,旋转,不停地旋转,让裙子飞起来。那年我可能九岁。如果我九岁,珊珊就是十岁。

又是"吱呀"一声,小恒家的屋门开了一条缝,小恒蹑手蹑脚地钻出来。

"有蜻蜓吗?"

"多着呢!"

小恒屁也不懂,光知道蜻蜓,他甚至都没注意珊珊在干吗。

"都什么呀?"小恒一味地往树上看。

"至少有一只'老膏药'!"

"是吗?"

小恒又钻回屋里,出来时得意地举着一小团面筋。于是我们就去捉蜻蜓了。一根竹竿,顶端放上那团面筋,竹竿慢慢升上去,对准"老膏药",接近它时要快要准,要一下子把它粘住。然而可惜,"老膏药"聪明透顶,珊珊跳得如火如荼它且不醒,我的手稍稍一抖它就知道,立刻飞得无影无踪。珊珊幸灾乐祸。珊珊让我们滚开。

"要不看你就滚一边儿去,到时候我还得上台哪,是正式演出。"

她说的是"你",不是"你们",这话听来怎么让我飘飘然有些欣慰呢?不过我们不走,这地方又不单是你家的!那天也怪,老海棠树上的蜻蜓特别多。珊珊只好自己走开。珊珊到大门洞里去跳,把院门关上。我偶尔朝那儿望一眼,门洞里幽幽暗暗,看不清珊珊高兴还是生气,唯一缕无声的雪白飘上飘下,忽东忽西。

那个中午出奇的安静。我和小恒全神贯注于树上的蜻蜓。

忽然,一声尖叫,随即我闻到了一股什么东西烧焦了的味。只见珊珊飞似的往家里跑,然后是她的哭声。我跟进去。床上一块黑色的烙铁印,冒着烟。院子里的人都醒了,都跑来看。掀开床单,褥子也煳了,揭开褥子,毡子也黑了。有人赶紧舀一碗水泼在床上。

"熨什么呢你呀?"

"裙子,我的连……连衣裙都绉了。"珊珊抽咽着说。

"咳,熨完就忘了把烙铁拿开了,是不是?"

珊珊点头,眼巴巴地望着众人,期待或可有什么解救的办法。

"没事儿你可熨它干吗?你还不会呀!"

"一开学我……我就得演出了。"

"不行了,褥子也许还凑合用,这床单算是完了。"

珊珊立刻嚎啕。

"别哭了,哭也没用了。"

"不怕,回来跟你阿姨说清楚,先给她认个错儿。"

"不哭了珊珊,不哭了,等你阿姨回来,我们大伙儿帮你说说(情)。"

可是谁都明白,珊珊是躲不过一顿好打了。

这是一个传统得不能再传统的故事。"阿姨"者,珊珊的继母。

珊珊才到这个家一年多。此前好久,就有个又高又肥的秃顶男人总来缠着那个"阿姨"。说缠着,是因为总听见他们在吵架,一宿一宿地吵,吵得院子里的人都睡不好觉。可是,吵着吵着忽然又听说他们要结婚了。这男人就是珊珊的父亲。这男人,听说还是个什么长。这男人我不说他胖而说他肥,是因他实在并不太胖,但在夏夜,他摆两条赤腿在树下乘凉,粉白的肉颤呀颤的,小恒说"就像肉冻",你自然会想起肥。据说珊珊一年多前离开的,也是继母。离开继母的家,珊珊本来高兴,谁料又来到一个继母的家。我问奶奶:"她亲妈呢?"奶奶说:"小孩儿,甭打听。""她亲妈死了吗?""谁说?""那她干吗不去找她亲妈?""你可不许去问珊珊,听见没?""怎么了?""要问,我打你。"我嬉皮笑脸,知道奶奶不会打。"你要是问,珊珊可就又得挨打了。"这一说管用,我想那可真是不能问了。我想珊珊的亲妈一定是死了,不然她干吗不来找珊珊呢?

草茉莉开了。夜来香也开了。满院子香风阵阵。下班的人陆续地回来了。炝锅声、炒菜声就像传染,一家挨一家地整个院子都热闹起来。这时有人想起了珊珊。"珊珊呢?"珊珊家烟火未动,门上一把锁。"也不添火也不做饭,这孩子哪儿去了?""坏了,八成是怕挨打,跑了。""跑了?她能上哪儿去呢?""她跟谁说过什么没有?"众人议论纷纷。我看他们既有担心,又有一丝快意——给那个所谓"阿姨"点颜色看,让那个亲爹也上点心吧!

奶奶跑回来问我:"珊珊上哪儿了你知道不?"

"我看她是找她亲妈去了。"

众人都来围着我问:"她跟你说了?""她是这么跟你说的吗?""她上哪儿去找她亲妈,她说了吗?"

"要是我,我就去找我亲妈。"

奶奶喊:"别瞎说!你倒是知不知道她上哪儿了?"

我摇头。

小恒说看见她买菜去了。

"你怎么知道她是买菜去了?"

"她天天都去买菜。"

我说:"你屁都不懂!"

众人纷纷叹气,又纷纷到院门外去张望,到菜站去问,在附近的胡同里喊。

我也一条胡同一条胡同地去喊珊珊。走过老庙,走过小树林,走过轰轰隆隆的建筑工地,走过护城河,到了城墙边。没有珊珊,没有她的影子。我爬上城墙,喊她,我想这一下她总该听见了。但是晚霞淡下去,只有晚风从城墙外吹过来。不过,我心里忽然有了一个想法。

我下了城墙往回跑,我相信我这个想法一定不会错。我使劲跑,跑过护城河,跑过工地,跑过树林,跑过老庙,跑过一条又一条胡同,我知道珊珊会上哪儿,我相信没错她肯定在那儿。

小学校。对了,她果然在那儿。

操场上空空旷旷,操场旁一点雪白。珊珊坐在花坛边,抱着肩,蜷起腿,下巴搁在膝盖上,晚风吹动她的裙裾。

"珊珊!"我叫她。

珊珊毫无反应。也许她没听见?

"珊珊,我猜你就在这儿。"

我肯定她听见了。我离她远远地坐下来。

四周有了星星点点的灯光。蝉鸣却是更加地热烈。

我说:"珊珊,回家吧。"

可我还是不敢走近她。我看这时候谁也不敢走近她。就连她的"阿姨"也不敢。就连她亲爹也不敢。我看只有她的亲妈能走近她。

"珊珊,大伙儿都在找你哪。"

在我的印象里,珊珊站起来,走到操场中央,摆一个姿势,翩翩起舞。

四周已是万家灯火。四周的嘈杂围绕着操场上的寂静、空旷,还有昏暗,唯一缕白裙鲜明,忽东忽西,飞旋、飘舞……

"珊珊回去吧。""珊珊你跳得够好了。""离开学还有好几天哪,珊珊你就先回去吧。"我心里这样说着,但是我不敢打断她。

月亮爬上来,照耀着白色的珊珊,照耀她不停歇的舞步;月光下的操场如同一个巨大的舞台。在我的愿望里,也许,珊珊你就这么尽情尽意地跳吧,别回去,永远也不回去,但你要跳得开心些,别这么伤感,别这么忧愁,也别害怕。你用不着害怕呀珊珊,因为,因为再过几天你就要上台去表演这个节目了,是正式的……

但是结尾,是这个故事最为悲惨的地方:那夜珊珊回到家,仍没能躲过一顿暴打。而她不能不回去,不能不回到那个继母的家。因为她无处可去。

因而在我永远的童年里,那个名叫珊珊的女孩一直都在跳舞。那件雪白的连衣裙已经熨好了,雪白的珊珊所以能够飘转进明亮,飘转进幽暗,飘转进遍地树影或是满天星光……这一段童年似乎永远都不会长大,因为不管何年何月,这世上总是有着无处可去的童年。

5. 小恒

我小时候住的那个院子里,只小恒和我两个男孩。我大小恒四岁,这在孩子差得就不算小,所以小恒总是追在我屁股后头,是我的"兵"。

我上了中学,住校,小恒平时只好混在一干女孩子中间。她们踢毽他也踢毽,她们跳皮筋他也跳皮筋,她们用玻璃丝编花,小恒便劝了这个劝那个,劝她们不如还是玩些别的。周末我从学校回来,小恒无论正跟女孩们玩着什么,必立即退出,并顺便表现一下男子汉的优越:"唉这帮女的,真笨!"女孩们当然就恨恨地骂,威胁说:"小恒你等着,看明天他走了你跟谁玩!"小恒已经不顾,兴奋地追在我身后,汇报似的把本周院里院外的"新闻"向我细说一遍。比如谁家的猫丢了,可同时谁家又飘出炖猫肉的香味。我说:"炖猫肉有什么特别的香味儿吗?"小恒挠挠后脑勺,把这个问题跳过去,又说起谁家的山墙前天夜里塌了,幸亏是往外塌的,差一点儿就往里塌,那样的话这家人就全完了。我说:"怎么看出差一点儿就往里塌呢?"小恒再挠挠后脑勺,把这个问题也跳过去,又说起某某的爷爷前几天死了,有个算命的算得那叫准,说那老头要是能挺到开春就是奇迹,否则一定熬不过这个冬天。我忍不住大笑。小恒挠着后脑勺,半天才想明白。

小恒长得白白净净,秀气得像个女孩。小恒妈却丑,脸又黑。邻居们猜小恒一定是像父亲,但谁也没见过他父亲。邻居中曾有人问过:"小恒爸在哪儿工作?"小恒妈啰里啰嗦,顾左右而言他。这事促成邻居们长久的怀疑和想象。

小恒妈不识字,但因每月都有一张汇票按时寄到,她所以认得自己的姓名;认得,但不会写,看样子也没打算会写,凡需签名时她一律用图章。那图章受到邻居们普遍的好评——象牙的,且有精美的雕刻和镶嵌。有回碰巧让个退休的珠宝商看见,老先生举着放大镜瞅半天,神情渐渐肃然。老先生抬眼再看图章的主人,肃然间又浮出几分诧异,然后恭恭敬敬把图章交还小恒妈,说:"您可千万收好了。"

小恒妈多有洋相。有一回上扫盲课,老师问:"锄禾日当午,下一句什么?"小恒妈抢着说:"什么什么什么土。""谁知盘中餐?""什么什么什么苦。"又一回街道开会,主任问她:"'三要四不要'(一个卫生方面的口号)都是什么?"小恒妈想了又想,身上出汗。主任说:"一条就行。"小恒妈道:"晚上要早睡觉。"主任忍住笑再问:"那,不要什么呢?""不要加塞儿,要排队。"

一九六六年春,大约就在小恒妈规规矩矩排队购物之时,"文化革命"已悄悄走近。我们学校最先闹起来,在教室里辩论,在食堂里辩论,在操场上辩论——清华附中是否出了修正主义?我觉得这真是无稽之谈,清华附中从来就没走错过半步社会主义。辩论未果,六月,正要期末考试,北大出事了,北大确凿是出了修正主义。于是停课,同学们都去北大看大字报;一路兴高采烈——既不用考试了,又将迎来暴风雨的考验!未名湖畔人流如粥。看呀,看呀,我心里渐渐地郁闷——看来我是修正主义"保皇派"已成定局,因而我是反动阶级的孝子贤孙也似无可非议。唉唉!暴风雨呀暴风雨,从小就盼你,怎么你来了我却弄成这样?

有天下午回到家,坐着发呆,既为自己的立场懊恼,又为自己的出身担忧。这时小恒来了,几个星期不见,他的汇报已经"以阶级斗争为纲"了。

"嘿,知道吗？珊珊他爸有问题！"

"谁说？"

"珊珊她阿姨都哭了。"

"这新鲜吗？"

"珊珊她爸好些天都没回家了。"

"又吵架了呗。"

"才不是哪,人家说他是修正主义分子。"

"怎么说？"

"说他是资产阶级生活方式。"

"那倒是,他不是谁是？"

"街东头的辉子,知道不？他家有人在台湾！"

"你怎么知道的？"

"还有北屋老头,几根头发还总抹油,抽的烟特高级,每根都包着玻璃纸！"

"雪茄都那样,你懂个屁！"

"9号的小文,她爸是地主。她爸叫什么你猜？徐有财。反动不反动？"

我不想听了："小恒,你快成'包打听'了。"我想起奶奶的成分也是地主,想起我的出身到底该怎么算。那天我没在家多待,早早地回了学校。

学校里天翻地覆。北京城天翻地覆。全中国都出了修正主义！初时,阶级营垒尚不分明,我战战兢兢地混进革命队伍,也曾去清华园里造过一次反,到一个"反动学术权威"家里砸了几件摆设,毁了几双资产阶级色彩相当浓重的皮鞋。但不久,非"红五类"出身者便不可造反,我和几个不红不黑的同学便早早地做了逍遥派。随后,班里又有人被揭露出隐瞒了罪恶出身,我脸上竭力表现着愤怒,心里却暗暗地发抖。可什么人才会暗暗地发抖呢？

耳边便响起一句话现成的解释:"让阶级敌人躲在阴暗的角落里发抖吧!"

再见小恒时,他已是一身的"民办绿"(自制军装,唯颜色露出马脚,就好比当今的假冒名牌,或当初的阿Q,自以为已是革命党)。我把他从头到脚看一遍,不便说什么,唯低头听他汇报。

"嘿不骗你,后院小红家偷偷烧了几张画,有一张上居然印着青天白日旗!"

"真的?"

"当然。也不知让谁看见给报告了,小红她舅姥爷这几天正扫大街哪。"

"是吗?"

"西屋一见,吓得把沙发也拆了。沙发里你猜是什么?全是烂麻袋片!"

四周比较安静。小恒很是兴奋。

"听说后街有一家,红卫兵也不是怎么知道的,从他们家的箱子里翻出一堆没开封的瑞士表,又从装盐的坛子里找出好些金条!"

"谁说的?"

"还用谁说?东西都给抄走了,连那家的大人也给带走了。"

"真的?"

"骗你是孙子。还从一家抄出了解放前的地契呢!那家的老头老太太跪在院子里让红卫兵抽了一顿皮带,还说要送他们回原籍劳改去呢。"

小恒的汇报轰轰烈烈,我听得胆战心惊。

那天晚上,母亲跟奶奶商量,让奶奶不如先回老家躲一躲。奶奶悄然落泪。母亲说:"先躲过这阵子再说,等没事了就接您回来。"我真正是躲在角落里发抖了,不敢再听,溜出家门,心里乱七八糟地在街上走,一直走回学校。

几天后奶奶走了。母亲来学校告诉我:奶奶没受什么委屈,平平安安地走了。我松了一口气。但即便在那一刻,我也知道,这一口气是为什么松的。良心,其实什么都明白。不过,明白,未必就能阻止人性的罪恶。多年来,我一直躲避着那罪恶的一刻。但其实,那是永远都躲避不开的。

母亲还告诉我,小恒一家也走了。

"小恒?怎么回事?"

"从他家搜出了几大箱子绸缎,还有银元。"

"怎么会?"

"完全是偶然。红卫兵本来是冲着小红的舅姥爷去的,然后各家看看,就在小恒家翻出了那些东西。"

几十匹绫罗绸缎,色彩缤纷华贵,铺散开,铺得满院子都是,一地金光灿烂。

小恒妈跪在院子中央,面如土灰。

银元一把一把地抛起来,落在柔软的绸缎上,沉甸甸的但没有声音。

接着是皮带抽打在皮肉上的震响,先还零碎,渐渐地密集。

老海棠树的树荫下,小恒妈两眼呆滞一声不吭,皮带仿佛抽打着木桩。

红卫兵愤怒地斥骂。

斥骂声惊动了那一条街。

邻居们早都出来,静静地站在四周的台阶下。

街上的人吵吵嚷嚷地涌进院门,然后也都静静地站在四周的台阶下。

有人轻声问:"谁呀?"

没人回答。

"小恒妈,是吗?"

没人理睬。

小恒妈哀恐的目光偶尔向人群中搜寻一回,没人知道她在找什么。

没人注意到小恒在哪儿。

没人还能顾及小恒。

是小恒自己出来的。他从人群里钻出来。

小恒满面泪痕,走到他妈跟前,接过红卫兵的皮带,"啪!啪啪!啪啪啪……"那声音惊天动地。

连那几个红卫兵都惊呆了。在场的人后退一步,吸一口凉气。

小恒妈一如木桩,闭上双眼,倒似放心了的样子。

"啪!啪啪!啪啪啪……"

没人去制止。没人敢动一下。

直到小恒手里的皮带掉落在地,掉落在波浪似的绸缎上。

小恒一动不动地站着。小恒妈一动不动地跪着。

老海棠树上,蜻蜓找到了午间的安歇地。一只蝴蝶在院中飞舞。蝉歌如潮。

很久,人群有些骚动,无声地闪开一条路。

警察来了。

绫罗绸缎扔上卡车,小恒妈也被推上去。

小恒这才哭喊起来:"我不走,我不走!哪儿也不去!我一个人在北京!"

在场的人都低下头,或偷偷叹气。

一个老民警对小恒说:"你还小哇,一个人哪儿行?"

"行!我一个人行!要不,大妈大婶我跟着你们行不?跟着你们谁都行!"

是人无不为之动容。

这都是我后来听说的。

再走进那个院子时,只见小恒家的门上一纸封条、一把大锁。

老海棠树已然枝枯叶落。落叶被阵阵秋风吹开,堆积到四周的台阶下,就像不久前屏息战栗的人群。

家里,不见了奶奶,只有奶奶的针线笸箩静静地躺在床上。

我的良心仍不敢醒。但那孱弱的良心,昏然地能够看见奶奶独自走在乡间小路上的样子。还能看见:苍茫的天幕下走着的小恒,前面不远,是小恒妈踽踽而行的背影。或者还能看见:小恒紧走几步,追上母亲,母亲一如既往搂住他弱小且瑟缩的肩膀。荒风落日,旷野无声。

6. 老海棠树

如果可能,如果有一块空地,不论窗前屋后,要是能随我的心愿种点儿什么,我就种两棵树。一棵合欢,纪念母亲。一棵海棠,纪念我的奶奶。

奶奶,和一棵老海棠树,在我的记忆里不能分开;好像她们从来就在一起,奶奶一生一世都在那棵老海棠树的影子里张望。

老海棠树近房高的地方,有两条粗壮的枝丫,弯曲如一把躺椅,小时候我常爬上去,一天一天地就在那儿玩。奶奶在树下喊:"下来,下来吧,你就这么一天到晚待在上头不下来了?"是的,我在那儿看小人书,用弹弓向四处射击,甚至在那儿写作业,书包挂在房檐上。"饭也在上头吃吗?"对,在上头吃。奶奶把盛好的饭菜举过头顶,我两腿攀紧树丫,一个海底捞月把碗筷接上来。"觉呢,也在上头睡?"没错。四周是花香,是蜂鸣,春风拂面,是沾衣不染的海棠花雨。奶奶站在地上,站在屋前,老海棠树下,望着我;她必是羡慕,猜我在上头是什么感觉,都能看见什么。

但她只是望着我吗?她常独自呆愣,目光渐渐迷茫,渐渐空荒,透过老海棠树浓密的枝叶,不知所望。

春天,老海棠树摇动满树繁花,摇落一地雪似的花瓣。我记得奶奶坐在树下糊纸袋,不时地冲我叨唠:"就不说下来帮帮我?你那小手儿糊得多快!"我在树上东一句西一句地唱歌。奶奶又说:

"我求过你吗？这回活儿紧！"我说："我爸我妈根本就不想让您糊那破玩意儿，是您自己非要这么累！"奶奶于是不再吭声，直起腰，喘口气，这当儿就又呆呆地张望——从粉白的花间，一直到无限的天空。

或者夏天，老海棠树枝繁叶茂，奶奶坐在树下的浓荫里，又不知从哪儿找来了补花的活儿，戴着老花镜，埋头于床单或被罩，一针一线地缝。天色暗下来时她冲我喊："你就不能劳驾去洗洗菜？没见我忙不过来吗？"我跳下树，洗菜，胡乱一洗了事。奶奶生气了："你们上班上学，就是这么糊弄？"奶奶把手里的活儿推开，一边重新洗菜一边说："我就一辈子得给你们做饭？就不能有我自己的工作？"这回是我不再吭声。奶奶洗好菜，重新捡起针线，从老花镜上缘抬起目光，又会有一阵子愣愣的张望。

有年秋天，老海棠树照旧果实累累，落叶纷纷。早晨，天还昏暗，奶奶就起来去扫院子，"唰啦——唰啦——"院子里的人都还在梦中。那时我大些了，正在插队，从陕北回来看她。那时奶奶一个人在北京，爸和妈都去了干校。那时奶奶已经腰弯背驼。"唰啦唰啦"的声音把我惊醒，赶紧跑出去："您歇着吧我来，保证用不了三分钟。"可这回奶奶不要我帮。"唉，你呀！你还不懂吗？我得劳动。"我说："可谁能看得见？"奶奶说："不能那样，人家看不看得见是人家的事，我得自觉。"她扫完了院子又去扫街。"我跟您一块儿扫行不？""不行。"

这时我才明白，曾经她为什么执意要糊纸袋，要补花，不让自己闲着。有爸和妈养活她，她不是为挣钱，她为的是劳动。她的成分随了爷爷算地主。虽然我那个地主爷爷三十几岁就一命归天，是奶奶自己带着三个儿子苦熬过几十年。但人家说什么？人家说："可你还是吃了那么多年的剥削饭！"这话让她无地自容。这话让她独自愁叹。这话让她几十年的苦熬忽然间变成屈辱。她要补偿这罪孽。她要用行动证明。证明什么呢？她想着她未必不能有一天自食其力。奶奶的心思我有点儿懂了：什么时候她才能像爸和妈那样，有一份名正言顺的工作呢？大概这就是她的张望吧，就是那老海棠树下屡屡的迷茫与空荒。不过，这张望或许还要更远大些——她说过：得跟上时代。

所以冬天，所有的冬天，在我的记忆里，几乎每一个冬天的晚上，奶奶都在灯下学习。窗外，风中，老海棠树枯干的枝条敲打着屋檐，摩擦着窗棂。奶奶曾经读一本《扫盲识字课本》，再后是一字一句地念报纸上的头版新闻。在《奶奶的星星》里我写过：她学《国歌》一课时，把"吼声"念成"孔声"。我写过我最不能原谅自己的一件事：奶奶举着一张报纸，小心地凑到我跟前："这一段，你给我说说，到底什么意思？"我看也不看地就回答："您学那玩意儿有用吗？您以为把那些东西看懂，您就真能摘掉什么帽子？"奶奶立刻不语，唯低头盯着那张报纸，半天半天目光都不移动。我的心一下子收紧，但知已无法弥补。"奶奶。""奶奶！""奶奶——"我记得她终于抬起头时，眼里竟全是惭愧，毫无对我的责备。

但在我的印象里，奶奶的目光慢慢地离开那张报纸，离开灯光，离开我，在窗上老海棠树的影子那儿停留一下，继续离开，离开一切声响甚至一切有形，飘进黑夜，飘过星光，飘向无可慰藉的迷茫与空荒……而在我的梦里，我的祈祷中，老海棠树也便随之轰然飘去，跟随着奶奶，陪伴着她，围拢着她；奶奶坐在满树的繁花中，满地的浓荫里，张望复张望，或不断地要我给她说说："这一段到底是什么意思？"——这形象，逐年地定格成我的思念和我永生的痛悔。

7. 孙姨和梅娘

柳青的母亲,我叫她孙姨,曾经和现在都这样叫。这期间,有一天我忽然知道了,她是三四十年代一位很有名的作家——梅娘。

最早听说她,是在一九七二年底。那时我住在医院,已是寸步难行;每天唯两个盼望,一是死,一是我的同学们来看我。同学们都还在陕北插队,快过年了,纷纷回到北京,每天都有人来看我。有一天,他们跟我说起了孙姨。

"谁是孙姨?"

"瑞虎家的亲戚,一个老太太。"

"一个特棒的老太太,五七年的右派。"

"右派?"

"现在她连工作都没有。"

好在那时我们对右派已经有了理解。时代正走到接近巨变的时刻。

"她的女儿在外地,儿子病在床上好几年了。"

"她只能在外面偷偷地找点儿活儿干,养这个家,还得给儿子治病。"

"可是邻居们都说,从来也没见过她愁眉苦脸唉声叹气。"

"瑞虎说,她要是愁了,就一个人在屋里唱歌。"

"等你出了院,可得去见见她。"

"保证你没见过那么乐观的人。那老太太比你可难多了。"

我听得出来，他们是说"那老太太比你可坚强多了"。我知道，同学们在想尽办法鼓励我，刺激我，希望我无论如何还是要活下去。但这一回他们没有夸张，孙姨的艰难已经到了无法夸张的地步。

那时我们都还不知道她是梅娘，或者不如说，我们都还不知道梅娘是谁。我们这般年纪的人，那时对梅娘和梅娘的作品一无所知。历史常就是这样被割断着、湮灭着。梅娘好像从不存在。一个人，生命中最美丽的时光竟似消散得无影无踪。一个人丰饶的心魂，竟可以沉默到无声无息。

两年后我见到孙姨的时候，历史尚未苏醒。

某个星期天，我摇着轮椅去瑞虎家——东四六条流水巷，一条狭窄而曲折的小巷，巷子中间一座残损陈旧的三合院。我的轮椅进不去，我把瑞虎叫出来。春天，不冷了，近午时分阳光尤其明媚，我和瑞虎就在他家门前的太阳地里聊天。那时的北京处处都很安静，巷子里几乎没人，唯鸽哨声时远时近，或者还有一两声单调且不知疲倦的叫卖。这时，沿街墙，在墙阴与阳光的交界处，走来一个老太太，尚未走近时她已经朝我们笑了。瑞虎说这就是孙姨。瑞虎再要介绍我时，孙姨说："甭了，甭介绍了，我早都猜出来了。"她嗓音敞亮，步履轻捷，说她是老太太实在是因为没有更恰当的称呼吧；转眼间她已经站在我身后抚着我的肩膀了。那时她五十多接近六十岁，头发黑而且茂密，只是脸上的皱纹又多又深，刀刻的一样。她问我的病，问我平时除了写写还干点儿什么。她知道我正在学着写小说，但并不给我很多具体的指点，只对我说："写作这东西最是不能急的，有时候要等待。"倘是现在，我一定就能听出她是个真正的内行了。二十多年过去，现在要是让我给初学写作的人一点儿忠告，我想也是这句话。她并不多说的原因，还有，就是仍不想让人知道那个云遮雾罩的梅娘吧。

她跟我们说笑了一会儿,拍拍我的肩说"下午还有事,我得做饭去了",说罢几步跳上台阶走进院中。瑞虎说,她刚在街道上干完活回来,下午还得去一户人帮忙呢。"帮什么忙?""其实就是当保姆。""当保姆?孙姨?"瑞虎说就这还得瞒着呢,所以她就到离家很远的地方去当保姆,越远越好,要不人家知道了她的历史,谁还敢雇她?

她的什么历史?瑞虎没说,我也不问。那个年代的人都懂得,话说到这儿最好止步。历史,这两个字,可能包含着任何你想得到和想不到的危险,可能给你带来任何想得到和想不到的灾难。一说起那个时代,就连"历史"这两个字的读音都会变得阴沉、压抑。以至于我写到这儿,再从记忆中去看那条小巷,不由得已是另外的景象——阳光暗淡下去,鸽子瑟缩地蹲在灰暗的屋檐上,春天的风卷起尘土,卷起纸屑,卷起那不死不活的叫卖声在小巷里流窜。倘这时有一两个伛背弓腰的老人在奋力地打扫街道,不用问,那必是"黑五类",比如右派,比如孙姨。

其实孙姨与瑞虎家并不是亲戚,孙姨和瑞虎的母亲是自幼的好友。孙姨住在瑞虎家隔壁,几十年中两家人过得就像一家。曾经瑞虎家生活困难,孙姨经常给他们援助,后来孙姨成了"右派",瑞虎的父母就照顾着孙姨的孩子。这两家人的情谊远胜过亲戚。

我见到孙姨的时候她的儿子刚刚去世。孙姨有三个孩子,一儿两女。小女儿早在她劳改期间就已去世。儿子和小女儿得的是一样的病,病的名称我曾经知道,现在忘了,总之在当时是一种不治之症。残酷的是,这种病总是在人二十岁上下发作。她的一儿一女都是活蹦乱跳地长到二十岁左右,忽然病倒,虽四处寻医问药,但终告不治。这样的母亲可怎么当啊!这样的孤单的母亲可是怎么熬过来的呀!这样的在外面受着歧视、回到家里又眼睁睁地看着一对儿女先后离去的母亲,她是靠着什么活下来的呢?靠她独自的歌声?靠那独自的歌声中的怎样的信念啊!我真的不敢想象,到现在也不敢问。要知道,那时候,没有谁能预见到"右派"终有一天能被平反啊。

如今,我经常在想起我的母亲的时候想起孙姨:我想起我的母亲在地坛里寻找我,不由得就想起孙姨:那时她在哪儿并且寻找着什么呢?我现在也已年过半百,才知道,这个年纪的人,心中最深切的祈盼就是家人的平安。于是我越来越深地感受到了我的母亲当年的苦难,从而越来越多地想到孙姨的当年,她的苦难唯加倍地深重。

我想,无论她是怎样一个坚强而具传奇色彩的女性,她的大女儿一定是她决心活下去并且独自歌唱的原因。

她的大女儿叫柳青。毫不夸张地说,她是我写作的领路人。并不是说我的写作已经多么好,或者已经能够让她满意,而是说,她把我领上了这条路,经由这条路,我的生命才在险些枯萎之际豁然地有了一个方向。

一九七三年夏天我出了医院,坐进了终身制的轮椅,前途根本不能想,能想的只是这终身制终于会怎样结束。这时候柳青来了。她跟我聊了一会儿,然后问我:"你为什么不写点儿什么呢?我看你是有能力写点儿什么的。"那时她在长影当导演,于是我就迷上了电影,开始写电影剧本。用了差不多一年时间,我写了三万自以为可以拍摄的字,柳青看了说不行,说这离能够拍摄还差得远。但她又说:"不过我看你行,依我的经验看你肯定可以干写作这一行。"我看她不像是哄我,便继续写,目标只有一个——有一天我的名字能够出现在银幕上。我差不多是写一遍寄给柳青看一遍,直到有一天她告诉我:"这一稿真的不错,我给叶楠看了他也说还不错。"我记得这使我第一次有了自信,并且从那时起,彩蛋也不画了,外语也不学了,一心一意地只想写作了。

大约就是这时,我知道了孙姨是谁,梅娘是谁;梅娘是一位著名老作家,并且同时就是那个给人当保姆的孙姨。

又过了几年,梅娘的书重新出版了,她送给我一本,并且说"现在可是得让你给我指点指点了",说得我心惊胆战。不过她是诚心诚意这样说的。她这样说时,我第一次听见她叹气,叹气之后是短暂的沉默。那沉默中必上演着梅娘几十年的坎坷与苦难,必上演着中国几十年的坎坷与苦难。往事如烟,年轻的梅娘已是耄耋之年了,这中间,她本来可以有多少作品问世呀。

现在,柳青定居在加拿大。柳青在那儿给孙姨预备好了房子,预备好了一切,孙姨去过几次,但还是回来。那儿青天碧水,那儿绿草如茵,那儿的房子宽敞明亮,房子四周是果园,空气干净得让你想大口大口地吃它。孙姨说那儿真是不错,但她还是回来。

她现在一个人住在北京。我离她远,又行动不便,不能去看她,不知道她每天都做些什么。有两回,她打电话给我,说见到一本日文刊物上有评论我的小说的文章,"要不要我给你翻译出来?"再过几天,她就寄来了译文,手写的,一笔一画,字体工整,文笔老到。

瑞虎和他的母亲也在国外。瑞虎的姐姐时常去看看孙姨,帮助做点儿家务事。我问她:"孙姨还好吗?"她说:"老了,到底是老了呀,不过脑子还是那么清楚,精神头儿旺着呢!"

8. M 的故事

多年以前,一个夏天的中午,阵雨之后阳光尤其灿烂,在花园里,一群孩子跳跳唱唱地像往常那样游戏。

有个七岁的小姑娘,M,正迷恋着写字;她蹲在路旁的水洼边,用手指蘸着雨水,在已经干燥的路面上写她刚刚学会的字。可能是写不好,也可能是写到一半,字迹就让炽热的阳光吸干了,小姑娘有些扫兴。她离开那儿。

走到树荫下的一道矮墙边,她已经又快乐起来。她爬上矮墙。

她坐在矮墙上荡着双腿,欣赏她的糖纸,一张张地翻看,把最暗淡的排在最后,在最可心的上面亲一下。可能是那矮墙还有些潮湿,很凉,她想换个姿势蹲着。但这过程中她发现站在矮墙上的感觉其实更好,蹲下了又站起来。高高地站在那矮墙上,没来由地让她兴奋,她喊:"嘿——看我呀你们!"

孩子们都驻步看她,向她仰起羡慕的笑脸。大概是这感觉让她有所联想,七岁的小姑娘整理一下衣裙,快乐地宣布:"我是毛主席!"

孩子们似乎也都激动,仰起着笑脸向她围拢。

但是,一个个笑脸忽然僵滞,笑容慢慢收敛。

因为有个声音说:"M,你反动!"

整整那一个夏天,M 的全家都在担忧。

尤其傍晚,窗外,院子里,孩子们依旧唱唱跳跳地玩耍;忽不知是谁想起了 M,想起了她的"罪行",或是想起了"声讨"的快乐,于是乎孩子们齐声地喊:"M,反动!M,反动!M,反动……"虽不过是孩子们别出心裁的游戏,M 全家却听得胆战心惊。

全家人唯低头吃着晚饭,谁也不说话。

"反动!反动!反动……"那声音随晚风一浪一浪飘进家中,撞上屋中的死寂,一声声都似尖厉,拖着空旷的回音。

晚饭草草结束。

洗碗的声音轻得不能再轻。

随后,家里的灯都熄掉。

月光开始照耀。"声讨"仍在继续。

全家人这儿一个那儿一个坐在月影里,默默地听着,不去反驳,不去制止。爸和妈偶尔去窗边望望,只盼那孩童的游戏自生自灭,唯恐引得大人们当真。

主要的问题是,从那天起,没有人跟 M 玩了。

从那天开始,小姑娘 M 害怕起大喇叭的广播,怕广播中会出现她的名字。

那时候广播喇叭无处不在,吊在楼顶,悬在杆头,或藏在茂密的树冠里。

那个夏天剩下的日子,七岁的小姑娘常常独自走进花园,对着寂静的花草,对着飞舞的蜜蜂和蝴蝶,对着风,祈祷,对着太阳诉说自己的无辜,或忠诚。

"那天我错了,但我不是那样想的。"

"我真的不是那样想的,向毛主席保证!"

"我是怎么想的,毛主席他不会不知道。"

她听见蝉歌唱得悠然,平静,心想大概不会有什么事了。

她听见大喇叭里正播放着《大海航行靠舵手》,心想,看来不会有事了。

她知道,一般出事前总是播放"拿起笔做刀枪"那样的歌,歌一完,广播里就会说出一个人的名字,说他干了什么和说了什么,说他是反革命。可现在没有,现在并没播放那样的歌。是吗?再听听。没错儿,现在又播放样板戏了。

小姑娘长长地吐一口气,坐下,看天边的晚霞慢慢暗淡下去。

但是,没人跟她玩了。这才是真正的恐惧。

她盼望着有人来跟她玩。但她盼望的并不是游戏的快乐,而是孩子们能够转变对她的态度。这才是真正的疑难。

一颗七岁的心,正在学会着根据别人的脸色来判断自己的处境。

一颗七岁的心已经懂得,要靠赢得别人对你的好感,来改善自己的处境。

但是,有什么办法吗?

她想起家里还有一罐水果糖。无师自通,她有了一个小小的诡计:给孩子们发糖,孩子们就会来跟她玩了。每人发一块,他们就会重新喜欢她了。

爸和妈都不在家。她冲孩子们喊:"喂——真的,我家有好多好多糖呢!"

糖罐放在柜顶上。她蹬着椅子,椅子上面再加个小板凳,孩子们围着她,向她仰起笑脸。她吃力地取下糖罐,心里又松一口气——本来还怕够不到那糖罐呢。

孩子们便跟她一起唱唱跳跳地玩了,像以前一样,唯比以前多出了一个目的。

"还有糖吗?"

"看,还多着呢。"

她再给每人都发一块。

孩子们慢慢忘记着"反动"的事,单记得那罐子里的糖果色彩繁多。

"我想再吃一块绿色的行吗?"

"紫色的,我还没吃过紫色的呢!"

又是每人一块。

那年月,糖果并不普通。所以爸爸把它放在了柜顶上。但七岁的小姑娘已经顾不得糖果的珍贵了,唯在心里感动着它们的作用。

工间操,妈妈回来了,她让孩子们躲在床下。妈妈走了,她把孩子们放出来。她怕孩子们离开,再给每人发一块,她怕孩子们一离开就又会想起"反动"。

孩子们很快就摸出了一个诀窍——以"离开"相威胁,或以"再来"相引诱,就能够一次次得到糖果。

甚至到了傍晚,孩子们要回家了,走到门口又站住。

"再吃最后一块吧!"

"行,那你们明天还来吗?"

"要不两块吧,最后的。"

"明天你们还来,行吗?"

多年以后,小姑娘早已成年,我把我写的这个故事给她看。看罢,她沉吟许久,竟出人意料地说:好像不是这样——

"好像不这么简单。好像有什么地方,不大对。"

"哪儿?"我问,"什么地方不对?"

她说是结尾。"我给他们糖,不是想让他们不走,不是想让他们再来,而是想让他们快走吧。最后再给你们每人两块,我是想让他们别再来了。"

"为什么?你不是害怕没人跟你玩吗?"

"噢,是呀……"

"那,为什么又不想让他们再来?"

"噢,太久了真是太久了,我自己都有点儿忘了。"

她慢慢地踱步,慢慢地追忆:"因为,他们不走,他们就还会要。他们要是再来,我想他们一定还会要。可罐子里的糖,已经少了很多。"

"你是害怕妈妈发现?"

"不,我可能倒是希望她发现。她没发现,我心里反而难过。"

"最后呢,她发现了吗?"

"没有,她一直都没发现。"

"照理说她应该不难发现啊?"

"是呀。不过也许,她早就发现了。也许她是故意不发现的。"

9. B 老师

B 老师应该有六十岁了。他高中毕业来到我们小学时,我正上二年级。小学,都是女老师多,来了个男老师就引人注意。引人注意还因为他总穿一身褪了色的军装。我们还当他是转业军人,其实不是,那军装有可能是抗美援朝的处理物资。

因为那身军装,还因为他微微地有些驼背,很少有人能猜准 B 老师的年龄。"您今年三十几?"或者:"有四十吗,您?"甚至:"您面老,其实您超不过五十岁。"对此 B 老师一概以微笑作答,不予纠正。

他教我们美术、书法,后来又教历史。大概是因为年轻,且多才多艺,他又做了我们的大队总辅导员。

自从他当了总辅导员,我记得,大队日过得开始正规;出旗,奏乐,队旗绕场一周,然后各中队报告人数,唱队歌,宣誓,各项仪式一丝不苟。队旗飘飘,队鼓咚咚,我们感到了从未有过的庄严。B 老师再举起拳头,语气昂扬:"准备着,为共产主义事业而奋斗!"孩子们齐声应道:"时刻准备着!"那一刻蓝天白云,大伙儿更是体会了神圣与骄傲。

自从他当了总辅导员,大队室也变得整洁、肃穆。"星星火炬"挂在主席像的迎面。队旗、队鼓陈列一旁。四周的墙上是五颜六色的美术字,"好好学习天天向上"一类。我们几个大队委定期在那儿开会,既知重任在肩,却又无所作为。

B老师要求我们"深入基层",去各中队听取群众意见。于是乎,学习委员、劳动委员、文体委员、卫生委员,以及我这个宣传委员,一干人马分头行动。但群众的意见通常一致:没什么意见。

宣传委员负责黑板报。我先在版头写下三个美术字:黑板报(真是废话),再在周围画上花边。内容呢,无非是"好人好事""表扬与批评",以及从书上摘来的"雷锋日记",或从晚报上抄录的谜语。两块黑板,一周一期,都靠礼拜日休息时写满。

春天,我们在校园里种花。同学们从家里带来种子,撒在楼前楼后的空地上。B老师钉几块木牌,写上字,插在松软的土地上:让祖国变成美丽的大花园。

秋天我们收获向日葵和蓖麻。虽然葵花瘦小,蓖麻子也只一竹篓,但仪式依然庄重。这回加了一项内容:由一位漂亮的女大队委念一篇献词。然后推选出几个代表,捧起葵花和竹篓,队旗引路,去献给祖国。祖国在哪儿?曾是我很久的疑问。

那时的日子好像过得特别饱满、色彩斑斓,仿佛一条充盈的溪水,顾自欢欣地流淌,绝不以为梦想与实际会有什么区别。

B老师也这样,算来那时他也只有二十一二岁,单薄的身体里仿佛有着发散不完的激情。

"五一"节演节目,他扮成一棵大树,我们扮成各色花朵。他站在我们中间,贴一身绿纸,两臂摇呀摇呀似春风吹拂,于是我们纷纷开放。他的嗓音圆润、高亢:"啊,春天来了,山也绿了,水也蓝了。看呀孩子们,远处的浓烟那是什么?"花朵们回答:"是工厂里炉火熊熊!是田野上烧荒播种!是时代的车轮滚滚向前!""想想吧,桃花、杏花和梨花,你们要为这伟大的时代做些什么?""努力学习,健康成长,为人类贡献甘甜的果实!"

新年又演节目,这回他扮成圣诞老人——不知从哪儿借来一件老皮袄,再用棉花贴成胡子,脚下是一双红色的女式雨靴。舞台灯光忽然熄灭,再亮时圣诞老人从天而降。孩子们拥上前去。圣诞老人说:"猜猜孩子们,我给你们带来了什么礼物?"有猜东的,有猜西的,圣诞老人说:"不对都不对,我给你们送来了共产主义的宏伟蓝图!"——这台词应该说设计不俗,可是坏了,共产主义蓝图怎么是圣诞老人送来的呢?又岂可从天而降?在当时,大约学校里批评一下也就作罢,可据说后来,"文革"中,这台词与B老师的出身一联系,便成了他的一条大罪。

B老师的相貌,怎么说呢?在我的印象里有些混乱。倒不是说他长得不够有特点,而是因为众人多以为他丑——脖子过于细长,喉结又太突出;可我无论如何不能苟同。当然我也不能不顾事实一定说他漂亮,故在此问题上我态度暧昧。比如"白鸡脖"这外号在同学中早有流传,但我自觉自愿地不听,不说,不笑。

实在有人向我问起他的相貌特征,我最多说一句"他很瘦"。

在我看来,他的脖子和他的瘦,再加上那身褪色的军装,使他显得尤其朴素;他的脖子和他的瘦,再加上他的严肃,使他显得格外干练;他的脖子和他的瘦,再加上他的微笑,又让他看起来特别厚道、谦和。

是的,B老师没有缺点——这世界上曾有一个少年就这么看。

我甚至暗自希望,学校里最漂亮的那个女老师能嫁给他。姑且叫她G吧。G老师教音乐,跟B老师年纪相仿,而且也是刚从高中毕业。这不是很好吗?G老师的琴弹得好,B老师的字写得好,G老师会唱歌,B老师会画画,这还有什么可说?何况G老师和B老师都是单身,都在北京没有家,都住在学校。至于相貌嘛,当然应该担心的还是B老师。

可是相貌有什么关系?男人看的是本事。B老师的画真是画得好,在当年的那个少年看来,他根本就是画家。他画雷锋画得特别像。他先画了一幅木刻风格的,这容易,我也画过。他又画了一幅铅笔素描的,这就难些,我画了几次都不成。他又画了一幅水粉的,我知道这有多难,一笔不对就全完,可是他画得无可挑剔。

他的宿舍里,一床、一桌、一个脸盆,此外就只有几管毛笔、一盒颜料、一大瓶墨汁。除了画雷锋,他好像不大画别的;写字也是写雷锋语录,行楷篆隶,写了贴在宿舍的墙上。同学中也有几个爱书法的,写了给他看。B老师未观其字先慕其纸:"嗬,生宣!这么贵的纸我总共才买过两张。"

当年的那个少年一直想不懂,才华出众如B老师者,何以没上大学?我问他,他打官腔:"雷锋也没上过大学呀,干什么不是革命工作?"我换个方式问:"您本来是想学美术的吧?"他苦笑着摇头,终于说漏了:"不,学建筑。"我曾以为是他家境贫困,很久以后才知道,是因为出身,他的出身坏得不是一点儿半点儿。

礼拜日我在学校写板报,常见他和G老师一起在盥洗室里洗衣服,一起在办公室里啃烧饼。可是有一天,我看见只剩了B老师一人,他坐办公桌前看书,认真地为自己改善着伙食——两个烧饼换成了一包点心。

"G老师呢?"

"回家了。"

"老家?"

"欸——"他伸手去接一块碎落的点心渣,故这"欸"字拐了一个弯。点心渣到底是没接住,他这才顾上补足后半句:"她在北京有家了。"

"她家搬北京来了?"

B老师笑了,抬眼看我:"她结婚了。"

G老师结婚了?跟谁?我自知这不是我应该问的。

B老师继续低头享受他的午餐。

可是,这就完了?就这么简单?那,B老师呢?我愣愣地站着。

B老师说:"板报写完了?"

"写完了。"

"那就快回家吧,不早了。"

多年以后我摇了轮椅去看B老师,听别的老师说起他的婚姻,说他三十几岁才结婚,娶了个农村妇女。

"生活嘛,当然是不富裕,俩孩子,一家四口全靠他那点儿工资。"

"不过呢,还过得去。"

"其实呀,曾经有个挺好的姑娘喜欢他,谈了好几年,后来散了。"

"为什么?唉,还说呢!人家没嫌弃他,他倒嫌弃了人家。女方出身也不算好,他说咱俩出身都不好将来可怎么办?他是指孩子,怕将来影响孩子的前途。"

"那姑娘人也好,长得也好,大学毕业。人家瞧上了你,你倒还有条件了!"

"那姑娘还真是瞧上他了,分手时哭得呀……"

"我们所有的老师都劝他,说出身有什么关系?你出身好?"

"你猜他说什么?他说,我要是出身好我干吗不娶她?"

"B老师呀,可真是聪明一世,糊涂一时。"

"要我说呀,他是聪明了一时,糊涂了一世!"

"也不知是赌气还是怎的,他就在农村找了一个。这个出身可真是好极了,几辈子的贫农,可是没文化,你说他们俩坐在一块儿能有多少话说?"

"他肯定还是忘不了先前那个姑娘。大伙儿有时候说起那姑娘,他就躲开。"

"不过现在他也算过得不错,老婆对他挺好,一儿一女也都出息。"

"B老师现在年年都是模范教师,区里的,市里的。"

七几年我见过他一回,那身军装已经淘汰,他穿一件洗得透明的"的确良",赤脚穿一双塑料凉鞋。

正是"批林批孔""批师道尊严"的年代。他站在楼前的花坛边跟我说话,一群在校的学生从旁走过,冲他喊:"白鸡脖,上课啦!"他和颜悦色地说:"上课了还不赶紧回教室?"我很想教训教训那帮孩子,B老师劝住我:"嗨没事,这算什么?"

八几年夏天我又见过他一回,"的确良"换成一件T恤衫,但还是赤脚穿一双塑料凉鞋。这一回,不管是学生还是老师,都恭恭敬敬地叫他B校长了。

"B校长,该走了!"有人催他。

"有个会,我得去。"他跳上自行车,匆匆地走了。

催他去开会的那个老师跟我闲聊。

"B校长入党了,知道吗?"

"怎么,他才入党呀?"在我的印象里B老师早就是党员了。

"是呀,想入党想了一辈子。B校长,好人哪!可世界找不着这么好的人!"

那老师说罢背起手,来回踱步,看天,看地,脸上轮换着有嘲笑和苦笑。

我听出他话里有话,问:"怎么了?"

"怎么了?"他站住,"百年不遇,偏巧又赶上涨工资!"

"那怎么了,好事呀?"

"可名额有限,群众评选。你说现在这事儿邪不邪?有人说你老B既然入了党还涨什么工资?你不能两样儿全占着……"

这老师有点儿神经质,话没说完时已然转身撤步,招呼也不打,唯远远地在地上留下一口痰。

10. 庄子

"庄子哎！回家吃饭嘞——"我记得,一听见庄子的妈这样喊,处处的路灯就要亮了。

很多年前,天一擦黑,这喊声必在我们那条小街上飘扬,或三五声即告有效,或者就要从小街中央一直飘向尽头,一声声再回来,飘向另一端。后一种情况多些,这时家家户户都已围坐在饭桌前,免不了就有人叹笑:瞧这庄子,多叫人劳神！有文化的人说:庄子嘛,逍遥游,等着咱这街上出圣人吧。不过此庄子与彼庄子毫无牵连,彼庄子的"子"读重音,此庄子的"子"发轻声。此庄子大名六庄。据说他爹善麻将,生他时牌局正酣,这夜他爹手气好,一口气已连坐五庄,此时有人来报:"道喜啦,带把儿的,起个名吧。"他爹摸起一张牌,在鼻前闻闻,说一声:"好,要的就是你！"话音未落把牌翻开,自摸和！六庄因而得名。

庄子上边俩哥俩姐。听说还有几个同父异母的哥姐,跟着自己的母亲住在别处。就是说,庄子他爹有俩老婆——旧社会的产物,但解放后总也不能丢了哪个不管。俩老婆生下一大群孩子。庄子他爹一个普通职员,想必原来是有些家底的,否则敢养这么多？后来不行了,家底渐渐耗尽了吧,庄子的妈——三婶,街坊邻居都这么叫她——便到处给人做保姆。

我不记得见过庄子的父亲,他住在另外那个家。三婶整天在别人家忙活,也不大顾得上几个孩子,庄子所以有了自由自在的童年。哥姐们都上学去了,他独自东游西逛。庄子长得俊,跟几个哥姐都不像。街坊邻居说不上多么喜欢他,但庄子绝不讨人嫌,他走到谁家就乐呵呵地在谁家玩得踏实,人家有什么活他也跟着忙,扫地,浇花,甚至上杂货铺帮人家买趟东西。人家要是说"该回家啦庄子,你妈找不着你该担心了",他就离开,但不回家,唱唱跳跳继续他的逍遥游。小时候庄子不惹事,生性腼腆,懂规矩。三婶在谁家忙,他一个人玩腻了就到那家院门前朝里望,故意弄出一些声响;那家人叫他进来,他就跑。三婶说"甭理他,冻不着饿不着的没事儿",但还是不断朝庄子跑去的方向望。那家人要是说"庄子哎快过来,看我这儿有什么好吃的",庄子跑走一会儿就还回来,回来还是扒着院门朝里望,故意弄出些响声。倘那家人是诚心诚意要犒赏他,比如说抓一把糖给他,庄子便红了脸,一边说着"不要,我们家有",一边把目光转向三婶。三婶说"拿着吧,边儿吃去,别再来讨厌了啊",庄子就赶紧揪起衣襟,或撑开衣兜。有一回人家故意逗他:"不是你们家有吗,有了还要?"谁料庄子脸上一下子煞白,揪紧衣襟的手慢慢松开,愣了一会儿,扭头跑去再没回来。

庄子比我小好几岁,他上小学时我已经上中学;我上的是寄宿学校,每星期回家一天,不常看见他了。然后是"文革",然后是插队。

插队第一年冬天回北京,在电影院门前碰见了庄子。其时他已经长到跟我差不多高了,一身正宗"国防绿"军装,一辆锰钢车,脚上是白色"回力"鞋,那是当时最时髦的装束,狂,份儿。"份儿"的意思,大概就是有身份吧。我还没认出他,他先叫我了。我一愣,不由得问:"哪儿混的这套行头?"他"嘁"一声,岔开话茬儿:"买上票了?"我说人忒多,算了吧。正在上演的是《列宁在一九一八》,里面有几个《天鹅湖》中的镜头,引得年轻人一遍一遍地看,票于是难买。据说有人竟看到八遍,到后来不看别的,只看那几个镜头;估摸"小天鹅"快出来了才进场,举了相机等着,一俟美丽的大腿勾魂摄魄地伸展,黑暗中便是一片"喀里咔嚓"按动快门的声音。对"文革"中长大的一代人来说,这算得人体美的启蒙一课。庄子又问:"要几张?"我说:"你有富余的?"他摇摇头:"要就买呗。"我说:"谁挤得上去谁买吧,我还是拉倒。"庄子说:"用得着咱挤吗?等那群小子挤上了帮你买几张不得了?""哪群小子?"庄子朝售票口那边扬了扬下巴:"都是哥们儿的人。"售票口前正有一群"国防绿"横拥竖挤吆三喝四,我明白了,庄子是他们的头儿。我不由得再打量他,未来的庄子绝非蛮壮鲁莽的一类,当是英武、风流、有勇有谋的人物。"怎么着,没事跟咱们一块玩玩儿去?"他说。我没接茬儿,但我懂,这"玩玩"必是有异性参与的,或是要谋求异性参与的。

　　插队三年,又住了一年多医院,两条腿彻底结束了行程,我坐着轮椅再回到那条小街上,其时庄子正上高中。我找不到正式工作,在家待了些日子就到一家街道工厂去做临时工。那小工厂的事我不止一次写过:三间破旧的老屋里,一群老太太和几个残疾人整天趴在仿古家具上涂涂抹抹,画山水楼台,画花鸟鱼虫,画才子佳人,干一天挣一天的钱。我先是一天八毛,后来涨到一块。

　　老屋里阴暗潮湿,我们常坐到屋前的空地上去干活。某日庄子上学从那小工厂门前过,看见我,已经走过去了又调头回来,扶着我的轮椅叹道:"甭说了哥,这可真他妈不讲理。"确实是甭说了,我无言以答。庄子又说:"找他们去,不能这么就算完了吧?""都找了,劳动局、知青办,没用。""操!丫怎么说?""人家说全须儿全尾儿的还管不过来呢。""哥,咱打丫的你说行不行?"我说:"你先上学去吧,回头晚了。"他说:"什么晚不晚的,那也叫上学?"大概那正是"批林批孔""批师道尊严"的时候。庄子挨着我坐下,从书包里摸出一包"大中华"。我说:"你小子敢抽这个?"他说:"人家给的,就两根儿了,正好。"我停下手里的活,陪他把烟抽完。烟缕随风飘散,我不记得我们还说了些什么。后来他站起来,把烟屁一捻,一弹,弹上屋顶,说一声"谁欺负你,哥,你说话",跳上自行车急慌慌地走了。

庄子走后,有个影子一歪一拧地凑过来,是鲇鱼。鲇鱼的大名叫得挺古雅,可惜记不得了,总之那样的名字后头若不跟着"先生"二字,似乎这名字就还没完。鲇鱼——这外号起得贴切,他挂着根拐杖四处流窜,影子似的总给人捉不住的感觉,而且此人好崇拜,他要是戴敬谁就整天在谁身边絮叨个没完,黏得很。

鲇鱼说:"怎么着哥们儿,你也认识庄子?"我说是,多年的邻居,"你也认识他?"鲇鱼一脸的自豪:"那是,我们哥儿俩深了。再说了,这一带你打听打听去,庄子!谁不知道?"我问为什么?他踢踢庄子刚才扔掉的烟盒说:"瞧见没有,什么烟?"我心里一惊:"怎么,庄子他……拿人东西?""我操,哥们儿你丫想哪儿去了?庄子可不干那事。拂爷(北京土语:小偷)见了庄子,全他妈尿!""怎么呢?""这我不能跟你说。"不说拉倒,我故意埋头干活。我知道鲇鱼忍不住,不一会儿他又凑过来:"狂不狂看米黄,瞅见庄子穿的什么裤子没?米黄的毛哗叽!哪儿来的?""哪儿来的?""这我不能告诉你。""不说就一边儿去!""嘿别,别介呀。其实告诉你也没事,你跟庄子也是哥们儿,甭老跟别人说就行。""快说!""你想呀,三婶哪儿有钱给他买这个?拂爷那儿来的。操你丫真他妈老外!这么说吧,拂爷的钱反正也不是好来的,懂了吧?"我还是没太懂,拂爷的钱凭什么给庄子?"庄子给他们戳着。""戳着?""就是帮他们打架。""跟谁打,警察?""哥们儿存心是不?不跟你丫说了。""那你说跟谁打?""拂爷一个个尿头日脑,想吃他们的人多了。打个比方说你是拂爷……""你才是哪!""操,你丫怎恁爱急呀？我是说比方！比方你是个拂爷，要是有人欺负你跟你要钱呢？不是吹的，你提提庄子的大名就全齐了。""你是说六庄？""那还有假？谁不服？不服就找地方儿练练。""庄子，他能打架？"鲇鱼又是一脸的不屑："那是！""没听说他有什么功夫呀？""嗐，俗话说了，软的怕硬的，硬的怕不要命的。""真是看不出来，庄子小时候蔫儿着呢。""操你丫老说小时候干吗？小时候你丫知道你丫现在这下场吗？""我说你嘴里干净点儿行不？""我操，我他妈说什么了？""听着，鲇鱼，你的话我信不信还两说着呢。""嘿，不信你看看庄子脑袋去，这儿，还有这儿，一共七针，不信你问问他那是怎么回事。""怎么回事？""算了，反正你丫也不信。""说！""跟大砖打架留下的。""大砖是谁？""唉，看来真得给你丫上一课了。哥们儿什么烟？""'北海'的。""别噎死谁，你丫留着自个儿抽吧。"鲇鱼点起一支"香山"。

据鲇鱼说，庄子跟大砖在护城河边打过一架。他说："大砖那孙子不是东西，要我也得跟丫磕。"据鲇鱼说，大砖曾四处散布，说庄子那身军装不是自己家的，是花钱跟别人买的，庄子他妈给人当保姆，他们家怎么可能有四个兜的军装（指军官的上衣）？大砖说花钱买的算个屁呀，小市民，假狂！这话传到了庄子耳朵里，鲇鱼说，庄子听了满脸煞白，转身就找大砖约架去了。大砖自然不能示弱，这种时候一厌，一世威名就全完了。鲇鱼说："那时候大砖可比庄子有名，丫一米八六，又高又壮，手倍儿黑。"据他说，那天双方在护城河边拉开了阵势，天下着雨，大伙儿等了一阵子，可那雨邪了，越下越大。大砖说："怎么着，要不改个日子？"庄子说："甭，下刀子也是今儿！"于是两边的人各自退后十步，庄子和大砖一对一开练，别人谁也不许插手。鲇鱼说——

庄子问："怎么练吧？"

大砖说："我从来听对方的。"

庄子说:"那行！你不是爱用砖头吗？你先拍我三砖头,哪儿全行,三砖头我没趴下,再瞧我的。"庄子掏出一把刮刀,插在旁边的树上。

大砖说:"我操,哥们儿,砖头能跟刮刀比吗?"

庄子说:"要不咱俩调个过儿,我先拍你?"

大砖这时候就有点儿含糊。鲇鱼说:"丫老往两边瞅,准是寻思着怎么都够呛。"

庄子说:"嘿,麻利点儿。想省事儿也成,你当着大伙儿的面说一声,你那身皮是他妈狗脱给你的。"

大砖还是愣着,回头看他的人。鲇鱼说:"操这孙子一瞧就不行,丫也不想想,都这会儿了谁还帮得了你?"

庄子说:"怎么着倒是？给个痛快话儿,我可没那么多工夫陪你!"

大砖已无退路。他抓起一块砖头,走近庄子。庄子双腿叉开,憋一口气,站稳了等着他。鲇鱼说大砖真是尿了,谁都还没看明白呢,第一块就稀里糊涂拍在了庄子肩上。庄子胡噜胡噜肩膀,一道血印子而已。

庄子说:"哥们儿平时没这么臭吧?"

庄子的人就起哄。鲇鱼说:"这一哄,丫大砖好像才醒过闷儿来。"

第二块算是瞄准了脑袋,咔嚓一声下去,庄子晃了晃差点儿没躺下,血立刻就下来了。血流如注,加上雨,很快庄子满脸满身就都是血了。鲇鱼说:哥们儿你是没见哪,又是风又是雨的,庄哥们儿那模样儿可真够吓人的。

庄子往脸上抹了一把,甩甩,重新站稳了,说:"快着,还有一下。"

鲇鱼说行了,这会儿庄子其实已经赢了,谁狂谁尿全看出来了。鲇鱼说:"丫大砖一瞧那么多血,连抓住砖头的手都哆嗦了,丫还玩个屁呀。"

最后一砖头,据鲇鱼说拍得跟棉花似的,跟蔫儿屁似的。拍完了,庄子尚无反应,大砖自己倒先大喊一声。鲇鱼说:"那一声倒是惊天动地,底气倍儿足。"

庄子这才从树上拔下刮刀,说:"该我了吧?"

大砖退后几步。庄子把刀在腕子上蹭了蹭,走近大砖。双方的人也都往前走几步,屏住气。然后……鲇鱼说:"然后你猜怎么着?丫大砖又是一声喊,我操那声喊跟他妈娘们儿似的,然后这小子撒腿就跑。"

据说大砖一直跑进护城河边的树丛,直到看不见他的影子了还能听见他喊。

这就完了!鲇鱼说:"大砖丫这下算是栽到底了,永远也甭想抬头了。"

庄子并不追,他知道已经赢了,比捅大砖一刀还漂亮。据说庄子捂住伤口,血从指头缝里不住地往外冒,他冲自己的人晃晃头说:"走,缝几针呗。"

可是后来庄子跟我说:"你千万别听鲇鱼那小子瞎嘞嘞。"

"瞎嘞嘞什么?"

"根本就没那些事。"

"没哪些事?"

"操,丫鲇鱼嘴里没真话。"

"那你头上这疤是怎么来的?"

"哦,你是说打架呀?我当什么呢!"

"怎么着,听你这话茬儿还有别的?"

"没有,真的没有。我也就是打过几回架,保证没别的。"

"那'大中华'呢?还有这裤子?"

"我操,哥你把我想成什么了?烟是人家给的,这裤子是我自己买的!"

"你哪儿来那么多钱?"

"哎哟喂哥,这你可是伤我了,向毛主席保证这是我一点儿一点儿攒了好几年才买的。妈的鲇鱼这孙子,我不把丫另一条腿也打瘸了算我对不住他!"

"没鲇鱼的事。真的,鲇鱼没说别的。"

庄子不说话。

"是我自己瞎猜的。真的,这事全怪我。"

庄子还是不说话,脸上渐渐白上来。

"你可千万别找鲇鱼去,你一找他,不是把我给卖了吗?"

庄子的脸色缓和了些。

"看我的面子,行不?"

"嗯。"庄子点上一支烟,也给我一支。

"说话算数?"

"操我就不明白了,我不就穿了条好裤子吗,怎么啦?招着谁了?合算像我们这样的家……操,我不说了。"

"像我们这样的家"——这话让我心里"咯噔"一下,觉着真是伤到他了。直到现在,我都能看见庄子说这话时的表情:沮丧,愤怒,几个手指捏得"嘎嘎"响。自他死后,这句话总在我耳边回荡、震响,日甚一日。

"没有没有,"我连忙说,"庄子你想哪儿去了?我是怕你,你……"

"我就是爱打个架哥你得信我,第一我保证没别的事,第二我绝不欺负人。"

"架也别打。"

"有时候由不得你呀哥,那帮孙子没事丫拱火!"

"离他们远点儿不行?"

我们不出声地抽烟。那是个闷热的晚上,我们坐在路灯下,一丝风都没有,树叶蔫蔫地低垂着。

"行,我听你的。从下月开始,不打了。"

"干吗下月?"

"这两天八成还得有点儿事。"

"又跟谁?什么事?"

"不能说,这是规矩。"

"不打了,不行?"

"不行,这回肯定不行。"

谁想这一回就要了庄子的命。

一九七六年夏天,庄子死于一场群殴。混战中不知是谁,一刀恰中庄子心脏。

那年庄子十九岁,或者还差一点儿不到。

最为流传的一种说法是:为了一个女孩。可鲇鱼说绝对没那么回事:"操我还不知道?要有也是雪儿一头热。"

雪儿也住在我们那条街上,跟庄子是从小的同学。庄子在时我没太注意过她,庄子死后我才知道她就是雪儿。

雪儿也是十九岁,这个季节的女孩没有不漂亮的。雪儿在街上坦然地走,无忧地笑,看不出庄子的死对她有什么影响。

庄子究竟为什么打那一架,终不可知。

庄子入殓时我见了他的父亲——背微驼,鬓花白,身材瘦小,在庄子的遗体前站了一会儿就离开了。

庄子穿的还是那件军装上衣,那条毛哔叽裤子。三婶说他就爱这身衣裳。

11. 比如摇滚与写作

如今的年轻人不会再像六庄那样，渴慕的仅仅是一件军装，一条米黄色的哔叽裤子。如今的年轻人要的是名牌，比如鞋，得是"耐克""锐步""阿迪达斯"。大人们多半舍不得。家长们把"耐克"一类颠来倒去地看，说："啥东西，值得这么贵？"他们不懂，春天是不能这样计算的。

我的小外甥没上中学时给什么穿什么，一上中学不行了，在"耐克"专卖店里流连不去。春风初动，我看他快到时候了。那就挑一双吧。他妈说："拣便宜的啊！"可便宜的都那么暗淡、呆板，小外甥不便表达的意思是：怎么都像死人穿的？他挑了一双色彩最为张扬、造型最奇诡的，这儿一道斜杠，那儿一条曲线，对了，他说"这双我看还行"。大人们说："这可哪儿好？多闹得慌！"他们又不懂了，春天要的就是这个，要的就是张扬。

大人们其实忘了，春天莫不如此，各位年轻时也是一样。曾经，军装就是名牌。六十年代没有"耐克"，但是有"回力"。"回力"鞋，忘了吗？商标是一个张弓搭箭的裸汉；买得起和买不起它的人想必都渴慕过它。我还记得我为能有一双"回力"，曾是怎样地费尽心机。有一天母亲给我五块钱，说："脚上的鞋坏了，买双新的去吧。"我没买，五块钱存起来，把那双破的又穿了好久。好久之后母亲看我脚上的鞋怎么又坏了，"穿鞋呀还是吃鞋呀你？再买一双去吧。"母亲又给我五块钱。两个五块加起来我买回一双"回力"。母亲也觉出这一双与众不同,问:"多少钱?"我不说,只提醒她:"可是上回我没买。"母亲愣一下:"我问的是这回。"我再提醒她:"可这一双能顶两双穿,真的。"母亲瞥我一眼,但比通常的一瞥要延长些。现在我想,当时她心里必也是那句话:这孩子快到时候了。母亲把那双"回力"颠来倒去地看,再不问它的价格。料必母亲是懂得,世上有一种东西,其价值远远超过它的价格。这儿的价值,并不止于"物化劳动",还物化着春天整整一个季节的能量。

能量要释放,呼喊期待着回应,故而春天的张扬务须选取一种形式。这形式你别担心它会没有;没有"耐克"有"回力",没有"回力"还会有别的。比如,没有"摇滚乐"就会有"语录歌",没有"追星族"就会有"红卫兵",没有耕耘就会有荒草丛生,没有春风化雨就会有沙尘暴,一个意思。春天按时到来,保证这颗星球不会死去。春风肆意呼啸,鼓动起狂妄的情绪,传扬着甚至是极端的消息,似乎,否则,冬天就不解冻,生命便难以从中苏醒。

你听那"摇滚乐"和"语录歌"都唱的什么?没有什么不同,你要忽略那些歌词直接去听春天的骚动,听它的不可压抑,不可一世,听它的雄心勃勃但还盲目。你看那摇滚歌手和语录歌群,同样的声嘶力竭,什么意思?春光迷乱!春光迷乱但绝不是胡闹,别用鄙薄的目光和嘴角把春天一笔勾销。想想亚当和夏娃走出伊甸园时的惊讶与好奇吧。想想那条魔魔道道的蛇,它的谗言,它的诱惑,在这繁华人世的应验吧。想想春风若非强劲,夏天的暴雨可怎样来临?想想最初的生命之火若非猛烈,如何能走过未来秋风萧瑟的旷野(譬如一头极地的熊,或一匹荒原的狼)?因而想想吧,灵魂一到人间便被囚入有限的躯体,那灵魂原本就是多少梦想的埋藏,那躯体原本就是多少欲望的储备!

因而年轻的歌手没日没夜地叫喊,求救般地呼号。灵魂尚在幼年,而春天,生命力已如洪水般暴涨;那是幼小的灵魂被强大的躯体所胁迫的时节,是简陋的灵魂被豪华的躯体所蒙蔽的时节,是暗哑的灵魂被喧腾的躯体所埋没的时节。

万物生长,到处都是一样,大地披上了盛装。一度枯寂的时空,突然间被赋予了一股巨大的能量,灵魂被压抑得喘不过气来,欲望被刺激得不能安宁。我猜那震耳欲聋的摇滚并不是要你听,而是要你看。灵魂的谛听牵系得深远那要等到秋天,年轻的歌手目不暇接。现在是要你看,看这美丽的有形多么辉煌,看这无形的本能多么不可阻挡,看这天赋的才华是如何表达这一派灿烂春光。年轻的歌手把自己涂抹得标新立异,把自己照耀得光怪陆离,他是在说:看呀——我!

我?可我是谁?

我怎样了?我还将怎样?

我终于又能怎样呢?

先别这样问吧,这是春天的忌讳。虽不过是弱小的灵魂在角落里的暗自呢喃,但在春天,这是一种威胁,甚至侵犯。春天不理睬这样的问题,而秋天还远着呢!秋天尚远,这是春天的佳音,春天的鼓舞,是春风中最为受用的恭维。

所以你看那年轻的歌手吧,在河边,在路旁,在沸反盈天的广场,在烛光寂暗的酒吧,从夜晚一直唱到天明。歌声由惆怅到高亢,由枯疏到丰盈,由孤单而至张狂(但是得真诚)……终至于捶胸顿足,呼天抢地,扯断琴弦,击打麦克风(装出来的不算)。熬红了眼睛,眼睛里是火焰,喊哑了喉咙,喉咙里是风暴。用五彩缤纷的羽毛模仿远古,然后用裸露的肉体标明现代(倘是装出来的,春风一眼就能识别),用傲慢然后用匍匐,用嚣叫然后用乞求,甚至用污秽和丑陋以示不甘寂寞,与众不同……直让你认出那是无奈,是一匹牢笼里的困兽(这肯定是装不出来的)!——但,是什么,到底是什么被困在了牢笼？其实春天已有察觉,已经感到:我,和我的孤独。

我,将怎样？

我将投奔何方？

怎样,你才能看见我？我才能走近你？

那无奈,让人不忍袖手一旁。但只有袖手一旁。不过,慢慢地听吧,你能听懂,其实是那弱小的灵魂正在成长,在渴望,在寻求,年轻的歌手一直都在呼唤着爱情。从夜晚到天明一直呼唤着的都是:爱情。自古而今一切流传的歌都是这样:呼唤爱情。自古而今的春天莫不如此。被有形的躯体,被无形的本能,被天赋的才华困在牢笼里的,正是那呢喃着的灵魂,呢喃着,但还没有足够的力量。

于是,年轻的恋人四处流浪。

心在流浪。

春天,所有的心都在流浪,不管人在何处。

都在挣扎。

在河边。在桥上。在烦闷的家里,不知所云的字行间。在寂寞的画廊,画框中的故作优雅。阴云中有隐隐的雷声,或太阳里是无依无靠的寂静。在熙熙攘攘的街头,目光最为迷茫的那一个。

空空洞洞的午后。满怀希望的傍晚。在万家灯火之间脚步匆匆,在星光满天之下翘首四顾。目光洒遍所有的车站,看尽中年人漠然的脸——这帮中年人怎都那样儿？走过一盏盏街灯。数过十二个钟点。踩着自己的影子,影子伸长然后缩短,伸长然后缩短……一家家店铺相继打烊。到哪儿去了呀你？你这个混蛋！

(你这个冤家——自古的情歌早都这样唱过。)

细雨迷蒙的小街。细雨迷蒙的窗口。细雨迷蒙中的琴声。

直至深夜。

春风从不入睡。

一个日趋丰满的女孩。一个正在成形的男子。

但力量凶猛,精力旺盛,才华横溢一天二十四小时都是早晨八九点钟的太阳。

跟警察逗闷子。对父母撒谎。给老师提些没有答案的问题。在街上看人打架,公平地为双方数点算分。或混迹于球场,道具齐备,地地道道的"足球流氓"。

也把迷路的儿童送回家,但对那些家长没好气:"我叫什么?哥们儿这事可归你管?"或搀起摔倒在路边的老人,背他回家,但对那些儿女也没好气:"钱?那就一百万吧,哥们儿我也算发回财。"

不知道中年人怎都那样儿?

不知道中年人是不是都那样儿?

剩下的他们都知道。

一群鸽子,雪白,悠扬。一群男孩和女孩疯疯癫癫五光十色。

鸽子在阳光下的楼群里吟咏,徘徊。男孩和女孩在公路上骑车飞跑。

年年如此,天上地下。

太阳地里的老人闭目养神,男孩和女孩的事他了如指掌——除了不知道还要在这太阳底下坐多久,剩下的他都知道。

一个日趋丰满的女孩,一个正在成形的男子——流浪的歌手,抑或流浪的恋人——在瓢泼大雨里依偎伫立,在漫天大雪中相拥无语。

大雨和大雪中的春风,抑或大雨和大雪中的火焰。

老人躲进屋里。老人坐在窗前。老人看得怦然心动,看得嗒然若丧:我们过去多么规矩,现在的年轻人呀!

曾经的禁区,现在已经没有。

但,现在真的没有了吗?

亲吻,依偎,抚慰,阳光下由衷的袒露,月光中油然的嘶喊,一次又一次,呻吟和颤抖,鲁莽与温存,心荡神驰,但终至束手无策……

肉体已无禁区。但禁果也已不在那里。

倘禁果已因自由而失——"我拿什么献给你,我的爱人?"

春风强劲,春风无所不至,但肉体是一条边界——你还能走进哪里,还能走进哪里?肉体是一条边界,因而一次次心荡神驰,一次次束手无策。一次又一次,那一条边界更其昭彰。

无奈的春天,肉体是一条边界,你我是两座囚笼。

倘禁果已被肉体保释——"我拿什么献给你,我的爱人?"

所有的词汇都已苍白。所有的动作都已枯槁。所有的进入,无不进入荒茫。

一个日趋丰满的女孩,一个正在成形的男子,互相近在眼前但是:你在哪儿?

你在哪儿呀——

群山响遍回声。

群山响彻疯狂的摇滚,春风中遍布沙哑的歌喉。

整个春天,直至夏天,都是生命力独享风流的季节。长风沛雨,艳阳明月,那时田野被喜悦铺满,天地间充斥着生的豪情,风里梦里也全是不屈不挠的欲望。那时百花都在交媾,万物都在放纵,蜂飞蝶舞、月移影动也都似浪言浪语。那时候灵魂被置于一旁,就像秋天尚且遥远,思念还未成熟。那时候视觉呈一条直线,无暇旁顾。

不过你要记得,春天的美丽也正在于此。在于纯真和勇敢,在于未通世故。

设若枝丫折断,春天唯努力生长。设若花朵凋残,春天唯含苞再放。设若暴雪狂风,但只要春天来了,天地间总会飘荡起焦渴的呼喊。我还记得一个伤残的青年,是怎样在习俗的忽略中,摇了轮椅去看望他的所爱之人。

也许是勇敢,也许不过是草率,是鲁莽或无暇旁顾,他在一个早春的礼拜日起程。摇着轮椅,走过融雪的残冬,走过翻浆的土路,走过滴水的屋檐,走过一路上正常的眼睛,那时,伤残的春天并未感觉到伤残,只感觉到春天。摇着轮椅,走过解冻的河流,走过湿润的木桥,走过满天摇荡的杨花,走过幢幢喜悦的楼房,那时,伤残的春天并未有什么卑怯,只有春风中正常的渴望。走过喧嚷的街市,走过一声高过一声的叫卖,走过灿烂的尘埃,那时,伤残的春天毫无防备,只是越走越怕那即将到来的见面太过俗常……就这样,他摇着轮椅走进一处安静的宅区——安静的绿柳,安静的桃花,安静的阳光下安静的楼房,以及楼房投下的安静的阴影。

但是台阶!你应该料到但是你忘了,轮椅上不去。

自然就无法敲门。真是莫大的遗憾。

屡屡设想过她开门时的惊喜,一路上也还在设想。

便只好在安静的阳光和安静的阴影里徘徊,等有人来传话。

但是没人。半天都没有一个人来。只有安静的绿柳和安静的桃花。

那就喊她吧。喊吧,只好这样。真是大煞风景,亏待了一路的好心情。

喊声惊动了好几个安静的楼窗。转动的玻璃搅乱了阳光。你们这些幸运的人哪,竟朝夕与她为邻!

她出来了。

可是怎么回事?她脸上没有惊喜,倒像似惊慌:"你怎么来了?"

"啊老天,你家可真难找。"

她明显心神不定:"有什么事吗?"

"什么事?没有哇?"

她频频四顾:"那你……"

"没想到走了这么久……"

她打断你:"跑这么远干吗,以后还是我去看你。"

"嗐,这点儿路算什么?"

她把声音压得不能再低:"嘘——今天不行,他们都在家呢。"

不行?什么不行?他们?他们怎么了?噢……是了,就像那台阶一样你应该料到他们!但是忘了。春天给忘了。尤其是伤残,给忘了。

她身后的那个落地窗,里边,窗帷旁,有个紧张的脸,中年人的脸,身体埋在沉垂的窗帷里半隐半现。你一看他,他就埋进窗帷,你不看他,他又探身出现——目光严肃,或是忧虑,甚至警惕。继而又多了几道同样的目光,在玻璃后面晃动。一会儿,窗帷缓缓地合拢,玻璃上只剩下安静的阳光和安静的桃花。

你看出她面有难色。

"哦,我路过这儿,顺便看看你。"

你听出她应接得急切:"那好吧,我送送你。"

"不用了,我摇起轮椅来,很快。"

"你还要去哪儿?"

"不。回家。"

但他没有回家。他沿着一条大路走下去,一直走到傍晚,走到了城市的边缘,听见旷野上的春风更加肆无忌惮。那时候他知道了什么?那个遥远的春天,他懂得了什么?那个伤残的春天,一个伤残的青年终于看见了伤残。

看见了伤残,却摆脱不了春天。春风强劲也是一座牢笼,一副枷锁,一处炼狱,一条命定的路途。

盼望与祈祷。彷徨与等待。以至漫漫长夏,如火如荼。

必要等到秋天。

秋风起时,疯狂的摇滚才能聚敛成爱的语言。

在《我与地坛》里有这样一段话:

要是有些事我没说,地坛,你别以为是我忘了,我什么也没忘。但是有些事只适合收藏,不能说,也不能想,却又不能忘。它们不能变成语言,它们无法变成语言,一旦变成语言就不再是它们了。它们是一片朦胧的温馨与寂寥,是一片成熟的希望与绝望,它们的领地只有两处:心与坟墓。比如说邮票,有些是用于寄信的,有些仅仅是为了收藏。

终于一天,有人听懂了这些话,问我:"这里面像似有个爱情故事,干吗不写下去?"

"这就是那个爱情故事的全部。"

在那座废弃的古园里你去听吧,到处都是爱情故事。到那座荒芜的祭坛上你去想吧,把自古而今的爱情故事都放到那儿去,就是这一个爱情故事的全部。

"这个爱情故事,好像是个悲剧?"

"你说的是婚姻,爱情没有悲剧。"

对爱者而言,爱情怎么会是悲剧?对春天而言,秋天是它的悲剧吗?

"结尾是什么?"

"等待。"

"之后呢?"

"没有之后。"

"或者说,等待的结果呢?"

"等待就是结果。"

"那,不是悲剧吗?"

"不,是秋天。"

夏日将尽。阳光悄然走进屋里,所有随它移动的影子都似陷入了回忆。那时在远处,在北方的天边,远得近乎抽象的地方,仔细听,会有些极细微的骚动正仿佛站成一排,拉开一线,嗡嗡嘤嘤跃跃欲试,那就是最初的秋风,是秋风正在起程。

近处的一切都还没有什么变化。人们都还穿着短衫,摇着蒲扇,暑气未消草木也还是一片葱茏。唯昆虫们似有觉察,迫于秋天的临近,低吟高唱不舍昼夜。

在随后的日子里,你继续听,远方的声音逐日地将有所不同:像在跳跃,或是谈笑,舒然坦荡阔步而行,仿佛歧路相遇时的寒暄问候,然后同赴一个约会。秋风,绝非肃杀之气,那是一群成长着的魂灵,成长着,由远而近一路壮大。

秋风的行进不可阻挡,逼迫得太阳也收敛了它的宠溺,于是乎草枯叶败落木萧萧,所有的躯体都随之枯弱了,所有的肉身都遇到了麻烦。强大的本能,天赋的才华,旺盛的精力,张狂的欲望和意志,都不得不放弃了以往的自负,以往的自负顷刻间都有了疑问。心魂从而被凸显出来。

秋天,是写作的季节。

一直到冬天。

呢喃的絮语代替了疯狂的摇滚,流浪的人从哪儿出发又回到了哪儿。

天与地,山和水,以至人的心里,都在秋风凛然的脚步下变得空阔、安闲。

落叶飘零。

或有绵绵秋雨。

成熟的恋人抑或年老的歌手,望断天涯。

望穿秋水。

望穿了那一条肉体的界线。

那时心魂在肉体之外相遇,目光漫漶得遥远。

万物萧疏,满目凋敝。强悍的肉身落满历史的印迹,天赋的才华闻到了死亡的气息,因而灵魂脱颖而出,欲望皈依了梦想。

本能,锤炼成爱的祭典——性,得禀天意。

细雨唏嘘如歌。

落叶曼妙如舞。

衰老的恋人抑或垂死的歌手,随心所欲。

相互摸索,颤抖的双手仿佛核对遗忘的秘语。

相互抚慰,枯槁的身形如同清点丢失的凭据。

这一向你都在哪儿呀——

群山再度响遍回声,春天的呼喊终于有了应答:

我,就是你遗忘的秘语。

你,便是我丢失的凭据。

今夕何年?

生死无忌。

秋天,一直到冬天,都是写作的季节。

一直到死亡。

一直到尘埃埋没了时间,时间封存了往日的波澜。

那时有一个老人走来喧嚣的歌厅,走到沸腾的广场,坐进角落,坐在一个老人应该坐的地方,感动于春风又至,又一代人到了时候。不管他们以什么形式,以什么姿态,以怎样的狂妄与极端,老人都已了如指掌。不管是怎样地嘶喊,怎样地奔突和无奈,老人知道那不是错误。你要春天也去谛听秋风吗?你要少男少女也去看望死亡吗?不,他们刚刚从那儿醒来。上帝要他们涉过忘川,为的是重塑一个四季,重申一条旅程。他们如期而至。他们务必要搅动起春天,以其狂热,以其嚣张,风情万种放浪不羁,而后去经历无数夏天中的一个,经历生命的张扬,本能的怂恿,爱情的折磨,以及才华横溢却因那一条肉体的界限而束手无策!以期在漫长夏天的末尾,能够听见秋风。而这老人,走向他必然的墓地。披一身秋风,走向原野,看稻谷金黄,听熟透的果实砰然落地,闻浩瀚的葵林掀动起浪浪香风。祭拜四季;多少生命已在春天夭折,已在漫漫长夏耗尽才华,或因伤残而熄灭于习见的忽略。祭拜星空,生者和死者都将在那儿汇聚,浩然而成万古消息。写作的季节,老人听见:灵魂不死——毫无疑问。

12. 想念地坛

想念地坛,主要是想念它的安静。

坐在那园子里,坐在不管它的哪一个角落,任何地方,喧嚣都在远处。近旁只有荒藤老树,只有栖居了鸟儿的废殿颓檐、长满了野草的残墙断壁,暮鸦吵闹着归来,雨燕盘桓吟唱,风过檐铃,雨落空林,蜂飞蝶舞草动虫鸣……四季的歌咏此起彼伏从不间断。地坛的安静并非无声。

有一天大雾弥漫,世界缩小到只剩了园中的一棵老树。有一天春光浩荡,草地上的野花铺铺展展开得让人心惊。有一天漫天飞雪,园中堆银砌玉,有如一座晶莹的迷宫。有一天大雨滂沱,忽而云开,太阳轰轰烈烈,满天满地都是它的威光。数不尽的那些日子里,那些年月,地坛应该记得,有一个人,摇了轮椅,一次次走来,逃也似的投靠这一处静地。

一进园门,心便安稳。有一条界线似的,迈过它,只要一迈过它便有清纯之气扑来,悠远、浑厚。于是时间也似放慢了速度,就好比电影中的慢镜,人便不那么慌张了,可以放下心来把你的每一个动作都看看清楚,每一丝风飞叶动,每一缕愤懑和妄想,盼念与惶茫,总之把你所有的心绪都看看明白。

因而地坛的安静,也不是与世隔离。

那安静,如今想来,是由于四周和心中的荒旷。一个无措的灵魂,不期而至竟仿佛走回到生命的起点。

记得我在那园中成年累月地走,在那儿呆坐,张望,暗自地祈求或怨叹,在那儿睡了又醒,醒了看几页书……然后在那儿想:"好吧好吧,我看你还能怎样!"这念头不觉出声,如空谷回音。

谁?谁还能怎样?我,我自己。

我常看那个轮椅上的人,和轮椅下他的影子,心说我怎么会是他呢?怎么会和他一块儿坐在了这儿?我仔细看他,看他究竟有什么倒霉的特点,或还将有什么不幸的征兆,想看看他终于怎样去死,赴死之途莫非还有绝路?那日何日?我记得忽然我有了一种放弃的心情,仿佛我已经消失,已经不在,唯一缕轻魂在园中游荡,刹那间清风朗月,如沐慈悲。于是乎我听见了那恒久而辽阔的安静。恒久,辽阔,但非死寂,那中间确有如林语堂所说的,一种"温柔的声音,同时也是强迫的声音"。

我记得于是我铺开一张纸,觉得确乎有些什么东西最好是写下来。那日何日?但我一直记得那份忽临的轻松和快慰,也不考虑词句,也不过问技巧,也不以为能拿它去派什么用场,只是写,只是看有些路单靠腿(轮椅)去走明显是不够。写,真是个办法,是条条绝路之后的一条路。

只是多年以后我才在书上读到了一种说法:写作的零度。

《写作的零度》,其汉译本实在是有些磕磕绊绊,一些段落只好猜读,或难免还有误解。我不是学者,读不了罗兰·巴特的法文原著应当不算是玩忽职守。是这题目先就吸引了我,这五个字,已经契合了我的心意。在我想,写作的零度即生命的起点,写作由之出发的地方即生命之固有的疑难,写作之终于的寻求,即灵魂最初的眺望。譬如那一条蛇的诱惑,以及生命自古而今对意义不息的询问。譬如那两片无花果叶的遮蔽,以及人类以爱情的名义,自古而今的相互寻找。譬如上帝对亚当和夏娃的惩罚,以及万千心魂自古而今所祈盼着的团圆。

"写作的零度",当然不是说清高到不必理睬纷繁的实际生活,洁癖到把变迁的历史虚无得干净,只在形而上寻求生命的解答。不是的。但生活的谜面变化多端,谜底却似亘古不变,缤纷错乱的现实之网终难免编织进四顾迷茫,从而编织到形而上的询问。人太容易在实际中走失,驻足于路上的奇观美景而忘了原本是要去哪儿。倘此时灵机一闪,笑遇荒诞,恍然间记起了比如说罗伯-格里耶的《去年在马里昂巴》、比如说贝克特的《等待戈多》,那便是回归了"零度",重新过问生命的意义。零度,这个词真用得好,我愿意它不期然地还有着如下两种意思:一是说生命本无意义,零嘛,本来什么都没有;二是说,可平白无故的生命他来了,是何用意?虚位以待,来向你要求意义。一个生命的诞生,便是一次对意义的要求。荒诞感,正就是这样的要求。所以要看重荒诞,要善待它。不信等着瞧,无论何时何地,必都是荒诞领你回到最初的眺望,逼迫你去看那生命固有的疑难。

否则,写作,你寻的是什么根?倘只是炫耀祖宗的光荣,弃心魂一向的困惑于不问,岂不还是阿Q的传统?倘写作变成潇洒,变成了身份或地位的投资,它就不要嘲笑喧嚣,它已经加入喧嚣。尤其,写作要是爱上了比赛、擂台和排名榜,它就更何必谴责什么"霸权"?它自己已经是了。我大致看懂了排名的用意:时不时地抛出一份名单,把大家排比得就像是梁山泊的一百零八将,被排者争风吃醋,排者乘机拿走的是权力。可以玩味的是,这排名之妙,商界倒比文坛还要醒悟得晚些。

这又让我想起我曾经写过的那个可怕的孩子。那个矮小瘦弱的孩子,他凭什么让人害怕?他有一种天赋的诡诈——只要把周围的孩子经常地排一排座次,他凭空地就有了权力。"我第一跟谁好,第二跟谁好……第十跟谁好"和"我不跟谁好",于是,欢欣者欢欣地追随他,苦闷者苦闷着还是去追随他。我记得,那是我很长一段童年时光中恐惧的来源,是我的一次写作的零度。生命的恐惧或疑难,在原本干干净净的眺望中忽而向我要求着计谋;我记得我的第一个计谋,是阿谀。但恐惧并未因此消散,疑难却因此更加疑难。我还记得我抱着那只用于阿谀的破足球,抱着我破碎的计谋,在夕阳和晚风中回家的情景……那又是一次写作的零度。零度,并不只有一次。每当你立于生命固有的疑难,立于灵魂一向的祈盼,你就回到了零度。一次次回到那儿正如一次次走进地坛,一次次投靠安静,走回到生命的起点,重新看看,你到底是要去哪儿?是否已经偏离亚当和夏娃相互寻找的方向?

想念地坛,就是不断地回望零度。放弃强力,当然还有阿谀。现在可真是反了——面要面霸,居要豪居,海鲜称帝,狗肉称王,人呢?名人、强人、人物。可你看地坛,它早已放弃昔日荣华,一天天在风雨中放弃,五百年,安静了;安静得草木葳蕤,生气盎然。土地,要你气熏烟蒸地去恭维它吗?万物,是你雕栏玉砌就可以挟持的?疯话。再看那些老柏树,历无数春秋寒暑依旧镇定自若,不为流光掠影所迷。我曾注意过它们的坚强,但在想念里,我看见万物的美德更在于柔弱。"坚强",你想吧,希特勒也会赞成。世间的语汇,可有什么会是强梁所拒?只有"柔弱"。柔弱是爱者的独信。柔弱不是软弱,软弱通常都装扮得强大,走到台前骂人,退回幕后出汗。柔弱,是信者仰慕神恩的心情,静聆神命的姿态。想想看,倘那老柏树无风自摇岂不可怕?要是野草长得比树还高,八成是发生了核泄漏——听说契尔诺贝利附近有这现象。

我曾写过"设若有一位园神"这样的话,现在想,就是那些老柏树吧;千百年中,它们看风看雨,看日行月走人世更迭,浓荫中唯供奉了所有的记忆,随时提醒着你悠远的梦想。

但要是"爱"也喧嚣，"美"也招摇，"真诚"沦为一句时髦的广告，那怎么办？唯柔弱是爱愿的识别，正如放弃是喧嚣的解剂。人一活脱便要嚣张，天生的这么一种动物。这动物适合在地坛放养些时日——我是说当年的地坛。

回望地坛，回望它的安静，想念中坐在不管它的哪一个角落，重新铺开一张纸吧。写，真是个办法，油然地通向着安静。写，这形式，注定是个人的，容易撞见诚实，容易被诚实揪住不放，容易在市场之外遭遇心中的阴暗，在自以为是时回归零度。把一切污浊、畸形、歧路，重新放回到那儿去检查，勿使伪劣的心魂流布。

有人跟我说，曾去地坛找我，或看了那一篇《我与地坛》去那儿寻找安静。可一来呢，我搬家搬得离地坛远了，不常去了；二来我偶尔请朋友开车送我去看它，发现它早已面目全非。我想，那就不必再去地坛寻找安静，莫如在安静中寻找地坛。恰如庄生梦蝶，当年我在地坛里挥霍光阴，曾屡屡地有过怀疑：我在地坛吗？还是地坛在我？现在我看虚空中也有一条界线，靠想念去迈过它，只要一迈过它便有清纯之气扑面而来。我已不在地坛，地坛在我。

          2002 年 5 月 13 日完成
          2004 年 2 月 23 日修订

史铁生